KB115358

FANTASTIC ORIENTAL HEROES

장씨세가 호위무사 4

조형근 新무협 판타지 소설

초판 1쇄 찍은 날 § 2020년 8월 28일
초판 3쇄 펴낸 날 § 2023년 9월 25일

지은이 § 조형근
펴낸이 § 서경석

편집책임 § 황창선
편집 § 박현성

펴낸곳 § 도서출판 청어람
등록번호 § 제387-1999-000006호
등록일자 § 1999. 5. 31
어람번호 § 제2-2841호

주소 § 경기도 부천시 부일로 483번길 40 서경B/D 3F (우) 14640
전화 § 032-656-4452 팩스 § 032-656-4453
E-mail § chungeorambook@daum.net

ⓒ 조형근, 2019

ISBN 979-11-04-92236-7 04810
ISBN 979-11-04-92235-0 (세트)

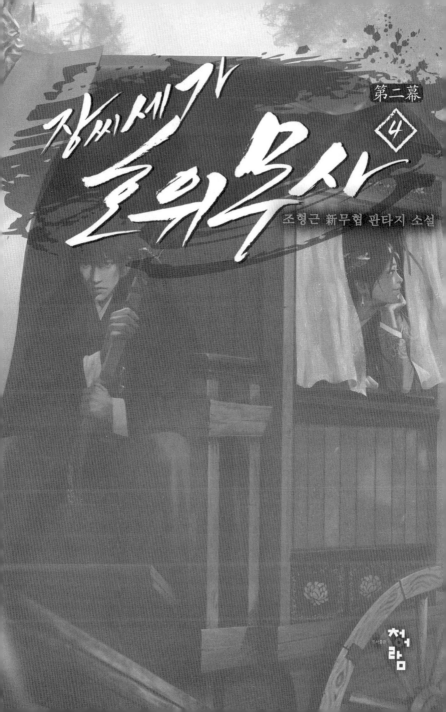

第二幕

4

장씨세가 호위무사

조형근 新무협 판타지 소설

청어람

목차

第一章	기습	7
第二章	팽가의 함정	31
第三章	미안하오	45
第四章	일 장로의 음모	81
第五章	노천의 등장	117
第六章	강호의 기억에서 사라진 자	147
第七章	장원태의 결심	169
第八章	숨겨진 패	201
第九章	상황이 변하다	231
第十章	단리형의 추억	253
第十一章	익숙한 싸움	281
第十二章	광휘의 도발	315
第十三章	십팔나한승	347
第十四章	살고 싶은 곳	377
外傳 五	숨겨진 이야기 명호 편 一	407
	장씨세가 호위무사 도움말	422

第一章

기습

이 층 정루(情樓).

팽가에서 귀한 손님을 접대할 때 오는 곳으로, 아래 펼쳐진 호수와 조경 상태가 눈부실 정도로 아름다운 곳이었다.

난간 앞에 선 묵객은 호수를 바라보며 차를 한 잔 마시고 있었다. 추운 날씨에 따뜻한 차가 몸의 온기를 북돋아줬다.

"경치 좋죠?"

팽월이 다가오며 말했다.

묵객이 시선을 돌리자 그곳엔 흔히 볼 수 없는 화려한 복장을 입은 그녀가 보였다.

"소, 소저."

"어때요? 저 괜찮나요?"

묵객의 표정이 묘하게 변했다. 몽혼제를 먹은 것처럼 정신을 차릴 수가 없었다.

"괘, 괜찮소. 정말 괜찮소."

"왠지 아닌 것 같은데요."

두근두근.

팽월이 점차 다가오자 묵객은 얼굴이 벌게졌다. 그는 마음을 진정시키기 위해 호수 쪽으로 시선을 돌렸다.

"대협."

팽월의 부름에 묵객은 돌아보지 않고 말했다.

"말씀하시오."

"대협께선 소녀를 어떻게 생각하시나요?"

"생각?"

묵객은 당황하며 그녀를 바라봤다. 그러다 머리를 흔들더니 입을 열었다.

"매우 좋게 생각하오. 인품도, 무공도, 미모도, 모두 출중하지 않소."

"제 인품이 뛰어난지는 어떻게 아세요?"

"왜, 왠지 그런 느낌을 받았소."

"그래요? 대협께서 그러시다면 그런 거겠지요."

팽월은 눈을 내리며 말을 이었다.

"하나, 소녀가 물은 것은 여인으로서 어떠냐는 말이에요."

"읍! 큽큽!"

묵객이 또다시 당황했다.

그는 당황한 나머지 급히 차를 들이마시다 기침을 했다.

"후후훗."

팽월은 입을 가리며 웃었다. 묵객도 머쓱한지 미소를 띠었다.

잠시 뒤, 그녀는 묵객에게 다가가 그의 젖은 옷을 수건으로 닦아주었다.

"마지막으로 한 가지만 더 물어볼게요."

"……?"

"정말 장련 소저를 좋아하시나요?"

팽월은 얼굴이 닿을 정도로 가까이 다가가 말했다. 너무나 가까이 다가오자 묵객은 얼굴을 돌릴 수가 없었다. 그만큼 그녀의 미모는 황홀, 그 이상이었다.

"뭐, 그렇다고 할 수 있지요."

묵객은 허허롭게 웃어 보였다.

팽월은 그런 그를 응시하며 말했다.

"그렇다는 얘기는 아닐 수도 있다는 걸까요?"

"소저……."

"명문 세가의 생활은 아낙에게는 삭막해요. 매일 수련만을 외치는 남자들 사이에서 명가의 여식으로서 과중한 책임을 요구받지요. 그런 삭막한 날들 중에 기분 좋은 것을 발견했어요. 바로 대협이란 사람을요."

"……."

"대협, 소녀에게도 기회를 주시면 안 될까요?"

묵객의 눈빛이 가라앉았다. 당황했던 얼굴이 진지하게 변했다.

"좋소."

"아!"

팽월의 얼굴이 펴졌다. 눈동자도 함께 커졌다.

"단."

묵객이 진지한 표정으로 말했다.

"장련 소저를 향한 내 감정이 무뎌지면 그때 하겠소."

"네?"

"소인이 이제껏 여인들을 많이 만나긴 했소. 하나, 한 번에 두 명을 동시에 만나진 않소. 그러니 정 이 사람의 마음을 원하신다면 그때……."

"그때까지 기다리라."

팽월은 묵객의 다음 말을 앞질러 말하고는 처연하게 웃었다.

"그 말씀, 소녀에게 매우 실례되는 말이란 걸 아시나요?"

"그럴 수도 있을 것이오. 미안하오."

"뭐, 괜찮아요."

팽월이 다시 배시시 웃었다. 한 걸음 물러선 그녀는 난간을 잡으며 재차 말을 이었다.

"그러면 이건 어때요? 본 가의 식객이 되는 것 말이에요."

"식객?"

"네. 장씨세가의 식객으로 머무셨으니 저희에게도 기회를 주셨으면 해서요. 장씨세가를 돕고 싶으시다면 팽가의 이름을 이용하실 수도 있어요. 거리도 멀지 않으니 언제든 장련 소저를 만나러 갈 수도 있고요."

말하던 팽월의 목소리가 잦아들었다. 자신의 말을 들으며 점점 낯빛이 어두워지는 묵객을 보고 그녀는 조그맣게 물었다.

"안 되나… 요?"

"감사한 말이오. 하나, 남의 이름을 등에 업고 위세를 떨치는 건."

묵객이 고개를 저었다.

"사내가 할 짓이 아닌 것 같소. 그것도 마음에 두고 있는 여인 앞에서는 더더욱 해서는 안 될 짓인 것 같소."

묵객은 점점 진중한 얼굴이 되어갔다.

가끔 풍류를 즐기고 행동거지가 가벼워 주위의 빈축을 사는 그다. 하지만 그는 정파 무림의 수위로 손꼽히는 칠객의 한 사람이었다. 강호에서 그만한 이름을 주었다면 분명 이유가 있는 것이다.

"대협의 뜻을 알지 못한 소녀를 용서하세요."

팽월이 소매를 높이 들어 보였다.

예의를 차리는 그녀의 모습은 한 치의 흐트러짐도 없었다.

"아니오. 이 사람이 그저 미안할 따름이지요."

묵객은 그저 한탄만 쏟아 냈다.

아름다운 여인.

자신에게 연모의 정을 표현하는 여인을 이렇게 딱딱하게 거절할 수밖에 없는 자신의 처지 또한 안타까웠다.

"미안하다는 말씀은 진심이시지요?"

문득 거기서 팽월이 곱게 눈을 흘겼다.

"물론이오. 소저같이 아리따운 분의 부탁을 거절했으니 어찌 마음이 편할 수 있겠소."

"그럼……."

팽월은 부드러운 미소를 보였다.

"오늘은 여기서 저와 함께 있어주세요."

"……."

"그것도 싫나요?"

팽월이 또렷이 응시하자 묵객은 머리를 긁적였다.

뭔가 대답하려던 그때, 한 곳을 바라보던 묵객이 갑자기 미간을 찡그리기 시작했다.

"왜 그러세요?"

"뭔가……."

"예?"

묵객은 대답하지 않고 말없이 한 곳을 응시했다.

"아, 저것 말인가요?"

묵객이 바라보던 곳을 살피던 팽월이 방긋 웃었다.

"본 가는 새벽에 중정에서 훈련을 해요. 달도 거의 졌으니 지금쯤 모이는 거랍니다."

팽월의 변명에도 묵객은 여전히 미간을 찌푸리고 있었다.

팽월이 다시 말을 이으려는데 묵객이 가로채며 말했다.

"소저."

"예, 대협."

"생각해 보니 시간이 너무 늦었소. 다음에 또 뵈었으면 하오."

"예? 그래도 저와 조금만 더……."

"먼저 나가보겠소."

묵객은 팽월의 대답이 떨어지기도 전에 곧장 이 층 난간을 뛰어넘더니 삽시간에 사라졌다.

*   *   *

"잘 잤다!"

명호는 두 손을 들고 기지개를 켰다. 좋은 꿈을 꾼 것인지 얼굴이 싱글벙글했다.

밖은 여전히 어두웠지만 그는 애써 시간을 확인하지 않았다. 흔한 일이다. 무림맹에서 나온 뒤부터는 이렇듯 한두 시진밖에 졸지 않았다. 물론 부족한 잠은 낮잠으로 채우긴 하지만 그 역시 이각(30분)을 넘지 않았다.

"응?"

기지개를 쭉 켜던 명호가 눈을 끔뻑거렸다.

반대편 침상에 누워 있어야 할 묵객이 보이지 않아서였다.

"나처럼 잠이 없는 녀석인가."

명호는 대수롭지 않게 여기고는 침상에서 일어나 어슬렁어슬렁거렸다.

그러다 반쯤 열린 창문으로 밖을 한 번 쳐다본 뒤 읊조렸다.

"왠지 오늘 좋은 일이 있을 것 같은데."

그는 바지춤에 손을 집어넣으며 문밖으로 나왔다.

끼이이익.

"거, 춥군."

해진 무명옷 하나만 걸친, 추운 게 당연한 옷차림의 명호가 투덜거렸다. 갑자기 심심해지자 뭘 할지 고민이 된 것이다.

결국 그는 뒷짐을 지며 마당에 심어진 나무들을 둘러보았다. 그러다 건물 한쪽에 몸을 기댄 후에야 더는 움직이지 않았다.

"참 좋은 상황이란 말이야."

명호는 뭔가 생각할 것이 있는지 천천히 팔짱을 꼈다.

"팽가가 야욕을 숨기고 있고, 마침 그 중심에 장씨세가가 있다라."

그는 이곳에 오기 전 광휘에게 들었던 일을 떠올렸다. 소위건을 죽이려 했던 팽가에 대해.

"나라면 어떻게 할까?"

그는 거기까지 생각이 미치자 해맑게 웃었다. 하나, 표정과 달리 눈빛은 가라앉아 있었다.

"당연히……."

지나치게 냉랭할 정도로

"오늘 안에 일을 치르겠지."

＊　　　＊　　　＊

침상에 누워 있던 장웅은 살며시 눈을 떴다. 그러고는 한참을 그 상태로 멈춰 있었다.

"……."

방 안은 조용했다. 마치 시간이 정지된 것처럼 아무런 소리도 들려오지 않았다.

"읍!"

휙!

눈앞에 뭔가가 어른거리자 장웅은 물체를 눈으로 확인하기 전에 몸부터 뒤틀었다.

서걱.

칼 한 자루가 장웅이 누워 있던 자리에 파고들었다. 단 한 치 차이로 피해낸 것이다.

'문밖까지의 거리는 대략 스무 보.'

장웅은 바닥에 엎어지며 생각했다. 상대가 고수라면 도망가다 죽을 것이다.

장웅은 결국 오른쪽 창가로 눈을 돌리며 곧장 뛰었다.

탁.

쇄액!

장웅의 도약과 거의 동시에 복면인의 검이 움직였다.

다행히 장웅은 그가 휘두르는 검을 아슬하게 피해내고는 창문으로 뛰어들 수 있었다.

콰직.

창문을 부수며 밖으로 나온 장웅은 바닥을 뒹굴었다. 높은 곳에서 떨어진 충격 때문에 온몸이 굳었다.

"애송이……."

밖으로 따라 나온 복면인은 피식 웃었다. 바닥에서 꿈틀대는 장웅의 모습을 재밌는 듯 조용히 응시했다.

"넌 누구냐?"

장웅이 바닥에 몸을 웅크린 채로 말을 걸었다.

"네놈들이 죽인 사람들."

"…석가장?"

복면인은 더는 말하지 않고 검을 세웠다.

장웅은 다급해졌다. 죽음의 빛이 눈앞에 드리워졌기 때문이다.

그는 바닥을 짚으며 이를 악물었다.

휙.

"죽어라! 읍!"

복면인이 장웅을 향해 검을 찔렀다.

그와 동시에 장웅이 바닥의 흙을 그의 얼굴로 던졌다. 짧은 순간 복면인의 시선이 흔들렸고, 장웅의 가슴을 겨냥했던 검의 방향이 어긋났다.

"커억!"

장웅이 괴성을 내뱉으며 몸을 뒤틀었다. 상대의 검이 종아리를 찔렀기 때문이다. 검의 방향은 변했지만 완전히 피하지 못한 것이다.

장웅이 다리를 붙잡고 신음을 흘릴 때 눈을 비비던 복면인은 재차 검을 세웠다.

그러던 그때.

휙휙휙! 챙! 챙!

갑자기 복면인이 뭔가를 쳐내며 뒤로 물러섰다. 하지만 전부 피하지 못했는지 어깨와 다리에 뭔가를 맞고 주춤거렸다.

어디서 쏟아진 공격인지 확인하기 위해 주위를 두리번거리던 복면인의 눈이 점차 커졌다. 공격의 기세로 보아 가까울 줄 알았는데, 적이 예상했던 것보다 한참이나 멀리 떨어져 있었던 것이다.

휙! 휙휙!

그는 잠시 서성이다 또다시 날아오는 암기를 보며 황급히 다른 방향으로 도망쳤다.

"이 공자."

잠시 시간이 흐른 후 명호가 도착했다.

"어르신……."

"무슨 일이오? 저자는 누구요?"

"그보다… 아버님이 위험합니다."

부축하는 명호를 붙들며 장웅이 애타게 소리쳤다.

"련이도… 아니, 장씨세가 식구들 모두가 위험합니다!"

＊　　　＊　　　＊

묵객은 장원 후편에 위치한 객방을 향해 전력으로 달려가고 있었다.

그 역시 강호의 많은 은원 관계를 경험해 온 사내. 이 불길함의 정체가 무엇인지 스스로 느끼고 있었다.

"응?"

제법 번듯한 건물 앞에 다가선 그는 뭔가를 발견하고 걸음을 멈췄다. 본가의 무사가 바닥에 쓰러져 신음하고 있었던 것이다.

"이게 어찌 된 것이오!"

그는 눈앞에 보이는 무인을 급히 끌어안으며 물었다. 하지만 무사는 웅얼거리기만 할 뿐 제대로 말을 내뱉지 못했다. 결국 그는 고개를 떨어뜨리는 것으로 생을 마감했다.

"이런!"

묵객은 주변을 살폈다. 그리고 마당 쪽에 한 명이 더 쓰러져 있는 모습을 확인했다.

"대체……."

그도 죽어 있었다.

묵객은 심각한 얼굴로 객방으로 시선을 돌렸다.

그때였다.

덜컥.

문이 열림과 동시에 누군가 가슴을 부여잡으며 바닥을 나뒹굴었다. 어둠 속에서도 그가 누구인지 확인한 묵객은 급히 뛰어 갔다.

"장 가주!"

그는 장원태를 부여잡고 급히 상태를 살폈다. 눈대중으로 봐도 중한 상처였다. 옷을 피로 붉게 물들인 장원태는 의식을 잃은 듯 보였다.

"제대로 못 찔렀다."

묵객이 그를 부축하려 할 때, 단구의 복면인이 한 손에 뭔가를 집어 든 채 문 앞으로 히죽거리며 걸어 나왔다.

묵객의 눈에서 삽시간에 살기가 일었다.

"놈! 감히 여기가 어디라고 온 것이냐!"

"......!"

그의 외침에 단구의 복면인은 눈이 커졌다. 마치 못 볼 걸 본 것처럼 눈동자가 흔들거리는 것이 복면 너머로 보일 정도였다.

타타타탁.

"어딜!"

단구의 복면인이 말없이 도망가자 묵객이 따라붙었다.

그 순간 단구의 복면인이 근처 객방 건물의 지붕으로 올라가더니 엄청난 속도로 달려 나갔다.

'빨라.'

눈부신 움직임을 목격한 묵객은 고민했다.

전력을 다하면 못 잡을 정도의 경공술은 아니다.

하지만 그를 추적하다간 위중한 장 가주를 잃게 될지도 모른다.

결국 묵객은 장원태를 선택했다.

"장 가주, 말 좀 해보시오. 저들은 누구요?"

장원태 곁으로 다가가 그를 부축한 묵객이 물었다.

"으으으으."

"제길!"

그러나 장원태는 말조차 꺼내지 못하는 인사불성이었다.

묵객은 그를 들쳐 메고 급히 장원의 안쪽으로 뛰어갔다.

*　　*　　*

드르르륵.

문이 열리는 소리에 깨어 있던 삼 장로가 이불 속에 놓인 검을 본능적으로 집었다. 그러고는 침상에 앉으며 입을 열었다.

"누구냐. 감히 여기가 어느 안전이라고……."

"끌끌끌."

복면인이 웃으며 어둠 속에서 천천히 걸어왔다. 창을 통해 흘러든 빛이 얼굴쯤에 걸렸을 때 자리에서 멈춰 섰다.

"감히 우리의 자리를 빼앗고도 무사할 것 같으냐."

"…석가장?"

"홍! 죽어라! 엇!"

검을 뽑으려던 사내의 동작이 무너졌다. 삼 장로의 기습적인 공격에 어깨를 맞고 무릎을 꿇은 것이다.

그 기회를 놓치지 않고 삼 장로는 밖으로 뛰쳐나갔다.

"이런……."

마당으로 나온 삼 장로는 눈앞에 벌어진 참상에 입을 다물지 못했다. 피가 바닥을 적시고 있었다. 이 근처를 호위하던 팽가의 무인들이 모두 죽어 있었던 것이다.

삼 장로는 고개를 한 곳으로 돌리며 외쳤다.

"이 장로! 일 장로!"

장로들의 객방은 한데 모여 있었다. 지척에서 큰 소리가 났는데도 대답이 없자 그는 급히 이 장로가 기거하던 객방으로 달려갔다.

그렇게 문 앞에 당도한 순간.

끼이이익.

"이럴 수가!"

문고리를 잡으며 삼 장로가 천천히 쓰러졌다.

온몸에 피 칠갑을 한 채 바닥에 누워 있는 이 장로.

삼 장로는 보자마자 직감적으로 그가 이미 죽었다는 것을 알았다.

"장씨세가 쓰레기들……."

그리고 문 앞에서 이를 드러낸 채 서 있는 복면인의 살기 어린 목소리.

삼 장로는 황급히 몸을 날려 마당으로 뛰어나갔다.

"일 장로!"

"삼 장로, 도망치게."

얼굴이 벌겋게 달아오른 일 장로. 그의 말에 삼 장로는 신음을 삼키고 말았다.

"어디로 말입니까?"

벌써 포위된 상태였다. 객방 곳곳에 숨어 있었을 세 명의 괴인이 한데 모여 자신들의 퇴로를 차단하고 있었다.

"죽여주마, 장씨세가 놈들."

"석가장의 명예를 더럽힌 놈들. 우리가 가만히 있을 거라 생각했나?"

"너희들을 죽이러 왔다!"

한데 모인 괴인들이 천천히 걸어왔다.

삼 장로는 그들을 힐끔 보더니 굳은 얼굴로 일 장로를 향해 말했다.

"일 장로! 먼저 피하시오. 여긴 내가 맡겠소."

"그게 무슨 소린가? 삼 장로! 차라리 같이 힘을 합치세."

"시간이 없소. 어서!"

삼 장로는 일 장로의 양쪽 어깨를 잡으며 거의 괴성에 가까운 목소리로 외쳤다. 일 장로가 놀라서 바라보자 그는 진지한 눈으로 말을 이었다.

"그간 본 가에 말 못 할 폐를 많이 끼쳤소. 억지도 부리고 말썽도 많았소. 그러니 이번에는 부디 그 잘못을 갚을 기회를 주시오."

"삼 장로……."

"누군가는 이 사실을 알아야 하지 않소! 일 장로!"

그 말에 일 상로는 그의 눈빛을 훑었다.

절절한 눈빛.

그에게서 이제껏 보지 못했던 눈빛이었다.

"부, 부디 몸을 보중하게."

일 장로는 곧장 마당 밖으로 뛰어갔다.

"이놈! 가고 싶다고 갈 수 있을 줄 아느냐!"

그들을 지켜보던 복면인 중 한 명이 기다렸다는 듯 달려 나갔다.

그 순간 삼 장로가 뛰어가 그의 검을 받았다.

캉!

두세 번 검을 교차하자 복면인은 더는 달려가지 않고 그를 바라보았다.

"못 간다. 너희들은 이곳에서 나와 죽는다."

삼 장로는 씨익 웃으며 그들을 바라봤다.

"이놈이!"

"뭐, 먼저 죽고 싶다면야."

두 명의 복면인이 먼저 달려들었다.

깡깡깡!

삼 장로는 동시에 들어오는 검을 몇 번이나 쳐내며 필사적으로 버텨냈다. 하지만 그것이 그의 한계였다. 대여섯 번 상대의 검을 받아내던 그가 그 뒤에 이어지는 검에 무릎을 베이고는 무릎을 꿇었다.

패애애액.

그리고 이어진 검이 삼 장로의 가슴을 꿰뚫었다. 다른 검들도 그의 몸통을 관통했고, 몇 번을 더 찔린 그의 고개는 점차 내려갔다.

"가지."

마지막 골반 부분을 찌른 복면인이 검을 회수하며 말했다.

하나, 그는 검 자루에 검을 넣지 못했다. 삼 장로가 손으로 그의 검을 잡아버린 것이다. 온몸은 이미 축축할 정도로 붉게 물들어 있었고, 눈은 흰자위만 보일 정도로 뒤집혀 있었지만 삼 장로는 여전히 웃고 있었다.

"못 간다."

"……."

"내가 죽기 전까진 아무도 못 간다."

"그럼 뭐."

패애애액!

그의 말이 끝나기가 무섭게 다른 복면인의 검이 삼 장로의 목을 쳐 올렸다. 손쉽게 그의 목을 허공으로 날린 복면인이 검을 회수하며 말했다.

"어차피 안 갈 거야."

그는 옆에 있던 복면인 둘을 번갈아 보며 말을 이었다.

"그게 계획이니까."

"낄낄낄."

"흐흐흐."

그들은 웃음을 보이며 곧 어둠 속으로 자취를 감췄다.

정확히 일 장로가 도망갔던 곳과 반대쪽 방향이었다.

*　　　　*　　　　*

광휘는 눈을 감은 채 방 안에 앉아 있었다. 장련이 폭주하는 자신을 붙잡았던 그 일이 있고 난 이후로, 그는 이렇게 하루에 한두 번씩 명상을 하고 있었다.

사사삭. 쏴아아아.

문밖의 고요한 바람 소리.

방 안을 배회하는 미세한 흐름도 느껴진다.

'확실히 예전과 달라.'

청각이 민감한 그였기에 더욱 이 상황이 이채롭게 다가왔다. 물론 가장 빨리 변한 건 인지능력과 시각이었다.

좌우 폭, 거리, 높이.

스스로 원하지 않으면 생각나지 않고, 필요할 때는 즉각 떠오른다. 원하는 대로, 의도하는 대로. 완벽하게 오감(五感)을 통제하는 상태가 바로 지금이었다.

'아직 마지막 관문이 남아 있어.'

피다.

검을 쓰다 피를 보면 다시 예전으로 돌아갈까. 아니면 그대로일까. 그것이 여전히 숙제로 남아 있었다.

'피를 보지 않는 것이 제일 좋긴 하겠지만……'

광휘는 고개를 저었다. 어려운 얘기였다.

장씨세가는 아무리 봐도 복잡한 일에 연관되어 있다. 누군지는 모르지만 그들은 결코 자신이 편하게 요양이나 하도록 놔두지 않을 것이다.

'응?'

광휘가 상념에서 빠져나왔을 때 발소리가 들렸다.

그는 곧장 자리에 일어나 문을 열었다.

"무사님, 장련 아가씨가 부르십니다."

하인 한 명이 기다렸다는 듯 고개를 숙였다. 광휘가 말없이 그를 내려다보다 입을 열었다.

"이 밤에?"

"예. 급히 찾으신다고 하셔서……."

그의 말에 광휘는 잠시 생각하다 고개를 끄덕였다.

"어딘가?"

"소인을 따라오시지요."

광휘는 별다른 대꾸 없이 그를 따라 밖으로 나섰다.

"자네, 어디 가나?"

이름 모를 하인과 광휘가 마당을 벗어났을 때, 주변을 둘러보고 있던 팽가의 무사 하나가 다가와 말을 걸었다.

"장련 아가씨가 부르셔서 이분을 데리고 가는 길입니다."

하인은 그에게 머리를 조아렸다.

"응? 장씨세가의 아가씨가 머무는 곳은 이쪽이 아닌데?"

"알고 있습니다. 유월루(流月樓)로 따로 부르셔서……."

"그래? 그럼 가 보게."

무사의 말에 하인이 고개를 조아리고는 다시금 걷기 시작했다.

광휘는 별다른 말 없이 계속 그를 따라 걸었다.

일각쯤 걸었을까. 담의 경계선을 따라가다 산길처럼 호젓한 소로로 접어들 때였다.

"자네는 이곳에 온 지 몇 년 되었나?"

광휘가 하인을 향해 처음으로 질문을 던졌다.

"한 십 년 된 것 같습니다."

광휘는 고개를 끄덕이는 것으로 대답을 대신했다. 그렇게 한 스무 보 걷자 광휘는 또다시 입을 열었다.

"십 년 동안 이곳에서 일한 것치고는 길을 참 모르는군."

"예?"

"하긴, 그렇겠지. 혹시나 밖에 나와 있을 사람들의 이목을 피하기 위해서는 협소한 길로 가야 할 테고, 나의 의심을 받지 않기 위해선 언덕이나 험한 길은 피해야 하겠지."

광휘가 걸음을 멈췄다.

"이제 그만 걷지."

"……?"

"목적지에 도착한 것 같으니."

스륵.

광휘는 말과 함께 두 팔의 소매를 걷어 올렸다.

第二章

팽가의 함정

"끄응… 끙……."

장련은 객방에서 쉽게 잠을 청하지 못했다. 오늘따라 왠지 안정이 되지 않고 불안했다. 낯선 곳에서의 잠자리 때문일지도 모르지만 그녀는 그게 전부가 아니라 생각했다.

"무슨 일이 있어도 광 호위 곁에 붙어 있거라."

오라버니 장웅의 말.

그 말이 계속 그녀의 귓가에 맴도는 듯했다. 왠지 모를 불안한 예감에 뒤척이던 장련은 결국 객방을 나와 광휘가 머무는 곳으로 향했다.

"어디 가십니까?"

주변을 순시 중인 팽가의 무사가 말을 걸어왔다.

"잠시 가볼 곳이 있어서요."

"야심한 시각입니다. 급한 일이 아니라면 아침에 움직이시지요?"

"촌각을 다투는 일이에요."

다급한 말과 달리 장련은 밝게 웃어 보였다.

무사는 잠시 당황한 표정을 짓더니 이내 읍을 해보였다.

"같이 가시지요. 제가 안내하겠습니다."

장련은 무사와 함께 광휘가 있는 객방으로 향했다. 거리가 멀지 않아 곧 그가 머무는 곳에 도착했다.

"무사님?"

광휘를 부르기 위해 입을 열던 장련이 고개를 갸웃거렸다. 객방의 문은 열려 있었고 방 안에는 아무도 없었다.

"어디 가신 거지?"

장련은 주변을 돌아보았다. 하지만 아무도 보이지 않자 그녀는 한동안 서서 머뭇거렸다.

"누군가?"

그때 일대를 순시 중이던 사내 한 명이 장련의 앞으로 다가왔다. 그녀와 함께 왔던 무사는 그보다 직급이 낮은지 예를 갖추며 사정을 말했다.

"이런, 못 만났나 보군요."

사내는 장련을 향해 고개를 돌렸다. 장련이 의문스러운 표정을 짓자 그는 말을 이었다.

"조금 전 장련 아가씨께서 부르셨다는 말을 듣고 그 장씨세가 호위무사분은 그리로 갔습니다."

＊　　　＊　　　＊

팟! 파사사삭!

광휘의 말이 끝나기가 무섭게 몸을 숨겼던 죽립 무사들이 뛰쳐나왔다. 그사이 광휘를 안내했던 사내는 어둠 속으로 급히 몸을 숨겼다.

"확실히 뭔가 다른 녀석이군."

그들의 수장으로 보이는 자가 광휘에게 먼저 입을 열었다.

광휘는 그런 그를 덤덤히 바라봤다.

"알고도 따라왔나?"

"물론."

"왜?"

"피할 이유가 없으니."

"멍청한 건가, 아니면 포기가 빠른 건가?"

"빨리 끝내려는 거다."

"뭐?"

광휘는 주위를 한번 둘러보았다. 산길치고는 지대가 평평했고, 한쪽에는 담이 둘러쳐져 있었다.

광휘가 다시 그들을 응시하며 말했다.

"어차피 너희들은 처리해야 할 놈들이 아닌가."

빠득.

그 말에 수장으로 보이는 죽립 무사가 이를 갈며 외쳤다.

"죽여라!"

광휘를 막아선 자들은 총 다섯. 형형한 살기를 띤 그들의 의도는 누가 봐도 분명해 보였다.

하나, 그들 중심에 선 광휘에게는 아무런 기운도 느껴지지 않았다.

죽일 의도로 접근하는 무인들을 상대로 어떠한 동작도, 감정도 보이지 않았다. 당연히 알고 있었다는 듯, 아니, 이런 상황을 접해봤다는 듯 태연한 자세로 서 있을 뿐이었다.

스르릉.

광휘가 허리춤으로 손을 움직이며 처음으로 괴구검을 꺼내 들었다. 지켜보던 무사 몇 명의 시선에 이채가 감돌았다.

아래 방향의 검신. 괴이한 칼날답게 쥐는 방향도 이목을 자극했다. 그 때문인지 그의 등 뒤에 있는 특이한 기형도에도 눈길이 갔다.

"언제든 와라."

핫.

두 명의 무인이 먼저 뛰어들었다.

파파팟.

광휘는 옆의 벽을 밟으며 높이 도약했다. 죽립 무사 두 명도 곧장 뛰어올랐다.

휘릭.

광휘는 삽시간에 따라붙은 그들의 칼을 공중제비로 손쉽게 따돌렸다.

탓. 탓.

그러자 대기하고 있던 세 명의 죽립 무사 중 두 명이 달려들었다. 한 명은 바닥에 닿을 정도로 몸을 낮춰 접근했고, 다른 한 명은 광휘보다 더 높이 도약했다. 광휘가 공중제비를 돈 후 떨어지는 지점을 포착해 동시에 칼을 쓸 요량이었던 것이다.

그 순간, 광휘는 전혀 예상치 못한 행동을 했다.

패애액. 푹!

"……!"

홀로 남아 광경을 지켜보던 복면인의 눈이 커졌다. 갑자기 상대가 바닥에 검을 던져 버린 것이다.

세차게 내던져진 검은 지면에 꼿꼿이 박혀 들어가 멈췄다.

'왜?'라는 의문이 들 때쯤이었다.

터억.

광휘가 수직으로 꽂힌 자신의 검 자루를 밟으며 지체 없이 몸을 틀었다. 그리고 또다시 기이한 동작을 보였다. 지척까지 다가와 수직으로 내리긋던 죽립 무사의 도(刀)를 향해 두 발을 뻗은 것이다.

칼날이 광휘의 발에 닿는 순간.

쉬익. 휘익.

광휘는 두 발로 도면을 붙잡는 움직임을 보였다.

그 뒤, 발목을 이용해 도신의 방향을 조금 옆쪽으로 비틀었다.

"……!"

"……!"

그러자 놀라운 광경이 벌어졌다.

위에서 아래로 떨어지던 도는 광휘의 몸에 닿을 듯하다가 옆으로 돌아갔고, 아래에서 솟아오르던 도 역시 광휘의 몸을 아슬아슬하게 비켜 나갔다.

그리고 그것은 단지 비켜 나간 선에서 그치지 않았다.

푹.

푹.

그들이 뻗은 도는 졸지에 서로를 공격하게 된 것이다. 한편이었던 자들은 서로서로를 부상 입히며 바닥으로 쓰러졌다.

"핫!"

"으핫!"

그사이 처음 달려들었던 죽립 무사 두 명이 다시금 광휘를 향해 접근했다.

땅을 디딘 광휘는 검 자루를 잡아 들고는 상대가 휘두르는 칼을 보며 몸을 비틀었다. 흉흉한 살기를 뿜어내던 도가 몸을 비튼 광휘의 등허리에 부딪치자 곧장 튕겨 나갔다. 구마도의 넓은 도신 때문이었다.

광휘는 그 찰나를 놓치지 않았다. 도가 튕겨 나간 상대를 향해 곧장 도약하며 두 방향으로 검을 휘둘렀다.

쉬익. 쇄액!

죽립 무사는 발목과 손목이 베이며 바닥을 뒹굴었다.

"후우."

광휘가 잠시 숨을 고르던 때였다.

이번엔 다른 죽립 무사가, 그를 향해 도를 휘둘렀다.

큰 위기였다. 검을 휘두르며 반응하기엔 상대가 반호흡 더 빨랐던 것이다.

그때 광휘는 또 한 번 그들의 상식을 파괴하는 동작을 보였다. 광휘가 괴구검 자루 안으로 손을 집어넣고는 뒤의 사내를 보지도 않고 휘둘렀기 때문이다.

쉬이익!

"억!"

검이 그렇게 회전할 줄 몰랐던 무사는 우선적으로 광휘의 검을 막았다.

그것이… 그의 마지막 반격이었다.

카가가각!

광휘는 검이 돌아가는 방향으로 몸도 같이 움직인 후, 그의 허벅지에 검을 찔러 넣었다.

사내의 자세는 곧장 무너졌고, 광휘의 검에 손목과 허벅지를 또다시 베이고선 바닥을 나뒹굴었다.

"……!"

광휘가 쓰러진 죽립 무사를 확인하곤 마지막 남은 사내에게로 고개를 돌릴 때였다.

순간 뭔가를 보았는지 광휘가 눈을 부릅뜨며 등을 급히 돌렸다. 구마도로 날아오는 것을 방어하기 위함이었다.

쩌어어엉!

저릿한 울림과 함께 광휘의 몸이 들썩이며 담장으로 날아가 처박혔다.

두두둑.

광휘가 부딪친 벽이 무너질 듯 들썩였다.

"그 도, 보통의 재질이 아니군."

홀로 남은 죽립 무사의 몸이 움찔거렸다. 끝났다고 생각하던 그도 놀란 것이다. 무려 반 자(15㎝)에 육박한 도기(刀氣)를 뿌렸건만 관통은커녕 흔적도 남기지 못했다. 그 말은 저 도가 보통의 재질로 만들어지지 않았다는 것을 뜻한다.

처억.

벽에 부딪혔던 광휘가 자리에서 일어섰다. 분명 큰 충격을 받았음에도 그다지 피해를 입지 않은 듯한 얼굴이었다.

"이제 볼 수 있겠군."

오히려 표정은 이전보다 더 덤덤했다.

광휘는 마지막 남은 죽립 무사에게 시선을 맞추고는 입을 열었다.

"감흥이 없던 너의 오호단문도를."

＊　　　＊　　　＊

그와 이십 장 떨어진 처마 위.

지붕 색깔과 같은 붉은색 피복을 두른 한 인영이 웅크렸던 몸을 천천히 폈다.

그가 몸을 세우자 오른손에는 휘어진 물건이 정체를 드러냈다. 활이었다.

'이거 손을 쓰지 않으면 안 되겠군……'

그는 광휘의 무위를 보곤 자칫하면 일이 잘못될 수도 있다고 판단했다.

그는 화살을 활시위에 걸고는 천천히 잡아당겼다. 움직임은 느렸지만 그만큼 기척도 거의 없었다. 근처에 있어도 알아채기 힘들 정도로 은밀한 동작이었다.

꾸우우욱.

그는 활시위를 겨누고는 숨을 죽였다. 기회를 잡기 위한 그의 눈빛이 점점 강렬해지고 있었다.

*   *   *

"한 수를 양보해 주지."

팽오운이 입꼬리를 올리며 말했다.

도발적 언사.

하나, 광휘는 전혀 감정을 보이지 않았다. 오히려 비웃기라도 하는 듯한 표정으로 말했다.

"그럼 한 수 가르쳐 주도록 하지."

"……!"

팽오운의 눈에서 살기가 짙어졌다.

대화마다 심기를 뒤트는 말투. 거기다 이런 와중에도 너무나 태연한 광휘의 자세가 분노를 치솟게 만든다.

그렇게 두 시선이 허공에서 한참을 얽혀 들어갈 때쯤.

패애애액.

광휘의 신형이 먼저 움직였다.

팽오운은 그런 광휘의 움직임을 주시하며 도를 세웠다.

"조심하세요!"

"……?"

어디선가 들려온 갑작스러운 외침에, 상대와 반쯤 거리를 좁힌 광휘의 신형이 들썩이며 멈췄다.

"억!"

또다시 사내의 신음이 흘러나오자 광휘가 지붕 쪽으로 시선을 돌렸다.

그곳에 매복해 있던 상대가 어깨를 부여잡은 채 단검을 빼내고 있었다. 그러고는 재빨리 화살을 잡으며 활시위를 겨누었다.

"……!"

광휘의 시선이, 사내가 활시위를 겨누는 방향으로 움직였다.

"장련?"

놀랍게도 그곳엔 장련이 있었다.

그녀는 광휘를 쳐다보며 매우 당황한 표정을 짓고 있었다.

패애애애액.

강렬한 굉음을 내며 화살이 날아갔다.

광휘는 반사적으로 뛰었다. 하나, 화살보다 더 빨리 달리기엔… 거리를 좁히기엔 너무나 멀었다.

"악!"

"소저어어어어!"

第三章

미안하오

"없군요."

팽가의 무사가 걸음을 옮기며 말했다. 사내의 말을 따라 목적지까지 왔지만 광휘라는 장씨세가 호위무사는 보이지 않았다.

"하긴, 이 시간에 유월루에 올 이유가 없지요. 아무래도 그 사내가 잘못 알았나 봅니다."

장련은 말없이 주위를 두리번거렸다. 그의 말대로 사람은 보이지 않았다. 눈앞에 선 거대한 건물 한 채 외엔 특별히 눈여겨볼 곳도 없었다.

"무사님, 여긴 무슨 용도로 지어진 곳인가요?"

"본 가의 모든 지역을 한눈에 볼 수 있지요. 외성 위에 지어진 성루와 비슷한 기능을 한다고 보시면 됩니다."

"그렇군요."

"그나저나 오늘은 유월루를 순시하는 무사가 보이지 않는군요. 객방 호위를 위해 다 간 건지⋯⋯."

무사는 고개를 갸웃거리며 유월루를 올려다봤다. 평소 손님이 오면 이 주변을 통제하기 위해 무사들이 배치된다. 가의 모든 지역을 한눈에 바라볼 수 있기 때문에 외인들의 출입을 막으려는 것이다.

그런데 웬일인지 오늘은 한 명도 보이지 않았다.

"그럼 거처로 돌아가시는 길까지 호위를 서겠습니다."

"아뇨. 그럴 필요 없어요."

"네?"

"제가 알아서 갈 테니 무사님은 돌아가 주세요."

장련이 거부하자 무사는 난처한 표정을 지었다.

"그래도 제가 호위를⋯⋯."

"오늘 아침 일로 생각할 게 좀 있어서요. 잠시 있다가 돌아갈게요."

장련의 말에 무사는 반사적으로 고개를 끄덕였다. 오늘 아침 중정의 일이 떠오른 것이다. 장씨세가가 명문 세가와 명분 정파에 가려 노골적인 푸대접을 받지 않았는가. 이미 동료들 사이에 쫙 퍼진 소문이었다.

"밤공기가 찹니다. 가급적 빨리 들어가십시오."

그는 유월루에 올라가지 말라고 얘기하려다 애써 말을 아끼고 예를 표했다. 이름도 없는 세가의 아녀자가 무슨 일을 꾸미

기야 하겠는가 하고 여긴 것이다.

곧 무사가 자리를 떠나자 장련은 다시 한번 주위를 두리번거
렸다. 그러다 눈앞에 있는 건물 계단으로 천천히 올라갔다.

"아……."

오 층에 올라선 그녀는 달빛 아래 펼쳐진 팽가의 전경을 보
고 자신도 모르게 감탄을 내뱉었다. 다닥다닥 붙은, 그럼에도
질서정연한 건물들이 눈에 비쳤다. 뒤이어 북쪽 방향에 눈길을
사로잡는 화려한 건물도 보였다.

중앙으로 시선을 돌리던 장련이 입을 열었다.

"저곳이 중정이구나. 언제쯤 우리도 저런 장소를 가질 수 있
을지. 저곳은 우리 장씨세가의 거처… 응? 우리 객방이 저리 떨
어져 있었나?"

배정된 객방 주위를 훑던 장련은 의아하게 바라봤다. 남쪽,
외성 입구 쪽에 붙은 객방이 다른 객방보다 지나치게 떨어져 있
다는 느낌을 받은 것이다.

'잠깐, 저건 뭐지?'

장련이 다른 곳으로 시선을 돌릴 때였다. 남서쪽 방향, 드문
드문 지어진 건물 사이로 누군가가 빠르게 움직이고 있었다.

얼굴이 보일 정도로 가까운 거리는 아니었지만 그의 오른손
에 들린 물건은 눈에 확연히 들어왔다. 그리고 울창한 숲 사이
로 몇 명의 사내들이 모여 있는 것이 보였다. 그중 하나의 물체
가 그녀의 이목을 자극했다. 익숙한 거대 대도(大刀)가 달빛에
반사되고 있었던 것이다.

"큰일이다."

장련이 유월루를 내려와 그곳으로 달렸다. 자신이 도움이 될 리 없다고 몇 번이나 되뇌었으나 지붕 위로 올라간 사내 때문에 가만있을 수만은 없었다.

분명 그녀의 눈에 비친 사내의 물건은 활이었다. 만약 광휘가 그 사내의 존재를 모르고 있다면 필시 위험한 상황에 처할 것이다.

"하아. 하아."

급히 뛰어간 장련이 걸음을 멈췄다. 예상대로 싸움은 치열하게 전개되고 있었다. 광휘는 다수의 적들을 상대로 힘든 싸움을 하고 있었다.

그러다 정적이 일고 광휘가 잠시 동작을 멈출 때였다. 지붕 위 사내가 드디어 몸을 일으켰다. 계속 보고 있지 않았다면 알 수 없을 정도로 은밀한 동작이었다.

'안 돼……'

활을 집어 든 그를 보며 장련은 옷 속에 있던 비수를 급히 집어 들었다. 본가에서 연습했던 표적에 비해 몇 배로 먼 거리였지만 생각할 시간이 없었다.

기회는 단 한 번.

사내를 맞히지 못한다면 광휘가 당할 것이다. 상황을 보아하니 광휘는 사내의 존재를 전혀 의식하지 못하고 있었으니 말이다.

휘이익.

상대가 활을 당기는 모습을 보는 순간, 장련은 지체 없이 비수를 날렸다.

팍!

"으윽!"

공중으로 날아간 비수가 복면인의 어깨에 정확히 꽂혔고, 그것을 본 그녀는 그제야 광휘를 향해 소리쳤다.

"무사님, 조심하세요!"

* * *

"큽!"

활영궁사는 불에 덴 듯 강한 통증을 느끼며 어깨를 더듬었다. 갑작스레 날카로운 것이 파고들었기 때문이다.

활을 놓은 그는 어깨를 더듬어 몸에 박힌 것을 빼냈다. 매우 날카로운 비수였다.

'네 이년······.'

암기를 날렸을 것이라 예상되는 지점으로 고개를 돌리자 한 여인이 보였다.

그는 돌연 자세를 바꿔 활을 들었다. 그러고는 여인을 향해 활시위를 당긴 뒤 곧장 화살을 놓았다.

피육.

"악!"

"소저어어어어!"

장련이 신음을 토해 내며 몸을 휘청이자, 급히 몸을 빼낸 광휘가 그녀를 부축하고는 바닥에 천천히 내려놓았다.

"정신을 차리시오, 소저!"

광휘는 눈이 뒤집히고 몸을 파르르 떨어대는 장련을 붙들었다.

하지만 이미 흰자위가 보일 정도로 그녀는 의식을 잃은 상태였다.

복면인이 다시금 활을 겨누고 있었지만 광휘는 전혀 인식하지 못하고 있었다.

"그만!"

광휘가 장련의 상처를 살필 때, 뒤쪽에서 누군가 괴성을 질러 댔다.

쨍그랑.

그 순간 기왓장이 떨어지며 바닥에서 요란한 소리가 났다. 그제야 광휘는 조금 전 화살이 날아왔던 곳으로 고개를 돌렸다.

'제길.'

지붕 위, 활시위를 당기려던 활영궁사가 엉거주춤한 자세를 취했다. 갑작스러운 외침에 무너질 뻔한 중심을 겨우 바로잡았다.

그는 팽오운을 의아한 시선으로 한 번 바라본 후, 다시금 활시위를 당겼다.

"그만하라 하지 않았느냐!"

또다시 괴성을 지른 팽오운.

하나, 활영궁사는 이미 결심을 했는지 동작을 멈추지 않았다.

쉭. 쉭. 쉭. 쉭. 쉭.

연사 공격.

활시위를 당긴 그는 거의 눈 깜짝할 사이에 다섯 개의 활을 연속해서 날렸다.

피이익.

사내의 손을 떠난 화살이 광휘에게로 날아갔다. 시간 차가 거의 없을 정도로 활이 쏟아진 것이다.

그 순간.

빠아아악.

날아들던 화살이 일거에 부러졌다. 부서진 파편들은 광휘를 향해 날아오지 못하고 여러 방향으로 갈라지며 바닥에 떨어졌다.

뒤이어 건물 벽에 박혀 들어간 다섯 개의 수리검. 그것이 화살을 부러뜨린 것이다.

타타탓.

인상을 찡그린 복면인은 활이 다 떨어지자 곧장 자리를 피했다. 다른 지붕을 밟고 바닥에 내려간 뒤 민첩하게 사라지는 모습이, 이곳 지형을 확실히 인지한 듯한 움직임이었다.

광휘를 응시하던 팽오운이 고개를 돌렸다.

"돌아간다."

"대사형……"

사제들은 의아한 시선으로 그를 불렀다.

"돌아간다!"

하지만 다시금 커지는 목소리에 그들은 발길을 돌릴 수밖에 없었다.

"단장님!"

잠시 뒤, 명호가 도착해 광휘를 불렀다.

광휘는 여전히 장련이 맞은 화살을 지켜보고 있었다.

'상처가……'

천만다행하게도 화살은 장련의 심장을 관통하지 않았다.

하나, 광휘의 표정은 좋지 않았다. 이제껏 이런 표정을 지어 본 적이 없을 정도로 심각했다.

패액.

광휘는 장련의 어깨에 박힌 화살을 빼냈다. 장련은 신음을 흘리지 않았다. 이미 정신을 잃은 것이다.

"이런."

화살을 들어 촉을 가늠하던 명호가 눈을 찌푸렸다. 광휘가 왜 이렇게 어두운 표정을 짓고 있는지 뒤늦게 깨달은 것이다.

독이다.

장련의 피에 씻기고 살에 내부분이 닦여 나갔을 터인데도 아직도 코를 찌르는 역한 냄새가 났다.

잠시 고민하던 명호가 곧장 품속에서 비수를 꺼내 들었다.

광휘가 그 모습에 버럭 소리를 질렀다.

"무슨 짓이냐!"

"잘라내야 합니다!"

"뭐?"

"시간이 없습니다. 대부분이 닦여 나갔을 텐데도 화살촉에서 올라오는 냄새가 심합니다. 극독입니다. 반 각 안에 처리하지 않으면 절대 살 수 없습니다."

명호는 말을 하곤 장련의 어깨를 더듬었다. 그리고 비수를 치켜들었다.

"명호!"

그 순간 광휘가 그의 팔을 잡았다.

"이러다 죽습니다! 잘라야 합니다!"

"명호!"

광휘가 장내가 울릴 듯 크게 소리쳤다. 표정이 심각히 일그러져 있었다. 이제껏 이토록 초조한 모습을 보이지 않았던 그였다. 그럼에도 명호는 물러서지 않았다.

"단장, 방법이 없습니다. 장련 소저를 살리고 싶으면 지금 해야 합니다. 빠르면 빠를수록 좋습니다. 지금 팔 하나를 잘라 내면 장련 소저의 목숨은 분명 살릴 수 있을……."

"그저 팔 하나가 아니다! 여인의 몸이다!"

광휘가 내지르는 호통에 명호가 몸을 움찔 댔다.

"거기다 혼례도 올리지 않은 몸이야! 앞으로 상계의 일로 사람들도 많이 만나야 할 것이며, 낭군이 될 사내도 만나야 할 것이다! 우리 같은 무인에겐 그저 팔 하나지만 그녀의 인생엔 전부가 될 수도 있다는 말이다! 그런데 너는 어찌 팔을 자른다는 말을 그리 쉽게 내뱉더냐!"

"하나, 단장, 다른 방법이 없습……."

"생각해 내라! 방법을 생각해 내야 한다, 명호!"

"……."

"명호!"

계속된 외침에 명호의 머릿속이 빠르게 돌아갔다.

"크……."

명호는 이를 악물었다.

방법. 방법을 찾아내야 한다. 하지만 어떻게?

사실 반 각도 길다. 화살촉에 발라져 있던 독은 극독이고, 이미 대부분이 장련의 몸속으로 들어갔다. 정해진 시간 내에 어깨를 자르지 않으면 설령 의선(醫仙)이 온다고 해도 절대로 살리지 못한다.

'가만. 의선이라고?'

"젠장할!"

명호는 욕을 내뱉으며 비수를 고쳐 잡고는 장련을 편안히 눕게 했다. 그러고는 몸의 특정 부위를 빠르게 짚어 갔다. 그가 혈도를 짚는 이유는 하나다. 심장을 늦게 뛰게 만들어 독이 퍼지는 시간을 최대한 늦추려는 것이다.

이후 그는 근처 나뭇가지와 풀을 뜯어 그녀의 어깨를 가볍게 맸다. 독이 퍼지는 이차 증상을 막으려는 의도였다.

찌이익!

그 뒤 명호는 다친 부위를 비수로 찢고는 입으로 빨았다. 위험한, 해선 안 될 행동이지만 명호는 독을 다뤘던 자다. 일정량을 빨아낸 후 그는 바닥에 독을 뱉었다.

"퉤!"

명호는 간단한 응급처치를 끝내고는 입을 열었다.

"팽가는 강호에서도 알아주는 명가입니다. 그렇다면 누가 들어도 고개를 끄덕일 만한 뛰어난 의원을 데리고 있거나 수배할수 있을 겁니다."

그는 광휘를 쳐다보며 말을 이었다.

"소저가 살 수 있는 시간은 길어야 일각(15분)입니다. 그사이의원에게 이 상처를 보여야 합니다."

그는 곁눈질하며 계속 말했다.

"제 예상과 다른 극독이라면 의원을 만나기 전에 장련 소저는 죽을 겁니다. 예상보다 늦게 의원을 찾아도 죽습니다. 그가해독을 할 수 없다 해도 죽습니다."

"……"

"그런데도 의원을 찾아가시겠습니까? 팔 하나만 잘라내면 살릴 수 있는 기회를 버리고, 온전히 살릴 수 있는 희박한 가능성에 모든 걸 거시겠습니까?"

광휘는 대답하지 않았다. 일그러진 표정만이 그의 심정을 고스란히 내보이고 있었다.

명호는 입술을 깨물며 장련을 조심스레 안아 들었다.

"최선을 다해 보겠습니다. 오다 보니 장씨세가를 습격했던 괴인들이 있었습니다. 아직 멀리 달아나지는 못했을 겁니다."

그는 말을 끝내고 곧장 달려 나갔다.

자리에서 천천히 일어서던 광휘는 명호와 전혀 다른 방향으로 곧장 질주했다.

*　　　*　　　*

외성 앞에선 대치 상황이 벌어지고 있었다. 길을 트려는 복면인과 그들을 막아선 팽가의 무인들의 싸움이었다.

"대체 이 녀석들이 왜 여기에 있는 건가?"

복면인 중 싸움에 가담하지 않고 지켜보던 자가 입을 열었다. 전혀 예상치 못한 곳에 팽가의 무인들이 나타나자 짜증이 치솟은 것이다.

"소리가 컸던 것 같습니다. 아니면 살려둔 자들 중 한 명이 소문을 낸 것이거나."

키가 작은 복면인이 그의 말을 받았다.

그들은 애초에 팽가의 외성 문을 통과하지 않고 남서쪽 담을 통해 수월하게 도망칠 계획이었다. 이곳은 팽가의 외곽 쪽에 둘러친 담 중 가장 낮은 곳으로, 흔히 말하는 비밀 통로로 인식되는 곳이었다.

한데, 어찌 알았는지 이곳에 팽가의 무인들이 와 있었던 것이다.

"할 수 없군. 죽이지는 마라."

복면인은 낮은 어조로 말했다. 그 말에 다른 복면인 네 명이 고개를 끄덕이며 달려 나갔다.

길을 막아선 팽가의 무인 셋은 긴장하며 적을 상대했다.

깡깡깡!

병기가 몇 번 부딪치자 팽가의 무인들이 주춤거리며 물러섰다. 숫자도 숫자지만 실력에서 큰 차이가 났다. 그도 그럴 것이 이들은 단순히 순시 임무를 수행 중인 팽가의 젊은 제자들. 하지만 복면인들은 방계 쪽에서 고도의 훈련을 받은 무인들이었기 때문이다.

푹!

"억!"

"헉!"

이들은 몇 번 대적하지도 못한 채 그대로 쓰러졌다.

"가자."

앞을 가로막던 무인들이 쓰러지자 수장 격인 복면인이 외쳤다. 그러고선 그가 먼저 담을 뛰어넘으려고 달려 나갔다.

"응?"

하지만 그들은 다시금 걸음을 멈출 수밖에 없었다. 언제 올라갔는지 담장 위에 선 사내가 자신들을 내려다보고 있었기 때문이다. 다른 것은 몰라도 등에 멘 특이한 도가 이목을 집중시켰다.

"살고 싶으면 비켜라."

복면인은 말을 짧게 하며 차갑게 경고했다. 하지만 사내, 광휘는 여전히 대답 없이 그들을 바라보고 있었다.

"방금 보지 않았느냐? 정녕 죽어봐야……"

"누구의 지시를 받았나?"

무미건조한 광휘의 물음에 단구의 복면인이 눈을 가늘게 떴다.

"혹시 너는… 장씨세가 놈인가?"

광휘가 대답하지 않자 그는 입꼬리를 천천히 말아 올렸다.

"잘됐군. 내 이름은 소위건이다. 장씨세가에 석가장의 복수를 하기 위해 이곳에 왔지."

"소위건……."

소위건이란 말에도 사내는 여전히 담담한 표정으로 말했다. 그러다 다섯 명의 복면인을 천천히 둘러본 후 입을 뗐다.

"난처하군."

"뭐?"

"내 이름도 소위건이라서 말이야."

사내의 말에 복면인의 눈빛이 진지해졌다. 본능적으로 뭔가 잘못됐음을 감지한 것이다. 그는 담장에 서 있는 광휘를 향해 눈을 부릅뜨며 외쳤다.

"죽여라!"

                    *   *   *

광휘가 담장에서 내려오는 순간, 복면인 네 명이 달려들었다.

하나, 그들의 움직임은 느렸다. 아니, 느렸다기보다 상대가 몇 배는 더 빨랐기에 상대적으로 느려 보였다.

적어도 팽가의 무인들이 느끼기엔 그랬다.

쏴악. 차악. 촤악.

그들이 찌르는 한 동작을 펼치는 사이에 광휘는 무려 세 번의 동작을 펼쳤다. 각기 다른 각도로 달려드는 세 명의 복면인의 목을 그어버린 것이다. 목이 날아간 복면인들은 그 자리에서 그대로 절명했다.

"끅."

유일하게 살아남은 키 작은 복면인은 허공에 검을 휘두르고 주춤거렸다. 그는 공격을 당하지 않기 위해 검의 방향을 틀며 상대를 향해 뻗었다.

하나, 그도 제대로 검을 뻗지 못했다. 어느새 저돌적으로 쇄도한 광휘가 그의 가슴을 향해 검을 찔러 넣었기 때문이다.

"허어……."

삽시간에 네 명이 쓰러지자 복면인이 어이없다는 듯 읊조렸다. 눈으로 봐도 상황이 곧장 이해가 가지 않았다. 움직임이 빨라도 너무나 빨랐다. 마치 시간을 정지시켜 놓고 상대 혼자만이 활개 치는 것처럼 보였으니까.

하지만 당혹감으로 물들었던 눈빛은 이내 잔잔한 호수처럼 고요해졌다. 그 역시 산전수전 다 겪은 몸이었다. 냉정함이 필요한 순간이란 걸 누구보다 잘 알고 있었다.

휘릭.

복면인이 검을 고쳐 잡자 검 끝에서 아지랑이가 피어오르는 형상이 나타났다. 그 모습에, 쓰러진 팽가의 무인들의 얼굴에 당혹감이 어렸다.

"검기(劍氣)……."

정말로 검기가 뻗어 있었다. 눈으로는 볼 수 없지만, 복면인이 사선으로 내린 검의 방향을 따라 지면이 갈라지는 모습을 목격한 것이다.

"넌 반드시 죽여야겠구나."

복면인이 검을 들자 검 끝의 일렁임이 더욱 거세졌다.

상대의 최상승 무공에도 광휘의 얼굴에서는 어떠한 감정도 느껴지지 않았다. 오히려 지나칠 정도로 덤덤한 표정으로 그를 노려보고 있었다.

"일류를 넘어선, 너 같은 무인이 실수하는 것이 있지."

잠시 대치 상황이 이어지자 광휘가 입을 열었다.

복면인이 의아하게 바라보자 그는 다시금 말을 이어 나갔다.

"바로 기를 뿜어낼 수 있다면 누구든 이길 수 있다고 여기는 자신감이다."

광휘는 괴구검을 얼굴 앞으로 비스듬히 들었다. 그러고는 언제든 달려갈 자세를 취했다.

"그것이 바로 가장 큰 약점이지. 왜인 줄 아는가? 검기는 보이지 않는 것이지만 그것을 조종하는 것은 결국 사람이기 때문이다."

"건방진!"

복면인은 외침과 함께 검기를 뿜어냈다.

콰아아앙!

창졸간, 그가 뻗은 검에서 기(氣)가 뻗어 나가며 담장의 일부분을 부숴 버렸다.

하지만 그곳에 광휘는 없었다. 복면인이 손을 휘두름과 동시에 그는 이미 옆으로 몸을 뺀 상태였다.

쇄애액!

광휘가 움직인 위치를 파악하자 복면인은 다시 검기를 뿌렸다.

하나, 이번에도 광휘는 검기를 피해냈다. 피했다기보다 상대가 검기를 사용할 것을 예상해 반대쪽으로 이동한 것이다.

'정녕 사람인가……'

복면인은 눈을 치켜떴다.

놀라웠다.

상대의 반사 속도가 눈으로 좇기 힘들 만큼 빨랐다. 연거푸 가공할 기운을 뽑아낸 복면인이 내기를 다스리기 위해 뒤로 물러섰다.

그 순간 좌우로 움직이며 눈앞을 어지럽히던 광휘가 단숨에 거리를 좁혔다.

좌악.

"컥!"

광휘의 일격에 복면인은 삽시간에 어깨를 베이고는 뒷걸음쳤다. 위기감을 느끼자 그는 급히 검을 들어 방어했다.

하지만 광휘의 검이 더욱 빨랐다. 구분 동작 없이, 아래로 내린 검을 사선 방향으로 재차 그어 올렸기 때문이다.

좌악.

"컥!"

복면인은 왼쪽 어깨에 깊은 자상을 남기고 다시금 뒤로 물러섰다. 복면을 썼음에도 벌겋게 달아오르는 것을 볼 수 있을 정도로 그의 얼굴은 아픔보다는 수치심에 더욱 물들어 있었다. 분노한 얼굴로 상대를 노려보던 복면인은 검을 들어 횡으로 휘둘렀다.

패애애액.

하지만 광휘의 시선은 그보다 아래에 있었다. 몸을 낮춘 그는, 복면인이 검을 든 어깨 방향이 아닌 허벅지를 향해 검을 휘둘렀다.

팩— 팩— 패애애액!

뒤이어 빗발치는 광휘의 검 놀림.

눈으로 좇을 수 없는 움직임과 방향 전환.

광휘는 복면인에게 접근한 순간부터 단 한순간도 떨어지지 않고 계속해서 그를 압박했다.

복면인은 감히 대항할 수도, 막을 수도 없었다. 빠르게만 움직이는 것이 아니라 느리게도 움직였고, 다시 공격해 보려고 마음먹을 때는 다시금 빨라져 도저히 대응할 수가 없었다.

'대체 이 미친 검술은······.'

그는 거의 넋을 잃을 지경이었다. 명문 대파의 고명한 검술이 아니었다. 그냥 휘두르고 베고 찌르는 동작인데 항거할 수 없을 정도로 당하기만 했다.

결국 그는 무공을 제대로 펼치지도 못하고 무릎을 꿇고야 말았다.

"나는 장씨세가 호위무사다. 그리고 말이다."

광휘는 복면인에게 천천히 다가갔다.

그러고는 싸늘한 눈빛으로 검을 치켜들고 그만이 들을 수 있는 목소리로 말했다.

"사실 소위건이란 녀석은 이미 오래전에 나를 찾아왔었다."

"……!"

콱.

말이 끝나기가 무섭게 광휘가 검을 찔러 넣었다. 복면인은 눈을 부릅뜨다 몸을 부르르 떨더니 천천히 고개를 떨어뜨렸다. 충격을 받은 것인지, 고통으로 인한 것인지는 그만이 알 터였다.

"저자는 누구지?"

"방금 장씨세가 호위무사라 밝혔잖아."

겨우 몸을 일으킨 팽가의 무인들이 중얼거렸다.

다른 자들이야 그렇다 쳐도 복면인 한 명은 검기를 쓰는 자였다. 검기를 쓰는 자는 오직 검기로만 상대할 수 있다는 것이 상식이었다.

한데, 눈앞의 사내는 상식을 파괴했다. 검기는 고사하고 대단한 절초도 아닌, 평범한 몇 차례의 검식만으로 상대했다.

"또 뭘 하려는 거지?"

사내들은 다시금 수군댔다.

광휘가 쓰러진 자들의 복면을 모두 벗기고 한데 모아 그들의 손바닥을 유심히 바라보고 있었다.

그러다 이내 단구의 노인 앞에서 멈칫하더니 검을 들어 그의 얼굴을 찔렀다. 두 치 정도 찔러 넣은 광휘가 얼굴선을 따라 그의 피부를 천천히 자르기 시작했다.

"이보시오, 이미 죽은 자이지 않소."

팽가의 무인이 소리쳤지만 광휘는 행동을 멈추지 않았다.

"아무리 악적이라 한들, 주검을 그리 헤집는 행위는 사마외도나……."

다른 무인이 외치자 광휘가 찌익 하고 뜯어낸 한 조각의 살가죽을 들고는 그 무인에게 내밀었다.

"이걸 보면 모르겠나?"

그의 손에 핏기가 어렸다. 그뿐만 아니라 노란 기름이 뚝뚝 떨어졌다.

"설마… 인피면구?"

사내의 말에 광휘는 고개를 끄덕였다. 광휘는 그것을 품속에 갈무리하고는 한쪽에 나 있는 길로 걸어갔다.

* * *

팽인호는 새벽이 다가옴에도 뜬눈으로 자신의 방 안을 돌아다녔다. 곧 좋은 소식이 들려올 거라는 생각 때문인지 표정은 매우 편안해 보였다.

"빨리 가!"

"모두에게 알려야 한다!"

방을 빙빙 돌던 그는 북적이는 소리에 창가로 고개를 내밀었다. 무사들의 다급한 발소리를 듣자 그는 혼자만 알아들을 수 있게 중얼거렸다.

"끝난 건가."

인중 아래로 비치는 달빛에 그의 희미한 웃음이 드러났다. 계획은 완벽하니 당연히 문제가 없을 것이다.

장씨세가를 죽이기 위해 보낸 복면을 쓴 자들은 자신이 오랫동안 데리고 수련시켰던 방계 쪽 인물들. 복면이 벗겨진다고 해도 팽가 사람들은 결코 알아보지 못했을 것이다.

"방계 쪽 이자숙(李紫宿)이란 자도 있으니 변수가 생겨도 문제없을 테고……."

팽가 안에서도 감히 열 손가락 안에 꼽을 수 있는 절정고수.

만약의 사태를 대비해 이번 장씨세가를 제거하는 데 그를 포함시켰다. 그러니 어떠한 변수가 발생한다 하더라도 장씨세가는 죽음의 칼날을 피해 가지 못할 것이다.

"흘흘흘."

그는 기분 좋은 웃음을 흘리며 탁자 앞으로 걸어갔다.

그때 문틈으로 인기척이 들려왔다.

"호고입니다."

"들어오거라."

팽인호는 탁자에 엉덩이를 반쯤 기대며 그를 기다렸다.

곧 문이 열렸다.

"표정이 왜 그러느냐? 이런 경사스러운 날에 말이다."

어찌 평소와는 다른 얼굴로 들어오는 그를 향해 팽인호가 물었다.

"실패했습니다."

"실패?"

"예. 장씨세가 사람들에게 피해를 입히긴 했습니다. 하나, 죽은 자는 이 장로와 삼 장로뿐, 표적은 모두 살아 있습니다."

"뭐라?"

팽인호가 이해가 되지 않은 얼굴로 고개를 삐딱하게 기울이며 되물었다.

"오히려 우리 쪽 피해가 더 컸습니다. 장씨세가를 죽이기 위해 움직인 복면인은 모두 죽임을 당했습니다. 장씨세가 사람으로 추정되는 사내가 그들을 처리한 것으로 파악됩니다."

"설마… 묵객."

"아닙니다. 그는 팽월 소저와 함께 있었습니다."

"그럴 리가! 묵객 말고 누가 그들을 죽였단 말인가. 그곳엔 이 자숙도 있었다!"

"그것이……."

저벅저벅.

그때였다. 열린 문으로 갑자기 복면을 쓴 사람이 허락 없이 방으로 들어왔다.

팽인호의 시선이 그리로 향하는 순간, 그는 복면을 벗어 한쪽에 던지며 얼굴을 내보였다.

팽오운이었다.

"수고하셨습니다."

"수고? 지금 그 말이 입 밖에 나오는가?"

"……?"

"말하게. 왜 내 싸움에 궁사를 투입한 거지?"

"공자……."

"그놈이 왜 내 싸움에 끼어든 건지 말하라 했다!"

그의 외침에 팽인호의 얼굴은 붉어졌다. 하지만 다시금 표정을 지우고선 애써 웃으며 말했다.

"뭔가 일이 있었는가 봅니다. 이 노부는 만약을 대비해 그를……."

"다시는!"

팽오운이 방 안이 떠나갈 듯 쩌렁쩌렁 외치자 팽인호는 움찔했다.

"다시는 내 싸움에 다른 이를 끼어들게 하지 마시오. 아시겠소?"

거듭된 외침에 팽인호가 고개를 끄덕였다.

노기를 가까스로 참아 낸 팽오운이 뒤돌아서자 그가 물었다.

"그런데… 광휘라는 호위무사는 어떻게 됐습니까?"

쩌릿.

고개를 돌리며 노려보자 팽인호는 입을 닫았다.

지독한 살기. 같은 세가 사람도 가차 없이 죽여 버릴 것 같은 진한 살기가 느껴진 것이다.

탕!

잠시 뒤, 다시 고개를 문 쪽으로 돌린 팽오운이 방문을 세차게 닫고 나가 버렸다.

그 모습에 팽인호의 안색이 급격히 변하더니 호고를 향해 고개를 돌렸다.

"그 호위무사가 복면인들을 제거한 것 같습니다."

호고가 말했다.

"등에 도를 멘 그 사내가 확실한가?"

"예. 그가 팽오운과 싸운 뒤, 본가를 빠져나가려던 그들을 전부 처리한 것 같습니다."

"뭐라!"

팽인호가 반사적으로 소리쳤다. 호고가 들어오기 전까지 평온했던 얼굴은 이루 말할 수 없이 일그러졌다. 그는 창가로 고개를 돌리며 외쳤다.

"이 일도! 저 일도! 대체 그자가 뭐이기에! 대체 뭐이기에 이런 일이 벌어진단 말인가!"

"……."

"대체 그자가 누구난 말이다!"

＊　　　＊　　　＊

스쳐 지나가는 사람들 속 광휘의 발걸음은 무거웠다. 장련의 생사를 확인해야 한다는 생각이 들수록 이상하게 걸음은 더욱 느려졌다.

방심을 한 게다. 자신을 에워싼 죽립 무사들을 충분히 빠르게 제압할 수 있었지만 그리하지 않은 건 방심이었다.

물론 변명할 거리는 있었다. 나중에 그들이 누군지 알기 위해 팔목과 어깨, 다리에 상처를 입히는 것을 고집했다. 그리고 피를 보지 않아야 한다는 생각도 어깨를 무겁게 했다. 그 때문에 곧장 쓰러뜨릴 수 있었음에도 시간을 끌게 된 것이다.

'분명 내가 죽을 수도 있었다.'

광휘는 그때의 상황을 떠올리며 생각했다. 만약 장련이 없었더라면, 화살이 자신에게 향했더라면 그럴 수도 있었다.

감각이 예전처럼 돌아오고 나서는 주변 상황을 더듬는 버릇을 의식적으로 지워 버렸다. 그것 때문에 평소라면 충분히 예측하고 파악해 냈을 상대의 존재조차도 까맣게 잊어버린 것이다.

결국 자신에게 날아올 화살이 장련에게 날아갔고, 그녀가 대신 맞고 말았다.

자신은 호위를 해야 하는 자다. 그런데 되레 호위를 받아야 하는 사람에게 도움을 받았고, 다치게 만들었다. 그것이 광휘의 발걸음을 더욱더 더디게 만들었다.

터억.

몇 사람에게 물어 대공자의 처소 앞에 도착했을 때 낯익은 인물이 자신을 불렀다.

"단장님."

"어떻게 되었느냐?"

광휘는 다급히 물었다. 명호가 곧장 대답하지 않자 광휘가 더욱 당황했다.

"괜찮다. 말해보거라. 장련 소저는 어떻게 되었느냐?"

"죽지는 않았습니다만……."

광휘는 시선을 아래로 떨어뜨렸다. 죽지는 않았다는 말이 어떤 의미인지 곧장 이해한 것이다.

"다른 분들은?"

마음을 추스른 광휘가 억지로 다른 것을 물었다.

"장 가주는 위급한 고비를 넘겨서 회복 단계에 있습니다. 그리고 이 공자는 한쪽 다리를 다쳤지만 큰 부상은 아닙니다. 일 장로는 온전하며, 이 장로와 삼 장로는 목숨을 잃었습니다."

"……."

"단장님, 너무 자책하지 마십시오. 관병으로 보이는 그 궁수는 팽가의 비밀 통로를 알고 있었습니다. 그러니 그를 쫓았어도 붙잡기 쉽지 않았을 겁니다. 더구나 그를 사로잡았다고 해독약을 구할 수 있다는 보장이 없지 않습니까."

"……."

"사실 말이 나와서 하는 말이지만 갑자기 장련 소저가 끼어들어서 일이 꼬였……."

"그녀가 날 도와주지 않았다면."

광휘가 말을 끊으며 명호를 바라봤다.

담담한 표정과 어울리지 않게 눈빛이 매우 강렬했다.

"내가 죽었다, 명호."

"……."

명호는 입을 열려다 곧 닫아버렸다. 반박하기 힘들었다.

지붕 위, 몸을 엄폐했던 궁사의 실력은 강호에서도 보기 힘들 정도로 뛰어났었다. 그만한 원거리 공격을 시도하는 궁사는 중원에서도 찾기 힘들었다.

"그럼 저는 급히 필요한 약재를 구하러 가야겠습니다."

"그래."

말을 끝낸 광휘는 안쪽으로 발을 옮겼다.

그 모습을 본 명호가 급히 손을 내저었다.

"단장님, 지금은 안 가시는 게 여러모로 좋을 듯합니다."

하지만 광휘는 그 말을 무시하고 대문 안으로 들어가 버렸다.

그 모습을 보던 명호가 나직이 말했다.

"우측에서 두 번째 문입니다."

그는 그 말을 내뱉고는 가려 했던 곳으로 걸음을 옮겼다.

*　　　*　　　*

광휘가 문을 열 때였다.

"련아!"

"아가씨!"

흐느낌이 섞인 소리가 방 안을 가득 메웠다. 장웅과 일 장로가 침상 옆에서, 누워 있는 장련을 향해 소리치고 있었다.

광휘는 장련이 보이는 곳까지 걸어가 그녀를 바라봤다.

명호의 말대로 그녀는 살아 있었다. 단지 살아만 있다는 것이 안타까울 뿐이었다. 피부가 거멓게 변해 있는 것만 봐도 언제 죽을지 알 수 없을 정도로 심각한 상황이었다. 그런 그녀를 보는 광휘의 얼굴은 속내를 읽기 힘들 정도로 무표정했다.

"광 호위, 어찌 된 것이오? 장련 아가씨의 몸이 왜 이렇소? 아가씨가 왜 이렇게 누워 있는 게요?"

등 뒤의 인기척에 고개를 돌린 일 장로가 입을 열었다. 광휘가 대답이 없자 그의 목소리는 더욱 커졌다.

"왜 이런지 혹시 아시는 것이 있소? 그대는 아가씨의 호위무사지 않소."

울먹이는 일 장로의 말에도 광휘는 대답하지 않았다. 묵묵히 시선을 다른 곳으로 돌릴 뿐이었다.

그때 한쪽 다리를 꿇고 일 장로를 보던 장웅이 손을 내저으며 말했다.

"그만하시오, 일 장로. 광 호위가 무슨 죄가 있겠소. 모두 내 탓일 게요."

"공자님……."

"내가 좀 더 단단히 일러두어야 했소. 광 호위 옆에 붙어 있으라고 할 게 아니라, 한 방을 쓰더라도 붙어 떨어지지 말라고 말이오. 만약 그리했다면 이런 일은 없었을 것이오. 내 잘못이오. 모두 다 내 잘못이오."

울음을 꾸역꾸역 참으며 스스로를 탓하는 모습에 광휘는 더는 이곳에 있기가 힘들었다.

"……."

한참을 침묵하다 광휘가 말없이 방을 나갔음에도 일 장로와 장웅은 장련에게 시선을 둘 뿐이었다.

"광 호위."

방문을 나서는 광휘를 부른 자는 묵객이었다. 가주의 안위를 살피다 때마침 이곳에 도착한 것이다.

"어떻게 된 것이오?"

"……."

"항상 자신하지 않았소? 장련 소저의 곁에서 그녀를 지키겠다고, 모두가 모인 자리에서 당당히 공언하지 않았소? 그런데 이게 뭐요. 장씨세가 사람들이 죽고 장련 소저가 위독하다는 말이 대체 뭐요!"

"……."

"당신은 장련 소저의 호위무사 아니오. 뭐라고 말 좀 해보시오!"

"내 잘못이오."

광휘가 힘겹게 입을 열었다.

묵객은 그가 사과할 줄 몰랐는지 뭐라 말하지 못하고 명한 표정을 지었다.

그사이 광휘가 말을 이었다.

"모두 다 내 잘못이오."

광휘는 그 말을 남기고 조용히 자리를 떠났다.

그가 떠나는 뒷모습을 바라보던 묵객이 천천히 바닥으로 시선을 내렸다.

싸늘하게 변한 눈빛은 곧 찌푸려졌고 얼굴도 천천히 일그러졌다.

"아니. 내 잘못이다."

그는 읊조리듯 말했다. 기억이 난 것이다. 그녀가 무공을 익히면 스스로 위험에 뛰어들 거란 그의 말이.

"묵객, 네가 잘못한 거라고!"

쾅!

그는 벽에 대고 주먹을 휘둘렀다. 내기를 끌어올리지 않아서인지 벽에 피가 묻어났다. 화를 내고 싶어도 그러지 못하는 상황. 그것이 묵객을 더욱 힘들게 만들었다.

츠으으윽.

그는 방 안에 들어가지 않고 문가에 주저앉았다. 흐느끼는 목소리가 그의 슬픔을 단적으로 보여주고 있었다.

"묵객. 넌 뭐 하고 있었느냐. 대체 뭐 하고 있었느냐고, 이 못난 녀석아……."

묵객은 알고 있었다. 광휘를 비난했지만 사실 비난할 대상은 그가 아니라 자신이란 것을.

*　　　*　　　*

광휘는 발길이 닿는 대로 걷고 있었다. 지금 걷는 곳이 팽가의 어디에 위치해 있는지, 어느 방향으로 향하는지 모른 채 걸어갔다.

기분이 이상했다. 속이 비어 있는 듯한 느낌이 들었다가 막힌 것처럼, 말할 수 없이 답답해졌다. 사람을 죽일 때와는 전혀 다른 감정이었다. 그때는 쾌락을 갈구하며 야릇한 기분이 들었다면 지금은 전혀 다른, 견디기 힘들고 떨쳐 버리고 싶을 만큼 거북한 기분이 들었다.

"우울한 날이 참 많았었어요."

자신이 의도하지 않은 상념이 떠오르자 광휘가 고개를 저었다. 광휘는 그저 싫었다. 이런 기분이, 이상하게 가슴이 뛰다가 다시금 가라앉는 이런 기분이 견디기 힘들 정도로 싫었다.

"석가장의 칼날에 매일 사람들이 죽어나갔어요. 약초꾼, 땅꾼, 도부꾼……. 알려지지 않았을 뿐, 저희는 다 알고 있었어요."

하지만 목소리는 계속해서 들려왔다.
광휘는 상념을 떨치기 위해 연신 고개를 저었다.

"그랬기에 두려웠어요. 한 번이라도 웃어본 날을 손에 꼽을 정도로요."

어느 순간 광휘의 걸음이 멈췄다. 그제야 떠오르는 목소리가 장련의 것이란 걸 인지한 것이다.

"그러던 그때 당신을 만났어요. 첫인상은 좋지 않았지만 당신이 들어오고부터 모든 게 변했어요. 저희 세가에 와 주셔서… 계속 도와주셔서 정말 감사합니다, 제 호위무사님."

장련의 목소리가 사그라지자 이번엔 명호의 목소리가 들려왔다.

"제 예상과 다른 극독이라면 의원을 만나기 전에 장련 소저는 죽을 겁니다. 예상보다 늦게 의원을 찾아도 죽습니다. 그가 해독을 할 수 없다 해도 죽습니다."

"그런데도 의원을 찾아가시겠습니까? 팔 하나만 잘라 내면 살릴 수 있는 기회를 버리고, 온전히 살릴 수 있는 희박한 가능성에 모든 걸 거시겠습니까?"

풀썩.

광휘는 땅에 주저앉았다. 계속 밀려오는 저릿한 삼성 때문에 걷기도, 서 있기도 힘들어진 것이다.

광휘는 아무나 붙잡고 묻고 싶었다. 왜 이렇게 화가 나는지. 대체 무엇 때문에 화가 나면서도 괴로운지 정말로 묻고 싶었다.

"미안하오."

결국 광휘는 자신의 감정이 시키는 대로 말을 내뱉었다. 항상 웃고 있던 장련의 모습들이 스쳐 가자, 가슴속에 맺힌 감정이 자연스레 흘러나온 것이다.

"항상 제멋대로여서 미안하오. 항상 거절만 해서 미안하오. 늘 이기적이어서… 미안하오."

광휘는 바닥에 얼굴을 파묻으며, 진정되지 않는 가슴을 부여잡고 말을 이었다.

"지켜주지 못해 정말 미안하오, 소저……."

第四章

일 장로의 음모

　이른 아침, 팽가의 대전 안엔 사람들로 발 디딜 곳이 없었다. 남궁세가와 초가보, 청성파와 화산파는 이른 시간부터 참석해 자리에 앉아 있었다. 장씨세가 사람도 보였다. 부상당한 몸을 이끌고 온 이 공자뿐이었지만 말이다.

　사람들의 시선은 단상 쪽을 향했다. 팽가의 가주가 와병 중인 탓에 단상 위 자리는 비어 있었지만, 그 아래에는 팽가의 걸출한 인물들이 시립해 있었기 때문이다.

　장로를 대표해서 팽인호가 중앙에 서 있었고, 팽가운이 그의 옆을 지켰다.

　"간밤의 일로 많이 소란스러웠을 거란 걸 압니다. 그 사건을 말씀드리기에 앞서 우선 여러분이 알아두어야 할 것부터 설명

드리겠습니다."

팽인호가 좌중의 시선을 받으며 입을 뗐다. 착석하지 못해 입구 쪽에 서 있던 팽가 사람들의 시선까지 일일이 모으며 그는 말을 이어 나갔다.

"본가의 남서쪽 외성 부근에 균열이 생긴 벽이 있습니다. 올해 늦가을에 갑작스러운 폭우로 인해 생긴 것으로, 아직 보수를 마치지 않은 상태지요. 그곳으로 침입자들이 들어왔습니다."

팽인호는 계속해서 말을 이었다.

"적들이 침입한 목적은 하나였습니다. 바로 장씨세가를 치는 것. 왜 노렸느냐? 바로 이것 때문입니다. 들고 오너라!"

그가 손을 앞으로 흔들었다. 그러자 대문이 열리며 장정 두명이 들것을 든 채 걸어 나왔다.

좌중의 시선이 그들에게로 향했다. 들것에는 주검으로 보이는 사람이 누워 있었기 때문이다.

투욱.

장정들이 팽인호 앞에 들것을 놓고 옆으로 빠지자, 팽인호는 시체의 품속으로 손을 집어넣었다.

슥슥슥.

그다음 뭔가를 집어 들더니 모두를 향해 쫙 펼쳐 보였다. 여러 장의 문서였다.

"이것입니다. 석가장의 노른자위 땅을 증명하는 서류이지요."

이름 모를 글자들과 붉은 직인이 찍힌 종이.

그는 그것을 모두가 보는 앞에서 공개했다.

"석가장이라고?"

"왜 저게 저자의 품속에 있는가……."

사람들이 조금씩 웅성이기 시작했다. 그중 몇몇은 서로 귓가에 대고 조용히 속삭이는 모습도 보였다.

팽인호는 각 파와 세가 사람들이 볼 수 있게 그것을 들고 중앙으로 걸어 나갔다.

'저게 왜…….'

장웅은 이해가 가지 않는 얼굴로 팽인호를 바라봤다. 예상치 못한 땅문서의 등장에 그 역시 당황한 것이다.

복면인들이 석가장에서 왔다고 직접 언급했기에 그 사실은 알고 있었지만, 저것이 왜 저자의 품에 있는지는 알 수 없었다.

다시 제자리로 걸어간 팽인호가 말을 이어 갔다.

"사실 이것은 제가 어제까지 들고 있었던 것입니다. 한 달 전, 본 가의 무인들이 석가장 부근에서 이걸 발견하고 제게 건네주었습니다. 당연히 전 어젯밤에 이걸 장 가주에게 돌려주었고요. 그런데 놀랍게도 오늘 시체의 품을 뒤져보니 이것이 들어 있던 겁니다."

"그것이 대체 무슨 의미요? 그리고 만약 침입한 자들이 석가장이라면 복수를 위해 움직였을 텐데 서류를 챙기는 의미가 있소?"

담담히 듣고 있던 화산파 지관 진인이 확인을 하려는 듯 물었다.

"재기를 노리기 위해선 그 서류가 필요하기 때문입니다. 아시겠지만 석가장은 장씨세가의 공격에 멸문한 곳입니다. 하나, 그 속을 들여다보면 문파 간의 싸움처럼 전력 대 전력으로 부딪친 것이 아니라, 뛰어난 전략에 의해 완패를 한 것이었습니다. 하여 석가장은 무너졌지만 그들의 세력은 아직 건재했었지요."

"팽가의 일 장로 말대로, 석가장으로 추정되는 자들이 균열이 생긴 곳으로 들어왔다는 점이 이해가 안 되는 바는 아니오."

팽인호의 말에 남궁세가 남궁백이 이해가 가지 않는다는 투로 입을 열었다.

"하나, 아무리 그래도 석가장은 일개 장일 뿐이오. 장씨세가를 죽이기 위해 굳이 오대세가라는 팽가에 들어왔다는 것은 이해하기 힘드오."

그는 한 번 뜸을 들인 후 재차 말했다.

"생각해 보시오. 자타 공인 명가라는 팽가를 침입했소. 강호에 내세울 만한 고수가 주도하지 않는 이상 승산이 없는 싸움이오. 대단한 무가도 아닌 석가장이 어찌 그런 일을 벌였겠소."

남궁백의 말에 팽인호가 곧장 고개를 끄덕였다.

"남궁백 대협의 말이 맞습니다. 팽가에 넘어오려면 그에 걸맞은 이유와 자신감이 있어야지요. 그게 아니라면 장씨세가가 본가에서 돌아갈 때 공격하는 게 이치상 맞습니다. 하나, 이런 가정을 해 볼 수도 있습니다."

"……."

"석가장과 내통한 자가 장씨세가에 있었다면? 그럼 장 가주의 손에 석가장의 서류가 들어간 것을 알았을 것입니다. 하여 혹시라도 장 가주가 팽가에게 도로 건네줄 것을 염려한 나머지 기회가 지금밖에 없다고 여긴 사람들이 무리하게 공격할 수 있는 게지요. 그리고 또 한 가지."

팽인호는 좌중을 천천히 둘러보며 말을 이었다.

"뛰어난 고수가 석가장을 도왔다면 이 상황이 납득이 될 겁니다."

웅성웅성.

도처에 다시금 소란이 일었다. 석가장과 내통한 자란 것도 그렇지만 뛰어난 고수라는 말에 호기심이 인 것이다.

"누굴 말하는 겁니까?"

청성파 청운 도장이 입을 떼자, 팽인호는 기다렸다는 듯 즉각 대답했다.

"백대고수 중 하나로 불리는 소위건입니다."

"소위건?"

"어제 말했던 그 흑도 고수?"

좌중은 다시 웅성이기 시작했다. 그들뿐만이 아니었다. 얘기를 듣던 이 공자도, 팽가운도 놀란 반응을 보였다.

"그는 죽었다고 하지 않았소?"

이번엔 초가보 초영숭이 의문을 나타냈다.

"저 또한 그렇게 알고 있었습니다. 한데, 장씨세가와 싸워 죽은 줄 알았던 소위건은 살아 있었습니다. 이 공자, 제 말이 틀렸습니까?"

그의 물음에 좌중의 시선이 그에게로 쏠렸다. 당황한 표정과 놀라운 표정, 의아한 표정 등 제각각이었다.

'상황이 난처하게 되었구나.'

장웅의 낯빛은 어두워졌다. 그의 말대로, 결과적으로 소위건을 보내준 것은 맞다.

하지만 그가 객잔 내에 있었던 사람들에게 들은 얘기로는 어쩔 수 없는 상황이었던 것 같았다. 문제는 그 얘기를 모두 털어놓아 봤자 자질구레한 변명만 된다는 것이었다.

그러던 그때 그를 더욱 난처하게 만드는 말이 나왔다.

"당시 객잔에 있던 소위건은 도망쳤습니다. 정확히 말하자면 장씨세가 호위무사가 싸우지 않고 보내준 것이지요. 그렇지 않습니까, 이 공자?"

'큰일이구나.'

장웅은 난처함을 넘어 위기감을 느꼈다. 그 말이 사실이긴 하나, 상황에 따라선 전혀 다른 의미로 받아들여질 수 있었다. 지금 분위기가 그랬다.

명문 대파의 장로들.

정파는 협을 숭상하는 만큼, 흑도의 인물에 강한 거부감을 보인다. 상황에 따라선 장씨세가가 소위건을 놓아주었기 때문에 이런 피해가 생긴 것이라고 그들을 향해 질책해 올 수 있었다. 더구나 광휘는 자연스럽게 내통한 자로 지목되는 분위기였다.

"맞습니다. 당시 본 가의 호위무사가 피해가 커질 것을 우려해 그를 살려 보내주었습니다."

결국 장웅은 솔직히 속내를 꺼냈다.

두 가지 방안이 있지만 어차피 둘 다 난처해질 수밖에 없다면 일단 진실을 말하는 것이 더 이롭다고 판단한 것이다.

"하지만 광 호위는 석가장과 내통하지 않았습니다. 이건 내 목숨을 걸고 장담할 수 있습니다."

장웅은 진실된 호소를 이어 갔으나 반응은 좋지 않았다.

"허어."

"쯧쯧쯧. 저런."

장내는 장웅을 향한 불쾌한 시선으로 가득 찼다.

사파 고수를 보내주었다. 그것은 정파 무인으로서는 수치스러운 것이었다.

"음, 장씨세가를 너무 몰아붙이지 맙시다. 이미 끝난 일입니다. 당시 그들로서는 소위건을 죽일 자가 없었던 것도 맞고 묵객이라는 걸출한 인물이 있긴 했지만, 그는 본진에 머물러야 하는 특수한 상황이었으니까 말이지요."

마침 팽인호가 나서자 좌중은 어느 정도 인정하며 고개를 끄덕였다. 장씨세가는 무가가 아닌 상계 쪽에 치우친 가문이고, 그러기에 이름 있는 고수가 없었다는 건 다들 인정하고 있는 부분이었다. 그리고 이유야 어쨌든, 팽가가 이번 일을 문제 삼지 않는다고 얘길 했다.

물론 그렇다고 해도 장씨세가를 바라보는 그들의 시선이 곱지는 않았다.

"인호 장로, 석가장의 일로 팽가 쪽 사람들도 많이 상했다고 하던데, 정말 대단한 아량이시오."

"그렇소. 과연 명가라 불릴 만하오. 이름 없는 세가를 감싸 주는 것이 어디 쉬운 일이겠소."

좋은 분위기가 되긴 했지만 그건 팽가 쪽으로만 흘렀다. 화산파와 청성파가 팽인호를 언급하며 치켜세워 준 것이다.

다른 사람들도 같은 반응이었다. 그들의 말에 고개를 끄덕이며 동조했다.

팽인호가 손을 내저으며 말했다.

"말씀대로 우리 쪽 피해가 있긴 했습니다만, 장씨세가의 피해에 견줄 수야 있겠습니까. 모두들 그런 마음으로 다시 한번 장씨세가를 이해해 주십시오."

그는 상황을 정리하며 다시 한번 예를 표했다. 그런 모습이 사람들의 긍정적인 반응을 더 이끌어 냈다.

'다들 저자의 말솜씨에 넘어갔구나.'

팽가운은 좌중에게 담담한 표정을 지어 보였지만, 팽인호를 바라보는 그의 속마음은 달랐다. 팽인호는 팽가의 식솔들이 죽었는데도 아무렇지 않게 말하고 있었다. 아무리 마음이 넓다 해도 본 가의 무인이 상한 것에 대한 질책은 있어야 하는 법인데, 그는 상식 밖으로 관대하게 굴고 있었다. 솔직한 말로, 듣기 거북했다.

'의도한 것인가? 분위기를 장악했어. 모든 대화가 저자 중심으로 흐르고 있구나.'

팽가운은 도중에 끼어들려고 마음먹고 있었지만, 팽인호가 처음부터 전혀 알지 못하는 정보들을 나열하는 바람에 기회를 잃어버렸다.

지금 와서는 원래 그가 팽인호에게 하려고 했었던 책임 추궁도 못 하게 된 것이다.

'정말 소위건인 건가.'

그리고 장웅의 머릿속 역시 점점 복잡해지고 있었다.

'정말로 그가 그런 짓을 한 건가…….'

*　　　*　　　*

턱. 턱. 턱.

팽가운이 기거하는 다섯 개의 방 중, 네 번째 처소 안에서 부석대는 소리가 들렸다.

찰랑찰랑.

절굿공이에 약초를 빻던 노인은 빻은 약초를 탕약에 뿌린 뒤 숟가락을 들어 서었다. 그러고는 거멓게 변해가는 어인의 입에 약을 흘려 넣었다.

"차도가 있으신 겝니까?"

일 장로 장운이, 흰 삼베옷을 입고 얼굴에 주름이 가득한 의원을 향해 물었다.

옆에 서 있던 묵객의 시선이 그의 입에 머물렀다.

"어려울 듯하오."

예상대로였다. 묵객과 장운의 표정이 더욱 어두워졌다.

일 장로가 재차 물었다.

"이유가……."

"처치와 처방은 흠잡을 데 없었다고 장담하오. 하나, 근본적으로 독이 문제요. 이 독은 강호에서 흔히 볼 수 있는 독이 아니오."

의원은 자리에서 일어서며 말했다.

"지금까지 살아 있는 것도 기적이외다."

"아가씨……."

그 말에 일 장로가 입을 가리며 울먹였다.

묵객 역시 이전보다 더욱 심각해진 얼굴로 변해 있었다.

"이 석가장 놈들……."

일 장로는 손을 불끈 쥐며 치를 떨었다. 야습으로 이 장로와 삼 장로가 죽었다. 당시 상황을 직접 겪은 만큼 분노는 더욱 강했다.

의원이 밖으로 나가려 할 때 묵객이 그를 붙잡았다.

"살릴 방도가 없는 게요?"

"……."

"정녕, 이대로 죽어야 하는 게요……?"

짜증 섞인 표정을 짓는 의원이었지만, 눈앞의 사내가 누군지 아는 탓에 점잖게 대답했다.

"결코 해독하기 쉽지 않은 독이오. 혹, 독으로 유명한 당가의 명의라면 모르지만… 그가 여기까지 올 리도 없고, 온다고 해도 시간이 그녀의 발목을 잡을 게요."

"……."

"마음의 준비를 해 두시는 게 좋을 겁니다."

드르륵. 탁!

그는 그 말을 끝으로 밖으로 나가 버렸다.

"아가씨… 눈 좀 떠 보십시오, 아가씨……."

일 장로는 중얼거리듯 장련을 바라보았다. 피부가 거멓게 보일 만큼 안색이 좋지 않았다. 보기만 해도 눈살이 찌푸려질 정도였다.

묵객이 고개를 숙이다 입을 열었다.

"죄송합니다, 어르신. 당시에 저는… 저는……."

"아닙니다."

일 장로가 시선을 들더니 묵객을 향해 고개를 저었다.

"대협께서 설마 아시고 그러셨겠습니까. 어쩌다 보니 마침 일이 그렇게 된 것이지요."

일 장로는 가늘게 탄식했다. 지금에 와서 누굴 탓해봤자 의미 없다는 걸 누구보다 잘 알았다.

"한데, 광 호위는 어디 계십니까?"

묵객은 고개를 저었다.

"잘 모르겠습니다."

"계속 자책하고 계실지도 모르겠습니다. 사실 광 호위의 마음이 누구보다 힘들지 않겠습니까."

묵객은 말을 꺼내지 못했다. 그때의 일이 맘에 걸린 것이다. 일방적인 질책에 반발하기는커녕 스스로 잘못했다고 인정하는 그 모습이.

드르륵.

문득 문이 열리고 한 여인이 들어왔다. 팽월이었다.

"위독하다는 얘길 듣고 오는 길이에요. 제가 도울 것이 혹 없을까요?"

그녀의 말에 일 장로의 표정이 일그러졌다. 하지만 노골적으로 거절 의사를 표하지는 않았다.

한데, 그 순간 묵객이 그녀를 막아섰다.

"소저."

"네, 대협."

"지금은 좀 나가주시겠소?"

"네?"

팽월이 이해가 안 된다는 듯 눈을 껌뻑였다. 그러다 이내 다시 밝게 웃어 보였다.

"저도 걱정이 돼서 왔어요. 그리고 마침 팽가의 유능한 의원이 치료를 하고 있다고 얘길 들었기에 잘됐나 궁금하기도 하고……."

"그 점은 고맙게 생각하고 있소. 그러니 지금은 좀 나가주시겠소?"

묵객은 말허리를 끊으며 재차 말을 이었다.

"이건 진심으로 하는 부탁이오."

"……."

"……."

팽월과 묵객은 서로를 진지하게 응시했다.

그 시선에 장련을 바라보던 일 장로가 그쪽으로 눈길을 돌릴 정도였다.

"그래요."

그 말에 팽월이 이해한다는 듯 고개를 끄덕이며 한 발짝 물러섰다.

"나중에 차도가 있으면 알려주세요. 다시 올게요."

팽월은 그 말을 남기고 아무렇지 않은 듯 웃으며 나갔다.

그러나 밖으로 나가는 그녀의 얼굴은 얼음장같이 차갑게 변해 있었다.

*   *   *

"한참 찾았습니다."

광휘는 장련과 마지막으로 걸었던 길, 대나무 가로수 길 사이에 있었다.

그는 물이 고즈넉이 고여 있는 연못가에 앉아 이를 말없이 바라보고만 있었다.

"음……."

광휘가 돌아보지도 않자 명호는 조심스레 그의 뒤에 앉았다. 한참이나 그렇게 시간이 지나자, 도통 입을 열 것 같지 않던 광휘가 물어왔다.

"장 소저의 상태는 어떠냐?"

명호는 돌려 말해 볼까 생각하다 결국 솔직히 대답했다.

"그다지 차도가 없는 상태입니다."

"…그렇겠지."

광휘의 목소리에는 힘이 없었다.

그 모습을 바라보던 명호가 입을 열었다.

"너무 자책하지 마십시오. 어쩔 수 없는 상황이지 않았습니까."

"어쩔 수 없는 상황을 만들지 않을 수도 있었다."

너무나 확고한 말에 명호는 뭐라 말을 하려다 그만두었다. 무슨 말을 한다고 해도 그를 납득시킬 수 없음을 느낀 것이다.

그리고 동시에 의아한 느낌도 들었다.

'천중단에 계셨을 때는 이러시진 않았는데.'

살수 암살단에 속했을 당시에 광휘는 어떠한 감정도 드러내지 않는 것으로 유명했다. 전쟁이 막바지에 이르렀을 때는 감정이 죽어 있는 것처럼 무덤덤하기까지 했다. 그런 모습을 줄곧 보다 보니 지금의 고뇌하는 모습은 되레 어색하게 느껴졌던 것이다.

잠시 침묵이 흐르던 중, 광휘가 입을 열었다.

"소림의 대환단(大還丹)이라면… 치유가 가능하겠느냐?"

명호가 눈을 조금 더 크게 떴다. 그러나 그다지 놀란 눈치는 아니었다.

"대환단… 아주 대단한 약이지요. 우스갯소리로 죽은 자도 살아난다는 얘기가 있을 만큼 말입니다. 하지만 단장님, 소림의 대환단은 주화입마에 빠지거나 장공 등 큰 내상을 입은 자에게

나 효과가 있을 뿐, 독을 해독하는 데 쓰이는 약은 아닙니다."

말을 하면서도 명호는 가슴이 아파왔다. 자신보다 강호의 경험이 더 많은 광휘였다. 대환단이라는 영약의 효능을 모를 리가 없는 그가 물어온 것이다. 그의 걱정이 어느 정도인지 짐작할 수 있는 대목이었다.

"하긴, 독에 대해서는 당가를 따라갈 수 없지. 그런 네가 고심할 정도면 희망이 없다는 것일 테고……."

광휘는 탄식했다.

당가의 암기술이 중원의 으뜸이라면, 그들의 독은 중원에서도 독보적이라 할 수 있었다.

그리고 그곳의 일대 기재였던 이가 바로 명호였다. 다른 대원보다 상대적으로 미흡한 실력임에도 불구하고 살수 암살단에 들어올 수 있었던 것도 바로 그 이유 때문이 아닌가. 그런 그가 희망이 없다 한다면 정말로 그런 것이다.

그렇게 둘은 한동안 대화를 나누지 않았다. 명호는 명호대로, 광휘는 광휘대로 현재 처한 상황을 매우 어려워했다.

그러던 중에 명호가 광휘를 바라보며 입을 열었다.

"거의 가능성이 없는 얘기라 말하지 않으려고 했습니다만……."

순간 광휘가 고개를 돌렸다. 명호는 주저하면서도 광휘의 얼굴을 보고는 어쩔 수 없다는 듯 입을 열었다.

"삼 년 전, 천심독선(天心毒仙)이란 분이 하남(河南)을 떠돈다는 소문이 있었습니다. 만약 그 소문이 사실이라면, 그리고 아직 그 주변에 머물러 있다면 장련 소저를 살릴 수도 있을 겁니다."

"별호가 독선이라면… 당가 사람인가?"

"그렇습니다."

명호는 기억을 더듬으며 말을 이었다.

"독선께서는 제가 어릴 적에 당가를 대표하셨던 고수셨습니다. 이유는 모르겠지만, 어느 날부터 세인들을 만나는 것을 꺼려 하시곤 가문을 떠나 당가산(唐家山)이라는 곳으로 들어가셨고, 제가 천중단에 입단했을 때에는 아예 공식적으로 은거를 선언하셨습니다."

광휘가 기대에 찬 눈빛을 보였다.

"그런… 그런 인물이 있다면 왜 이제껏 말을 하지 않았느냐?"

"가능성이 거의 없기 때문입니다. 지금 장련 소저의 상태는 너무 위중합니다. 당가에 독을 치유할 사람은 있겠지만 사천(四川)은 이곳에서 너무나 떨어진 땅이고, 독선께서는 한때 이 주변에 머물러 계셨지만 그게 벌써 수년 전의 일입니다. 이곳에 안 계실 수도 있고, 행방에 관해서는 도통 단서가 없습니다."

명호는 부정적으로 말했지만 광휘의 눈빛에는 이채가 서려 있었다.

천심독선. 이름부터 독의 병인이다. 만약 그가 이 근처에 있기만 한다면 가능성이 있는 것이다.

"능시걸(陵詩乞)은 지금 어디에 있느냐?"

"예?"

명호가 잠시 당황한 표정으로 광휘를 바라봤다. 그러다 이내 기억을 더듬고는 말을 이었다.

"하남의 개봉부 북쪽 상연리(上演里)에 있습니다. 그런데 그는 왜……."

광휘가 일어섰다. 얼굴빛이 이전과는 확연히 달라져 있었다.

"며칠만 버텨다오, 명호. 어떻게든 장련이 죽지 않게끔… 부탁하마."

타다닥!

그 말을 남긴 그는 전력으로 남쪽을 향해 뛰어갔다. 달려 나가는 속도가 가히 전광석화를 떠올리게 했다.

"아!"

삽시간에 시야에서 사라지는 광휘를 보며 명호는 눈을 떴다. 광휘가 무슨 생각을 한 건지 그제야 떠오른 것이다.

"능시걸이… 지금 개방의 방주였지!"

천하 각처에 뻗어 있는, 오만여 명에 달하는 거지.

백여 개의 분타.

그들을 관리하는 총타.

이 모든 것을 통제하고 다스리는 실질적인 이가 바로 능시걸이다. 예전에 개방의 후개로 만났던, 하지만 지금은 방(幇)의 우두머리가 된 자였다.

그가 도와준다면, 그리고 천심독선이 이 근방에 있다면 장련 소저가 살아날 단서를 찾을 수 있는 것이다. 개방은 정보 하나만큼은 천하제일이니까.

"그래, 말만 기억한다고 해놓고 정작 잊었었구나. 유역진이 누구인지를."

명호는 광휘가 사라진 곳을 바라보며 미소를 지었다.

"그리고 그의 뒤에 어떤 인물들이 있었는지."

과거 세상을 활보했던, 그리고 그의 뒤에서 수없이 도움을 받았던 구파와 일방.

전혀 생각지도 않은 저변에서 나타난 희망이란 놈이 명호의 가슴속에서 조금씩 꿈틀대고 있었다.

＊　　　＊　　　＊

"후아아아… 배부르다."

중천에 뜬 해는 거지들에게 나른함을 제공한다.

밥을 빌어먹을 수 있는 확률이 가장 높은 순간이고, 빌어먹지 못하더라도 등 뜨끈하게 누워 낮잠을 잘 수 있는 소중한 순간이다.

저잣거리의 상인들은 그런 거지들을 내쫓기 바쁘다. 파리가 꼬이면 장사가 되지 않으니 그만큼 필사적으로 쫓아내는 것이다.

그런 와중에 이때쯤 거지들이 가장 많이 모인다는 판사촌에는 거지들의 대련이 한창이었다. 그 광경을 보기 위해 모인 거지들도 우글우글했다.

"덤벼봐! 굶어 죽을 새끼야!"

"이런 육시랄 놈! 네놈이 먼저 덤벼!"

목책 안 한가운데에서 해진 옷을 입은 두 청년이 죽봉 하나

씩을 쥔 채 거지다운 거친 입담을 쏘아댔다.

"시작!"

그러다 한 거지의 외침과 함께 누가 먼저라고 할 것 없이 서로 상대를 향해 달려들었다.

"하앗."

"타앗!"

부우우웅!

휘우우웅!

한 청년이 긴 죽봉을 휘둘렀고, 상대 역시 죽봉을 크게 휘둘렀다.

첫 결과는 서로 죽봉을 피하는 선에서 끝이 났다. 확실히 민첩함만큼은 둘 다 빼어났다.

탓. 탓. 탓.

그렇게 봉끼리 부딪치기를 몇 번.

"으얍!"

긴 장발의 거지가 상대의 빈틈을 찾아냈는지 저돌적으로 달려들었다. 머리를 묶은 거지가 그의 공격을 몇 차례 방어해 냈지만, 결국 허벅지를 찔리면서 몸이 흔들렸다.

"끝내주마!"

그 모습을 본 청년 거지는 쉬지 않고 상대의 가슴과 어깨를 연속해서 내려쳤다.

둑처럼 단단할 것만 같던 맞은편 거지는, 한번 무너지기 시작하자 걷잡을 수 없이 당하고는 바닥에 엎어졌다.

"청개(靑丐) 승!"

"와아아아!"

승부가 결정되자 한쪽 무리의 거지들이 환호성을 내질렀다.

"하하핫. 이제 알겠느냐? 무연촌의 거지가 얼마나 강한지!"

득의양양한 청년의 외침에 한 무리를 이루던 거지들은 시무룩해졌다. 그도 그럴 것이 이 대결은 각 지역을 대표하는 거지, 즉 왕초를 뽑아 일결 제자를 가리는 자리였기 때문이다.

결국 이번 일결 제자는 무연촌에서 탄생하는 순간이었다.

"응? 저놈 뭐야?"

"거지로 보이지는 않는데?"

"어느 촌 거진가?"

희비가 교차되던 그때, 단순히 구경하러 온 거지들이 수군거리기 시작했다.

한 사내가 목책을 뛰어넘어 대련하는 곳으로 들어온 것이다. 그는 서 있는 것도 힘겨워 보였다. 숨은 거칠었고, 머리도 헝클어져 머리카락으로 얼굴을 반쯤 가린 채였다.

거지들은 호기심이 일었다. 갑자기 사내가 나타났던 이유도 있었지만, 사내가 등 뒤로 멘 거대한 대도 때문에 더 관심이 생긴 것이다.

"어느 촌의 누구냐?"

어깨를 들썩이던 청개가 그를 노려보며 경계했다. 이제 겨우 끝났다 생각했는데 또다시 경쟁자가 나타났기 때문이다.

"개방 방주가 이 근방에 있다 들었다. 너는 아는 것이 있느냐?"

"방주? 이런 미친 녀석이!"

청년은 반사적으로 욕설을 내뱉었다. 개방 방주를 마치 자신의 친구처럼 부른 까닭이다.

그의 반응에도 맞은편 사내는 담담했다. 숨을 가쁘게 몰아쉬며 담담히 청개를 바라보았다.

"빨리 만나야 한다. 네가 개방 사람이라면 그를 이곳으로 부르거라. 내가 왔다는 것을 알리면 분명 그가……."

"이 자식!"

분노한 청개가 죽봉을 날렸다. 공기를 파고드는 묵직한 소리와 함께 죽봉은 사내의 어깨에 정확히 적중되었다.

빠각.

"……!"

"……!"

죽봉이 부러지는 소리에 주위 시선들이 일제히 사내에게로 향했다. 그리고 바닥에 떨어진 어떤 것을 보고 깜짝 놀랐다. 바닥에 뭔가 떨어졌는데, 이는 놀랍게도 청개의 죽봉이었다.

다른 거지보다 무연촌 거지들은 더욱 충격을 받았다.

대나무로 만든 것이지만 저 죽봉은 기름에 담그고 손질하기를 여러 번. 두꺼운 오동나무도 부러뜨렸던 흉악한 무기다. 한데도 이렇게 쉽게 부러지다니.

처억.

다들 팔이 부러졌을 거라 웅성거리던 그때. 사내, 광휘가 창백한 얼굴을 들며 말했다.

"경고하건대, 나에겐 시간이 많지 않아."

싸늘한 목소리에 분위기가 삽시간에 얼어붙었다. 지켜보던 거지들도 위압감에 누구도 선뜻 말을 꺼내지 못하고 있었다.

"감히 어디서 행패질이냐!"

이들을 심사했던 이결 제자가 그제야 섰다.

광휘의 시선이 천천히 그에게로 향하자 그는 곧장 공격할 자세를 잡았다.

"잠깐."

그때였다.

휘익.

목책을 단번에 뛰어넘으며 키 큰 장정이 광휘와 이결 제자 사이를 제지하고 나섰다. 험악한 분위기에도 그는 팔짱을 낀 채 여유로운 모습을 보이고 있었다. 이결 제자가 장정을 향해 쌍심지를 켜며 물었다.

"넌 누구냐?"

"몰라도 돼."

"뭐?"

장정은 그를 무시한 채 사내에게 다가갔다.

"뭔가 사연이 있어 보이는군. 하나, 방주님은 네가 원한다고 찾아뵐 수 있는 한가한 분이 아니다."

"내가 찾아갈 수 없다면."

광휘가 그를 노려보았다.

"그를 이곳으로 부르면 되지 않느냐."

"허허. 이거 참."

장정이 머리를 절레절레 흔들었다. 안하무인도 도를 넘으니 화가 나지 않을 지경이었다.

그 순간 광휘가 소리를 낮춰 말을 이었다.

"유역진. 내 이름을 말하면 올 것이다."

"유역진이라……."

장정은 일단 그의 이름을 기억해 놓았다.

가끔 강호의 인사들 중에는 기이한 인연이 얽혀 있는 경우가 있었다. 개방의 방주쯤 되면 그런 기이한 인연은 부지기수로 많고, 그렇다면 이름을 말하는 것만으로도 대번에 달려올 만큼 친한 사이일지도 모를 일이다.

"만약 거짓이라면?"

문제는 이게 사실인지 거짓인지는 시간을 한참 낭비해야 알 수 있다는 것이다.

"팔 하나를 가져가도 불만이 없겠는가?"

패도적으로 묻는 장정의 기세에 광휘가 눈을 번뜩이며 말했다.

"내 목도 함께 주지."

*　　　*　　　*

투욱.

"반집 차요."

주름진 손이 바둑판 위로 올라갔다. 그리고 검은 돌 사이에 흰 돌을 슬며시 내려놓았다.

"허어."

단언하는 노인의 말에 반대쪽에 앉은 능시걸은 인상을 찌푸렸다. 머리를 긁적이며 고심하는 그의 모습이 마치 '왜 이렇게 된 것일까?' 하고 되짚는 듯 보였다.

결국 능시걸은 고개를 끄덕이며 웃었다.

"실력이 많이 느셨소."

"삼 년 동안 이 짓을 하고 있으니 안 그렇겠소."

삼베로 만든 옷에 적삼을 겹쳐 입은 노인이 한쪽에 놓은 곰방대를 물었다. 승자의 여유로움에 능시걸은 껄껄 웃었다.

"그나저나 노천(老天), 계속 이곳에 눌어붙을 생각이오?"

"눌어붙은 적 없소. 갈 곳이 없어서 쉬는 것뿐이오."

"그게 눌어붙은 것이 아니오?"

"눌어붙는다는 얘기는 응당 밥값은 못 하고 얻어먹고만 있을 때 쓰는 말이지. 그간 내가 개방에 해준 것이 몇 배는 많소. 그런데도 제대로 된 대우를 받지 못했으니 오히려 그대가 내게 눌어붙은 것이 아니오?"

"껄껄껄. 그놈의 입심은 여전하구먼."

능시걸은 대수롭지 않게 말을 받았다. 뚱한 성격은 그동안 지내면서 많이 봐와서 그런지 그다지 새롭지도 않았다.

"방주님, 백효(白曉)입니다."

능시걸이 바둑돌을 치우려 할 때 문틈에서 목소리가 들렸다.

그러자 비쩍 마른 노인이 몸을 일으켰다.

"먼저 나가보겠소."

"그러시오."

노인이 밖을 나가자 백효가 문을 열고 들어왔다.

"마을 앞 재밌는 구경을 간다고 하더니… 그래, 재미는 있더냐?"

"재목(材木)은 보이지 않았습니다."

"끌끌. 기준을 좀 낮춰라. 네 성에 차는 자가 어디 쉽게 구해지겠느냐."

능시걸은 이해한다는 투로 말을 이었다.

"후개에 오른 이후부터 후계자를 양성하려는 걸 보면 너도 참 욕심도 많구나."

"험난한 세상입니다. 천년 대계를 바라보며 인재를 구해야 합니다."

"뭐… 안 하는 것보다는 낫겠지."

진지한 백효의 말에도 여전히 이를 귀담아듣지 않는 능시걸이었다.

"그래, 무슨 일로 왔더냐?"

"이것을 전해 드리기 위해서입니다."

백효는 서첩을 능시걸 앞에 내밀었다. 바둑을 반쯤 정리하던 능시걸은 서첩으로 시선을 돌리더니 고개를 갸웃거렸다. 서첩 위에 모용세가(慕容世家)라고 적혀 있었기 때문이다.

"모용세가?"

"그렇습니다."

"갑자기 왜 모용세가에서……."

그는 잠시 생각하더니 입을 열었다.

"뭐, 놓고 가거라."

"그리고 한 가지 더 드릴 말씀이 있습니다."

"응?"

입을 쩝쩝거리며 다시 바둑판 위를 정리하던 능시걸이 백효를 바라보았다.

"이곳 앞 판자촌 거리에서 정체 모를 사내가 방주님을 찾았습니다."

"허허허. 날 찾는 놈이야 어디 한둘인가?"

"해서 저 역시 대수롭지 않게 여기려고 했는데, 방주님더러 직접 오라는 소리에 흥미가 당겨서 말입니다."

"허허. 강단이 있는 녀석이군."

"저도 그렇게 생각합니다. 목숨을 내놓겠다고 하는 걸 보니 한번 말씀은 드려보고 싶었습니다. 신경 쓰지 마십시오."

백효가 자리에서 천천히 일어섰다.

능시걸은 고개를 돌려 바둑일을 한곳에 몰아넣었다. 그러곤 바둑돌을 모두 치우고 넌지시 물었다.

"목숨을 걸 정도의 패기라면 이름 정도는 들어보고 싶군. 뭐라 하더냐?"

"유역진이라 했……."

파파팟.

순간 능시걸의 손에서 바둑돌이 튀어 오르며 사방으로 날아갔다. 그 뒤 능시걸은 무엇을 떠올렸는지 치켜뜬 눈으로 백효를 바라보았다.

백효는 더 당황했다. 어떠한 상황에도 여유를 가졌던 그가 이런 모습을 보이는 일은 생전 처음이었기 때문이다.

"어디 계시느냐!"

"예?"

"그분은 어디에 계시냐고! 이 거지새끼야!"

"······."

백효는 기억했다, 방주가 된 후 이제껏 고고한 척을 해왔지만 그도 역시 근본은 거지였다는 걸.

＊　　　＊　　　＊

광휘는 공자묘(孔子廟)에 있었다. 개방의 은거지를 몰랐지만, 방주가 이 근방에 있다면 공자묘와 가까운 곳에 있을 거라 여긴 것이다.

이곳 공자묘는 관청에서 지은 묘로, 공자를 모시는 곳이다. 전국 각지에 퍼져 있고, 주로 개방의 분타나 은거지로 이용되는 곳이었다.

"생각보다 늦었구나."

광휘는 한숨을 내쉬었다. 초조하다. 하남에서 이곳까지, 하루도 쉬지 않고 이틀 내내 내달렸다. 상식을 넘어설 정도로 매우 빨리 도착한 것이지만 광휘에겐 그 시간도 너무나 아까웠다.

"그분이 맞으신 게요?"

인기척이 느껴지자 광휘는 고개를 돌렸다. 수풀이 우거진 곳에서 모습을 드러낸 노인이 충격을 받은 듯 서 있었다. 광휘는 고개를 끄덕였다.

"어찌… 어찌……."

노인은 말을 잇지 못했다.

표현할 수 없는 감정이 가슴속을 뒤흔들 만큼 격하게 생겨났다. 하지만 그의 감흥을 받아주기에는 시간이 없었다.

"능시걸, 난 시간이 많이 없소."

광휘의 말에 그는 정신을 번쩍 차리며 다가와 고개를 끄덕였다.

"뵙는 순간, 차 한 잔 나눌 여유는 없어 보였습니다. 빨리 말씀하시지요."

"천심독선이라고 아시오?"

"물론. 독에 관해선 천하제일인이라고 불리는 자이지요."

"지금 내겐 그자가 필요하오."

능시걸의 눈빛에 의아함이 떠올랐다.

"반드시 살려내야 할 사람이 있소. 그 사람이 독에 중독되었는데 무슨 독인지는 모르는 상황이오. 사경을 헤매는 상태라 빨리 그자를 찾아 도움을 구해야 하오."

"흐음……."

"오래전 하남에 머물렀다는 게 내가 가진 정보의 전부요. 그가 어디에 있는지 찾을 수 있겠소? 다시 한번 말하지만 내게 주어진 시간은 많지 않소."

노인은 턱을 괴었다. 뭔가 알 수 없는 눈빛으로 시선을 내리고 있었다. 잠시 뒤 그가 입을 열었다.

"천심독선은 은거를 선언한 후 세속을 버린 자이지요. 하남에서 삼 년 전에 빙백음혼사(氷魄陰魂蛇)란 절독에 감염된 자를 구하면서 그의 존재가 알려지긴 했지만, 원래는 세속에 자신을 드러내기를 원치 않아 하는 자입니다."

"하면… 찾을 방도가 없는 게요?"

능시걸은 고개를 끄덕였다.

"애석하게도 그렇습니다."

광휘의 얼굴이 딱딱하게 변했다. 희망이 사라져 버리자 불편한 감정을 드러낸 것이다.

그런데 방주의 표정은 그다지 어둡지 않았다.

"하지만 너무 걱정하지 마십시오."

"……?"

"거지들은 사방팔방을 활보합니다. 독에 중독되는 일도 많고, 파상풍에 걸리는 일도 잦지요. 그렇기 때문에 뛰어난 의원들을 항상 가까이하려고 합니다."

광휘가 그를 바라보자 능시걸이 대답했다.

"독선에는 미치지 못하나 본 방에도 제법 유명한 의원이 있습니다. 마침 저와 함께 생활하고 있으니 그자를 데리고 간다면 분명 도움이 될 것입니다."

"그 말이 정말이오?"

능시걸이 고개를 끄덕이자 광휘의 표정이 다시 펴졌다.

개방의 방주가 그리 말한다면 분명 독에 관해 고명한 실력자일 것이다. 얼마나 대단한지는 알 수 없지만 지금으로선 그것밖에 방법이 없었다.

"오거라."

광휘가 이런저런 생각을 하고 있을 때, 능시걸이 뒤를 보며 손짓했다.

같이 따라 들어온 제자를 부르기 위함이었다.

이내 호기심 어린 눈빛을 띤 백효가 나타났다.

"사람을 시켜 그분을 이 대협께 붙이거라."

"그분이라면… 바, 방주님, 그분이 승낙을 하겠습니까?"

"나의 청이라면 들을 것이다."

"하지만……."

백효는 이해되지 않는 눈빛을 내비쳤다. 하지만 사람을 잡아먹을 듯이 진지한 능시걸의 눈빛에, 따로 질문하지 않고 머리를 숙였다.

"또 청할 것이 남아 있으십니까?"

없다고 고개를 저으려던 광휘가 갑자기 고개를 끄덕였다.

"팽가에 관한 모든 정보를 알려주시오."

"팽가? 하북팽가 말입니까?"

광휘가 고개를 끄덕이며 말을 이었다.

"구체적으로 팽가에서 영향력을 떨치고 있는 인물들이 누군지, 그들이 어떤 성격을 가졌는지, 어떤 활동을 하는지, 어떤 음모를 꾸미는지, 어떤 자와 인연을 맺고 어떤 자들과 인맥이 있는지 등 팽가에 대한 모든 것을 알려주시오."

방주의 표정이 굳어졌다. 눈앞의 사내가 뭔가 심상치 않은 일에 얽혀 있다는 것을 느낀 것이다.

하지만 짓고 있는 표정과는 달리, 능시걸은 광휘가 생각한 것보다 더 나아간 대답을 했다.

"그 정도 가지고 되겠습니까."

"……."

"그들이 사용하는 것, 쓰는 것, 입는 것, 먹는 것도 포함해야지요. 그리고 현재 팽가의 인물 외에 십 년 전부터 오늘날까지 일어났던 크고 작은 일 등을 전부 조합해 드려야 도움이 좀 되지 않겠습니까."

십 년.

현재 처한 상황을 넘어서는, 엄청나게 방대한 정보를 모으겠다는 것이다.

광휘는 그의 도움에 목례로 답을 했다.

"고맙네."

"별말씀을요. 오히려 제가 고마워해야지요."

광휘는 지그시 그를 응시했다. 그러다 잠시 주위를 훑고는 급히 자리를 떠났다.

"대체 왜 그러시는지 모르겠습니다."

그가 떠나자 후개, 백효가 조심히 다가와 말했다. 능시걸은 그런 그를 덤덤히 지켜봤다.

"존대하시는 것도 그렇고, 그에게 왜 그렇게까지 잘해주시는 건지 말입니다."

"그럴 게다. 저분을 본 것은 내가 후개로 있을 때 아주 잠깐이었으니까."

백효는 아무 말도 하지 않았다. 그로선 여전히 이해할 수 없는 소리였다.

"저분이 나선 것이니 그만한 이유가 있을 것이다. 우린 그냥 돕기만 하면 된다. 그것만 알고 있거라."

"대체 저자가 누구입니까? 대체 얼마나 대단하기에 그러는 겁니까? 십대고수라도 되는 겁니까?"

백효는 포기하지 않았다. 호의를 넘어서 충성을 다짐하는 듯한 방주의 모습에 반감이 생겼기 때문이다.

"십대고수? 십대고수라……."

그 말에 능시걸의 표정은 밝아졌다. 옛 생각을 하다 보니 자연스레 미소가 흐른 것이다.

잠시 생각하던 그는 백효를 향해 입을 열었다.

"너는 지금 중원에서 제일가는 고수를 머릿속에 세 명만 떠올려 보거라."

백효는 잠시 생각한 끝에 대답했다.

"떠올렸습니다."

"그보다 강한 자라 보면 된다."

백효는 곧장 반박했다.

"방주님, 지금 제가 누굴 떠올렸는지는 아십니까?"

"모른다. 몰라도 상관없다."

"예? 그게 무슨 말씀입니까?"

능시걸이 잠시 뜸을 들인 후 백효를 응시하며 나직이 말했다.

"네가 나보다 고수를 더 많이 알지는 못할 것 아니냐……."

"……."

"그리고 저분은 무공뿐만이 아니라, 이룬 업적과 인품에서도 네가 떠올린 자들과 상대가 되지 않는다."

능시걸은 고개를 돌렸다. 점점 어두워지는 저녁 하늘이 아련했던 그의 옛 기억을 되살리고 있었다.

"모두가 이처럼 편안하게 살 수 있게 만들어준 이가 바로 저분이니까 말이다."

第五章

노천의 등장

　"빌어먹을 왕초 대가리. 삼 년 내내 밥값 하라고 닦달하더니 결국 날 일터로 내모는구먼."

　단의에 적삼을 걸쳐 입은 노천이 불쾌한 표정으로 대문을 걸어 나왔다. 슬슬 잠을 청하려고 침상에 누웠는데 웬 거지 놈이 방주의 부탁이라며 이리 불러낸 것이다.

　"죄송합니다."

　허리춤에 세 개의 매듭이 져 있는 분타주 취의걸(取義乞)은 급히 고개를 숙였다.

　그러자 노천의 일갈이 곧장 터져 나왔다.

　"그럼 죄송할 짓을 안 해야지!"

　"아, 예. 그건 그렇지만……."

"그런데 그놈은 언제 와?"

"저, 저기 오는 것 같습니다."

광휘가 오는 모습을 본 취의걸이 한 곳을 가리켰다. 노천은 단단히 주의를 줄 생각을 하며 고개를 돌렸다.

'뭐 저런 괴상한 녀석이 있나…….'

광휘를 바라보던 노천의 표정이 순간 일그러졌다.

전신을 가릴 듯한 긴 도. 그리고 괴이한 검 한 자루.

척 보기에도 '나는 특별한 사람이다'라고 드러내는 듯한 차림새였다.

"네 녀석이냐? 왕초 놈을 꼬드겨, 자려던 날 불러낸 놈이? 감히 노부가 누군지 알고……."

광휘가 지척까지 오자 노천은 곧장 불만을 쏟아 냈다.

"그건 나중에 듣겠소."

하지만 광휘는 말을 자르며 취의걸 쪽으로 고개를 돌렸다. 그 모습에 노천이 눈을 껌뻑이며 황당한 표정으로 변했다.

"여기서 하북으로 가는 가장 빠른 길이 어디요?"

"아무래도 관도(나랏길)로 가는 길이 가장 빠르지요."

"더 빠른 길은 없소?"

"없습니다."

"길이 아니라면."

광휘가 진지한 표정으로 재차 물었다.

"길이 아니라면 어떻소?"

취의걸은 턱을 괴었다. 길이 아니라는 모호한 말의 의미를 되새겨 본 것이다.

"모든 지형과 지물을 무시하고 직선으로 간다면 가장 빠를 겁니다. 하나……."

잠시 고민하던 취의걸이 광휘를 응시했다.

"도중에 험준하고 쉽게 오르기 힘든 산도 있을 겁니다. 협곡이나 동굴 혹은 하천 같은, 말 그대로 길이 아닌 길이지요."

"혹 지도를 가지고 있소?"

광휘가 묻자 그는 품속에서 한 장의 종이를 꺼냈다.

"근방부터 삼백 리까지 표시된 지도입니다. 원하신다면 가는 도중에라도 필요한 지도를 구해 드리겠습니다."

광휘는 지도를 유심히 내려다보다 말했다.

"이건 내가 가져도 되겠소?"

"물론입니다."

광휘가 품속에 지도를 집어넣으며 말했다.

"험한 지형은 그냥 뚫고 가겠소. 개방은 이 어르신을 내가 모실 수 있게 좀 도와주시오."

"이미 그 명은 하달받았습니다. 최선을 다하겠습니다."

광휘가 고개를 끄덕이며 노인에게로 고개를 돌렸다.

노천은 처음부터 끝까지 무슨 헛소리를 해대는 건가 하는 시선으로 광휘를 바라보고 있었다.

"감사 인사 역시 나중에 드리겠소. 그럼."

정신을 차린 노천이 한마디를 덧붙이려고 입을 떼는 순간, 광휘는 곧장 달렸다.

노천의 표정이 기가 참을 넘어 난감 그 자체로 변했다.

"어르신."

"……."

"저를 따라오시지요."

노천이 고개를 돌리자 취의걸이 미소를 띠며 슬며시 입을 열었다. 그의 미소를 보던 노천의 얼굴이 점점 붉게 변하더니 마침내 욕설을 내뱉었다.

"안 가, 이 거지새끼야!"

＊　　　＊　　　＊

다닥. 다닥.

'정말 짜증 나는구먼.'

노천은 말을 모는 사내 등 뒤에 올라탄 후부터 갖은 인상을 썼다. 안 간다고 으름장을 놓았다가 '그럼 그동안 밀린 약재값부터 내놓으시지요'란 말에 할 수 없이 길에 오른 것이다.

'내가 내 무덤을 판 게지. 뭐가 좋다고 거지 놈들하고 어울려 다니다가 말년에 이런 험한 꼴을 당한단 말인가.'

그가 개방에 머물렀던 것은 순전히 개인적인 욕심 때문이었다. 천하에 구하기 힘든 약재들을 힘 안 들이고 쉽게 구할 수 있는 곳이 개방 아닌가.

"그런데 그놈은 어디에 있나?"

그 때문에 이 고생이다. 한나절 동안 말을 무려 세 번이나 갈

아탔다. 짜증이 솟을 대로 솟은 노천이 말을 모는 사내에게 물었다.

"아마 이 길 끝에 있는 산을 통과해서 가신 것 같습니다."

"먼저 산을 통과해서 뭐 하려고?"

"움직이기 쉽게 길을 만드시려는 것 같습니다."

"길을 만든다고? 왜? 어떻게?"

이히히힝.

그의 물음이 끝날 때 말이 멈춰 섰다. 그리고 말을 몰던 기수, 이결 제자가 손으로 산을 가리키며 말했다.

"저렇게 말입니다."

이름 모를 산등성이에 사람이 지나다닐 법한 뚜렷한 길이 나 있었다. 원래 있던 길이 아니라 누군가 나뭇가지를 베며 통과해 길을 만든 것이다.

"허어……."

노천은 어이없는 표정으로 쫘악 흉터가 난 산과 그 숲을 번갈아 바라봤다. 이결 제자 역시 자신이 가리키고도 당황했는지 입을 쩌억 벌리다 설명을 시작했다.

"이 산은 본래 가파르지 않으나, 유독 남쪽 방향만 경사가 심합니다. 특히 잡목들이 많이 엉켜 있어 누구도 오르려 하지 않습니다. 하지만 이 방향으로 통과하지 않으면 돌아가야 하는데, 아무리 빨라도 이리로 가는 것과는 반나절 이상 족히 차이가 납니다."

"그럼 이걸 그 녀석이 다 베어버렸다고?"

"저도 좀 믿기지가… 개방 방도들이 도와주었겠지만 그렇다고 이렇게 만들리라고는……."

노천의 눈에도 오르기 쉽게 잡목들을 제거한 흔적이 보였다.

"에잉… 빨리 따라오라는 건가?"

노천은 입을 씰룩거리며 눈썹을 찡그렸다.

*　　　*　　　*

"어디서 경공술을 좀 배웠나 보군."

수월하게 산을 내려온 노천이 입을 열었다. 내려오자마자 하천이 나왔고, 그 앞에는 장정 한 명과 광휘가 서 있었기 때문이다. 광휘에게서 별다른 대답이 없자 그는 몸을 배에 실으며 목소리를 높였다.

"대체 왕초 놈과 무슨 사이냐? 아니, 그보다 무슨 일이기에 이렇게 정신없이 가는 것이냐?"

광휘는 대답하지 않았다. 그런 모습이 불쾌했는지 노천이 다시 한마디를 건넸다.

"이놈이 내 말을 무시하는 것이냐?"

그제야 광휘가 시선을 들었다.

"뭐라 하셨소?"

"…응?"

한데, 그를 바라보던 노천의 표정에 약간 당혹감이 어렸다. 사내의 눈에 초점이 없어 보였기 때문이다.

"아, 미안하오. 조금 피곤해서 잠시 졸았던 모양이오."

"…졸아? 눈을 뜨고?"

광휘가 어딘지 모르게 정신 나간 사람처럼 말을 이었다.

"독에 감염된 사람이 있소. 해독에 뛰어난 분이 필요하다 말하니 개방의 방주께서 어르신을 추천해 주었고, 그래서 모신 것이오."

"뭐, 노부가 뛰어난 건 만고의 진리이긴 하지."

그 말에 노천은 입꼬리를 올리며 말했다.

"하나, 그건 내가 독을 고쳐줄 때야 해당되는 말이야. 그런 기회가 너에게 있을지 없을지 모르지 않느냐?"

광휘는 고개를 숙였다. 잠시 몸을 움직이지 않자 짙은 피로감이 온몸을 짓누를 만큼 그를 괴롭혀 왔다.

"응? 왜 말이 없지?"

대답이 들려오지 않자 노천의 표정이 다시 변했다.

'이놈이 다시 조나?'

그렇게 생각하고 있을 때 광휘가 시선을 들었다.

"어르신 말씀이 맞을지도 모르겠소. 그런 기회가 내게 주어지지 않을지도 모르지요."

"허?"

노천은 의아했다. 일부러 반박해 오게 거만을 떨었는데 상대가 너무 순순히 받아들인 탓이다.

그러나 그런 그의 놀람은 광휘의 다음 말에 눌려 버렸다.

"혹시 죽었을 수도 있으니까. 그래서 그렇게 되지 않게 하려고 이렇게 서두르는 거요."

"……!"

상기된 얼굴과 충혈된 눈동자가 노천의 눈에 한가득 들어왔다. 그는 그제야 침음하며 알아차렸다.

'이놈… 절실하구나.'

다급해도 보통 다급한 게 아닌 걸로 보인다.

대체 누가 그렇게 위중하기에 숲 하나에 길을 내면서까지 서두를 수 있을까.

보아온 내내 잠 한숨 못 잔 채 죽어라 달리면서 말이다.

"못난 놈……."

노천은 혀를 차며 한마디 내뱉고는 고개를 다른 곳으로 돌렸다. 말은 그러했지만 이제는 그 역시도 궁금해진 것이다.

*   *   *

드르륵.

장웅과 일 장로가 조심스럽게 문을 열고 들어왔다.

창가 쪽에 앉은 의원, 유겸승(兪謙昇)이 그들을 보자 자리에서 일어나 고개를 숙였다.

"이제 막 의식을 차리셨습니다."

장웅과 일 장로가 묵례를 하고는 침상 쪽으로 걸음을 옮겼다.

그사이 유겸승은 조심스러운 동작으로 밖으로 나갔다.

"왔느냐?"

장원태가 평소보다 몇 년은 더 늙어 보이는 얼굴로 먼저 말문을 열었다. 얼굴 빼고는 온몸이 천으로 빽빽하게 감겨 있었다.

"좀 괜찮으십니까?"

일 장로가 말했다. 오래 신경을 쓴 탓인지 목소리가 가라앉아 있었다.

장원태는 그런 그에게 미소를 지어 보였다.

"보다시피."

"아버님."

장웅이 다친 다리를 이끌고 침상 옆에 앉아 울먹였다. 장원태의 초췌한 모습을 보니 가슴이 미어진 것이다.

"나약한 모습을 보이지 말거라. 너는 장씨세가의 기둥이 아니냐."

"죄송합니다."

그 모습에 장원태가 부드럽게 말했다.

"나는 괜찮다. 다행히 목숨을 건졌기도 하고."

"용서하지 않을 것입니다. 내 이들을 결단코……."

"누굴 말이냐?"

"예?"

"누굴 용서치 않는다는 것이냐?"

"예?"

"여긴 우리 장씨세가가 아니다."

장원태가 목소리에 힘을 주자 장웅은 정신이 번쩍 들었다. 여긴 장씨세가가 아니란 말에 자신의 실수를 깨달은 것이다.

"웅아, 우선 너부터 중심을 잡아야 한다. 그래야 본 가도 중심을 잡을 수 있는 것이다."

"명심하겠습니다, 아버님."

경솔함을 깨달은 장웅이 고개를 숙였다.

다시 밝은 얼굴로 돌아온 장원태가 일 장로에게 시선을 돌렸다.

"들었소. 이 장로와 삼 장로는 화를 당했다고?"

"죄송합니다. 부끄럽게 소인만 도망쳤습니다."

일 장로는 굳은 얼굴로 말했다.

"내가 누굴 탓하려는 게 아니오. 그래, 장로들은 어땠소?"

"예?"

"마지막 가던 길은 어땠냐고 묻는 게요."

일 장로가 장원태의 의중을 깨닫고는 입을 열었다.

"더없이 용맹했습니다. 특히 삼 장로는 저의 활로를 뚫기 위해 목숨을 걸었습니다."

"다행이구려. 대공자가 죽은 후 마음을 잡지 못하고 방황 중이었는데… 역시 본심은 의인이었소."

장원태의 귓가에 죽은 이 장로와 삼 장로의 얼굴이 그려졌다.

"이대로 가만히 있을 수 없습니다. 본 가를 위해 싸울 것입니다!"

"석가장의 검에 찔려 죽더라도, 혼자라도 가겠습니다!"

일 공자가 죽고 황 노인과 장웅, 장련과 함께 본가로 돌아온 날. 그들은 당장에라도 뛰쳐나갈 듯 격분했다. 그때의 기억이 떠오른 것이다.

상념에서 빠져나온 장원태는 다시 장웅에게 시선을 돌렸다.

"련이가 위독하다는 얘길 들었다. 대체 어느 정도냐?"

"오래… 걸릴 것 같다 했습니다, 의원 말로는."

장웅은 말을 하다가 급히 중간에 바꿨다. 정확히 의원이 했던 말은 '오래 버티지 못할 것 같다'는 말이었다.

하지만 아비에게 딸자식 상태가 그렇다는 말이, 어디 쉽게 할 수 있는 말이던가.

"광 호위는?"

"팽가를 잠시 나가 있습니다. 고명한 의원을 데려오겠다 했습니다만……."

"그렇다면 아직 희망은 있는 것이구나."

"예?"

장원태의 말에 일 장로가 당황한 듯 의문을 표했다. 갑자기 장원태가 낙관적인 얼굴을 보이자 지레 걱정이 된 것이다.

"가주, 오해하지 말고 들어주시기 바랍니다. 팽가 의원의 말로는 하북에서 가장 고명한 의원도 이런 독은 손대기 힘들다 했습니다. 아무리 광 호위라도 이번 일만큼은 어렵지 않겠습니까?"

"웅이도 그리 생각하느냐?"

장웅은 잠시 고민하다 고개를 끄덕였다.

"저도 련이의 회복을 간절히 바라지만… 이번에는 힘들 것 같습니다. 듣기로 련이를 치료한 의원은 팽가에서 4대를 지낸 의방 가문의 인물입니다. 그런 이가 방도가 없다고 손을 놓았는 데 어찌 더 대단한 사람을 데려오겠습니까."

"네 말도 일리는 있구나."

장원태는 부드러운 미소로 고개를 끄덕였다.

그러다 천장으로 시선을 돌린 그가 입을 열었다.

"사경을 헤매다가 눈을 떴을 때였다. 매우 불안하고 초조하더 구나. 우리 식구들은 살았는지, 혹여나 모두 죽은 건지 싶어서 말이지."

장원태는 누군가를 떠올린 듯 미소를 지으며 말을 이었다.

"그런 그때 내가 누굴 떠올렸는지 아느냐?"

장웅과 일 장로가 서로를 바라보며 고개를 갸웃거렸다.

"광 호위였다. 그를 떠올리니 갑자기 마음이 편안해지더구나."

"……."

"사실 팽가로 왔을 때 겉으로야 당당한 척했었지만 매우 불 안했었다. 생각지도 못한 명문 세가와 명문 대파가 있지 않았느 냐. 그러니 어떤 자세를 취해야 할지, 어떤 모습으로 이 자리에 있어야 할지, 또 어떤 식으로 말을 꺼내야 할지 고민이 되더구 나. 그러던 와중에 팽가의 뛰어난 무인이 무위를 보였고, 걱정 은 더욱 커졌지."

"……."

"그러던 그때 광 호위가 내 불안감을 단번에 날려 버려주었다. 이런 말 하면 부끄럽지만, 그가 감흥이 없다고 말했을 때 이루 말할 수 없을 만큼 짜릿했었다. 그 순간만큼은 가슴이 뛸 정도로 말이다."

"……."

"그는 항상 우리가 생각한 것 이상을 해오지 않았느냐. 이 아비는 이번에도 왠지 그가 우리를 도와줄 거란 생각이 드는구나. 허황된 생각이란 걸 알면서도 말이야."

장원태의 목소리가 조금씩 잦아들었다.

"잠시 쉬고 싶구나. 련이를 잘 보살펴거라."

그 말을 끝으로 장원태는 눈을 감았다.

장웅과 일 장로는 조심스러운 발걸음으로 방문을 나섰다.

"정말 가주의 말대로 광 호위께서 그런 의원을 구해 올까요?"

일 장로가 장웅을 향해 물었다.

"모르겠소. 하나, 이거 하나만은 확실하오."

장웅은 담담한 말투로 대답을 이었다.

"그가 사람을 데려온다면, 그 사람은 평범한 인물이 아닐 거라는 거요."

장웅은 방문을 힐끔 바라봤다. 묘하게도 장원태가 말한 마지막 말의 여운이 계속 머릿속에 남아 있었다.

'아버지도 광 호위에 대해 어느 정도 짐작하고 계셨어.'

장웅은 장련이 있는 처소로 향했다.

걸을 때마다 문득 광휘의 얼굴이 떠오르는 건 어쩔 수 없었다.

'이번에도 그분께 기댈 수밖에 없구나. 부디 무탈한 걸음으로 오시기를……'

*　　　*　　　*

"허어."

노천은 그냥 혀만 찼다.

개봉부에서 하루하고도 반나절 만에 하남을 벗어났다. 험준하고 위험한 곳은 넘었고, 하천은 배로 이동했다. 물론 개방의 도움이 없었다면 불가능했다.

"젠장할!"

그 이후 노천은 이를 갈았다. 절벽 같은 곳은 스스로 오르기도 했고, 길을 만들 때에는 광휘에게 힘을 보태기도 했다.

하지만 하북 성도 부근에 들어서자마자 또다시 난관에 봉착했다. 봉우리 하나가 그들을 막아선 것이다.

"이번엔 또 뭘 할 셈이야!"

노천은 이제 아주 지긋지긋해졌다. 그 봉우리는 태행산(太行山)에서 뻗어 나온 줄기로, 산이라 하기엔 규모가 작지만 마냥 무시하기엔 먼 길을 돌아가게 만드는 방해물이었다. 봉우리 앞에 서 있던 광휘는 노천이 도착하자마자 몸을 굽혔다.

"어르신, 제 등 뒤에 업히시오."

"…뭐라고?"

"아무래도 이 언덕을 넘어가야 할 것 같소."

"언덕······."

노천은 눈앞의 산봉우리를 올려다보았다. 척 봐도 암석들이 모여 이뤄진 봉우리는 올라가는 길도 험난해 보였다.

이게 대체 어떻게 보면 언덕이 될까?

"제정신인 게냐? 이 높은 봉우리를 타고 올라가려고?"

"세 시진이오. 지도에 나와 있는 바가 맞다면, 그리고 이 산을 통과하기만 한다면 일정을 무려 세 시진이나 앞당길 수 있소."

"이 미친놈아, 그렇다고······."

쨍강.

그 순간 광휘가 몸에 있던 뭔가를 바닥에 내던졌다.

노천이 그 모습을 보며 눈을 찌푸렸다. 내내 등 뒤에 있던 도와 허리춤의 검을 바닥에 버린 것이다.

"뭐 하는 짓이냐?"

"어르신을 등에 업고 가려면 이 방법밖에 없소."

"그래서 무인이 병기를 버리겠다고? 어찌 그런 말도 안 되는 생각을······."

"병기는!"

광휘는 눈에 힘을 주며 말을 이었다.

"병기는 언제든 만들 수 있소. 하나, 죽은 사람 목숨은 절대 돌아오지 않소."

"······."

"그리고······."

광휘는 손을 내밀었다. 날카로운 나뭇가지가 손에 들려 있었다.

"만약 내가 도중에 의식을 잃게 되면 이걸로 내 등을 찔러주시오. 그럴 리 없어야 하겠지만 이레 동안 잠을 자지 못해 정신을 잃을 수도 있소. 의원분이시니 어떤 혈 자리를 찔러야 정신이 번쩍 드는지는 알 게요."

광휘는 말이 끝나자마자 그를 등에 멨다. 노천이 엉거주춤한 자세로 매달리자 광휘는 재빠르게 봉우리를 향해 달리기 시작했다.

'이레? 칠 일 동안 잠을 못 잤다고?'

광휘의 등에 올라탄 노인은 생각했다. 뛰어난 무공을 익힌 듯한 사내가 지금까지 보인 행동들이 기억이 난 것이다.

'그랬던 건가. 그리 급하다면서 그동안 날 들쳐 메지 않고 간 것은……'

하북의 길은 자신도 안다. 서쪽은 산세가 험하고 산이 많으나 동쪽에는 이처럼 높은 봉우리가 단 하나밖에 없다. 이 길을 지나면 평지라 곧장 달려 나가기만 하면 될 것이다. 그것을 볼 때, 사내는 이 높은 봉우리를 오르기 위해 마지막 체력을 비축해 놓은 것이다.

다닥. 탁!

광휘는 노천을 등에 메고 날렵하게 언덕을 올랐다. 빠르게 움직이던 광휘는 경사가 높아지면 질수록 더욱 민첩히 올라갔다. 그러다 가장 높은 지대에 올라서는 거의 한 보에 반 장씩 뛰었다.

"하악. 하악. 하악."

하지만 여유로운 움직임과 달리 숨소리는 거칠었다. 그러다 등 뒤에 업혀 있던 노천이 부담스러워질 때쯤 광휘가 입을 열었다.

"초면에 이런 부탁을 하긴 그렇지만, 약속 하나만 내게 해줄 수 있겠소?"

"부탁? 무슨 부탁?"

"만약에 말이오. 만약에 어르신이 팽가에 당도했는데 그녀가 죽어 있다면… 설령 고칠 수 있는 독이었다고 하더라도 못 고치는 독이라고 사람들에게 얘기해 줄 수 있겠소?"

"……."

"그래야 조금은 덜 미안해질 것 같소. 그래야 내 마음이 좀 더 편할 것 같소."

노인은 곧장 대답하지 않았다.

거의 이각이 지나고 광휘가 숨을 급히 몰아쉴 때쯤에야…….

"일없다, 이놈아."

노천은 그에게 들리지 않을 정도로 작게 말했다.

그게 싫다는 것인지, 아니면 전혀 다른 뜻인지 광휘는 알지 못했다.

*　　　*　　　*

초저녁.

대공자 팽가운은 자신의 거처 안으로 팽인호를 불렀다.

곧 팽인호가 방문했고, 지금 이렇게 서로 마주 보며 함께 자리하고 있었다.

"맛이 좋군요."

팽인호는 여유로워 보였다. 경직된 표정의 팽가운과 달리, 방으로 들어와 차를 먼저 한 잔 달라고 하는 행동을 봐도 그랬다. 그리고 지금처럼 찻잔을 들고 맛을 음미하는 듯한 행동 역시 마찬가지였다.

"일곱 번 우려내도 차의 향이 변치 않는다는 철관음(鐵觀音)은 원래 일 장로께서 좋아하는 차니까요."

팽가운의 날카로운 눈초리가 그에게로 향했다.

"허. 제가 좋아하는 차가 철관음임을 아시고 이리 준비해 주셨습니까. 어쩐지 가슴이 따뜻해지는군요."

하나, 팽인호는 냉랭한 분위기를 아는지 모르는지 이 상황을 그저 즐기는 것처럼 보였다.

그것이 팽가운을 더욱 분노케 했다. 결국 그는 불편한 속내를 드러내고 말았다.

"차를 좋아하시는 만큼 팽가에 대해서도 신경을 써주시면 좋겠습니다."

"무슨 뜻입니까?"

"장씨세가로 인해 팽가의 사람이 죽어나갔는데 어찌 그런 여유를 부리셨는지 이해가 가지 않아서요."

"아, 그 사건을 말씀하시는 겁니까."

팽인호는 차를 다시 한번 홀짝 마시고는 말을 이었다.

"당연히 그들을 질책하고 싶은 마음이 컸습니다. 나아가 정당한 보상 역시 요구하고 싶었지요. 그런데 문득 이런 생각이 스치더군요. 힘없는 세가를 핍박하는 모습이 바람직한 것인가, 그런 것 말입니다."

팽인호의 미간이 짧게 모아졌다가 펴졌다.

"거기다 장씨세가 사람들 몇몇은 죽거나 위중한 상태입니다. 그런 상황에선 오히려 관용을 베풀어 그들을 보듬어주는 것도 필요하다고 생각합니다."

"그러니, 그러니 제가 이해가 가지 않는다는 것입니다."

문득 팽가운의 눈빛이 한층 차가워지고 음성이 거칠어졌다.

"그런 관용을 베풀어주려는 분이라면 평소부터 그리해야 함이 옳지 않겠습니까. 교분이 깊은 장씨세가에 제가 가기 전에는 초청장 한 장 보내지 않으셨고, 중정에 그들이 찾아왔을 때도 눈길 한 번 보내지 않으셨지요. 심지어 기껏 부른 손님들이 모욕당하는 상황을 그저 방관하셨습니다."

"허, 제가 그랬던가요? 이거야 원, 제가 요즘 정신이 없다 보니……."

"정신이 없다 해서 본인의 행동을 기억 못 하는 분은 아니신 걸로 압니다만."

"이 몸도 나이를 먹었지 않습니까. 손님이 많아지니 머리가 예전처럼 잘 돌아가지는 않더군요."

점점 더 날이 서는 팽가운의 추궁에도 팽인호는 느긋한 시선으로 말을 받았다. 마치 그 정도 대답쯤은 이미 예상했다는 듯이.

"그래서 그랬던 겁니까?"

그렇다고 물러설 팽가운이 아니었다.

"대전에 사람들을 모아 주도적으로 사건의 전말을 밝히지 않았습니까. 석가장의 사건 역시 그랬고, 팽가가 일을 처리하는 모습도 그랬습니다. 마치… 원래 지향하는 목적이 그랬던 것처럼 보였습니다만?"

"허. 흠. 흠."

완전히 이빨을 드러낸 팽가운.

젊은 맹수의 기세에 팽인호는 불편한 안색이 되었다.

딸각.

느릿한 동작으로 찻잔을 내려놓던 팽인호가 말했다.

"기분이 상하셨다면 죄송합니다. 사실 석가장의 증빙서류를 잠시나마 들고 있었기에, 제가 나서야 한다는 책임감이 있었지요. 그래서 그랬을 뿐, 다른 뜻은 없었습니다."

"그러지 말고 솔직히 말해보시지요, 일 장로. 장로께서도 이미 알고 계시지 않습니까."

딸각.

팽가운이 마치 그를 따라 하듯 찻잔을 내려놓았다. 그리고 얼음장처럼 냉랭한 얼굴로 물었다.

"아버님의 병세가 어떠신지를."

멈칫.

팽인호의 미간이 내 천 자를 그렸다. 그러고는 이전과 달리 굳은 표정으로 입을 열었다.

"억측이 너무 지나치시군요, 대공자. 가주께서 아직 정정하시거늘. 지금 그 말씀은 불효입니다."

"불효라. 그렇지요. 그런데 이번 일은 그 억측이란 것이 절묘하게도 잘 맞아떨어지더군요. 어떻게 결정적일 때마다 일 장로께서 나선 겁니까?"

"오해를 단단히 하신 것 같습니다. 세상일은 귀에 걸면 귀걸이가 되고, 코에 걸면 코걸이가 되듯 생각한 대로 보이는 법이지요. 확실히 말씀드리지만 저는 가주직에는 전혀 관심이 없습니다. 오직 팽가를 위해서 일을 할 뿐입니다."

"지금 제게 그 말을 믿으라는 말씀입니까?"

팽가운이 미간을 찌푸리며 말했다.

"믿으셔야지요. 언젠가 대공자께서도 제 진심을 알아주는 날이 올 겁니다."

그런 팽가운에게 팽인호는 군자연하게, 마치 온화한 집안 어른처럼 허허 웃어 보였다.

그 말을 끝으로 둘은 한동안 말을 하지 않았다. 미묘하던 기류는 이제 완전히 거북스럽게 변했다.

그 뒤로 팽인호는 한참 동안 빈 찻잔을 만지작거리다가 조용히 몸을 일으켜 팽가운에게 길게 읍을 해 보였다.

"모처럼 시간을 내 주셨는데 일이 바빠 그만 돌아감을 용서해 주십시오. 그럼 다음에……."

그는 그 말을 끝으로 뒤도 돌아보지 않고 총총히 나섰다.

그가 큰 장지문을 나서고 난 후, 팽가운은 불쾌감에 온몸을 떨어댔다.

"끝까지… 끝까지!"

팽인호는 끝끝내 발톱을 숨겼다.

이미 결정적인 우세를 점하고 있는 상황에서도 땅에 납작 엎드린 자세를 바꾸지 않았다. 팽가운 자신이라면 몇 번은 참지 못하고 속내를 드러냈을 법한데도 그는 흔들리지 않았다.

"참으로 무서운 인물이다. 어찌 저런 자가……."

팽가운은 생각했다.

저런 심계 깊은 자의 속내를 어떻게 끌어내야 할지.

그와 어떻게 싸워야 할지.

생각하면 할수록 팽가운은 암담하기만 했다.

*　　　*　　　*

정상에서 내려오던 광휘는 목적지를 거의 눈앞에 두고 쓰러졌다. 노천이 그를 황급히 붙잡지 않았다면 광휘는 삐죽삐죽 흉악하게 솟은 기암괴석에 머리를 처박았을 것이다.

"질긴 놈이군."

노천이 투덜거리며 그를 바닥에 눕혔다.

이미 땅에 당도했기에 거지를 찾아 주위를 훑었다.

예상대로 조금 떨어진 곳에 거지 한 명이 서 있었다. 그의 옆에 튼실한 말 두 필이 준비되어 있는 것을 보아 저곳이 목적지인 듯 보였다.

"흐음."

노천은 광휘의 맥을 짚었다.

"이런……."

그의 얼굴이 갑자기 당혹감으로 물들었다. 온몸의 진기가 거의 없다. 없는 것뿐만 아니라 온몸이 불에 덴 듯 격렬히 반응하고 있었다.

"미친 녀석. 이런 몸 상태로……."

노천은 욕설을 내뱉었다. 광휘라는 자는 육체가 한계에 달하는 것을 넘어 진원진기까지 상해 있었다. 보통 사람이라면 이 봉우리에 오르기 전부터 쓰러졌어야 하는 것이 맞지만, 그는 지독한 의지력으로 여기까지 온 것이다.

"야, 야! 거기 놔둬!"

그를 따라온 거지 하나가 광휘를 깨우려 들자 노천은 버럭 소리를 질렀다.

"깨워야 하지 않습니까?"

"지금 깨우면 그는 기혈이 뒤틀려 주화입마에 걸릴 것이다."

"헉!"

거지는 놀라 급히 물러났다.

"그럼 어르신이라도 말을 타고……."

"저런 비루한 말을 타고 가라고? 나한테?"

"예?"

거지가 눈을 크게 뜨며 노천을 바라보았다.

노천은 종잇장처럼 구겨진 얼굴로 말했다.

"무공은 가급적 쓰지 않으려고 했는데……."

그는 푸르르거리는 두 필의 말을 쳐다보더니 말했다.

"할 수 없지. 느려 터진 거지들보다야 그게 몇 배는 더 빠르니까."

"무슨……."

옆에 있던 거지가 말의 뜻을 물어보려 할 때였다.

파파팟.

눈 깜짝할 사이에 노천이 기암괴석을 밟고 공중으로 도약했다.

"헉!"

거지는 곧장 신음을 터뜨렸다. 공중으로 도약한 노인이 나무 등허리를 몇 번 밟더니, 삽시간에 얼마 남지 않은 산길을 통과해 버렸던 것이다. 거지의 눈이 따라가지 못할 정도로 엄청난 경공술이었다.

*　　　*　　　*

"오늘이 고비일 듯하오."

팽가를 대표하는 의원인 유겸승이 굳게 닫혀 있던 입을 열었다. 장웅과 일 장로, 묵객의 시선이 그에게로 모아졌다.

"독에 감염된 자는 많이 봤지만 이런 지독한 독은 내 평생 처음이오. 지금 심장은 뛰고 있지만 사실 죽은 것과 다름없소."

그가 고개를 저으며 자리에서 일어섰다. 그 순간 묵객이 그의 앞을 막아섰다.

"정녕 방법이 없겠습니까?"

이대로 보낼 수 없었다. 미안하다는 말 한마디 못 하고 이대로는.

"전신에 독이 퍼진 상태요. 이젠 화타가 돌아온다고 해도 가능성이 없소."

"아."

"련아."

장웅이 장련을 보며 울먹였다. 일 장로는 이미 눈물을 흘리고 있었다.

묵객은 침통한 표정으로 어떠한 말도 하지 못했다.

"후우."

유겸승이 땀을 닦아 내더니 자리를 벗어나기 위해 몇 걸음 움직였다.

드르륵.

그때 문이 열리며 노인 한 명이 들어왔다. 하지만 일 장로와 장웅은 슬픔에 잠겨 그를 눈여겨보지 않았다.

"누구시오?"

묵객만이 정신을 차리곤 들어오는 자를 보며 말했다.

하지만 들어온 노인은 대답하지 않고 곧장 유겸승을 향해 물었다.

"네놈이 의원이냐?"

"누구시오?"

"누군지 알 거 없고……."

노인이 매우 불쾌한 표정으로 그를 향해 외쳤다.

"못 고치면 나와, 이 돌팔이 의원아!"

순간 모두의 시선이 일시에 그에게로 향했다. 갑작스러운 욕설도 욕설이지만 돌팔이란 말 때문이었다.

노성을 띤 욕설을 들은 유겸승은 더욱 당황한 표정을 지어 보였다.

하지만 노인은 그들의 시선을 무시한 채 장웅이 앉았던 의자에 앉았다. 그러고는 곧장 장련의 손목을 들어 진맥하기 시작했다.

"도, 도, 돌팔이? 이, 이, 이보시오! 어찌 이리 무례하오!"

유겸승은 너무나 당황했는지 더듬거리며 소리쳤다. 그런데도 장련 옆에 앉은 노인은 말없이 계속 진맥을 할 뿐이었다.

그 모습에 그는 더욱 성이 났다. 대충 보니 그가 누군지, 여길 왜 왔는지 알 것 같았기 때문이다.

"흥! 보아하니 의원인 것 같은데 이걸 고치겠다고 내게 돌팔이라 한 것이오? 지금 이 독이 무슨 독인지나 알고……."

"청살혈독(靑殺血毒). 딱 보면 모르겠나, 돌팔이?"

"……!"

노천의 외침에 시선들이 일제히 그에게로 쏠렸다.

특히나 장웅은 뭔가를 떠올린 듯 눈을 부릅뜬 채로 다가가 말을 걸었다.

"혹시 광 호위가 모셔 온 분입니까?"

"제 말만 하기 좋아하는 그놈이 광 호위냐?"

장웅은 흥분된 표정을 지었다.

정말로, 정말로… 그가 사람을 데려온 것이다.

"사, 살릴 수 있겠습니까?"

어느새 공손해진 장웅의 물음에 노천이 인상을 찌푸렸다.

"이봐, 젊은이."

그러고는 진맥하던 장련의 손을 놓고는 말했다.

"난 죽은 사람은 못 살려."

"……."

"그런데 이 여인, 아직 살아 있지 않느냐?"

第六章

강호의 기억에서 사라진 자

광휘는 어지러움을 느끼며 천천히 눈을 떴다. 시야가 점차 밝아졌지만 뚜렷하게 잘 보이지는 않았다.

눈을 감았다 뜨기를 여러 번.

그제야 눈앞이 조금씩 선명해지기 시작했다.

서까래다. 적당한 간격으로 마룻대에 걸쳐져 널빤지를 받치고 있다. 옆에는 굵은 목조 기둥이 보인다.

'방?'

순간 광휘의 머릿속에 마지막 기억이 떠올랐다. 산을 내려오던 중 정신을 잃지 않았던가.

광휘가 다급히 몸을 일으켰다.

"일어나셨습니까?"

그의 시선이 옆으로 움직였다.

대문으로 보이는 곳에서 낯익은 노인이 걸어 들어오고 있었던 것이다.

"방주?"

능시걸이었다.

그는 느릿한 동작으로 흰 접시를 한쪽에 내려놓았다.

"원기를 북돋아주는 약을 좀 달여봤습니다. 여기에 놔둘 테니 한번 드셔보시지요. 그런데 몸은 좀 괜찮으십니까?"

"괜찮소. 여긴 어디요? 그보다 그 어르신은 어찌 되었소?"

광휘는 급히 노천의 안부를 물었다.

"조금 전 팽가에 무사히 도착했다는 전갈을 받았습니다. 그리고 여긴 팽가 근처에 있는 목옥(木屋)입니다."

"장련 소저는… 장련 소저는 어떻소?"

"치료하고 있는 중으로 압니다."

몸을 반쯤 일으킨 자세로 있던 광휘가 그제야 바닥에 주저앉았다. 치료하고 있는 중이다. 그 말은 아직 죽지 않았다는 뜻이었다.

"히아."

광휘는 안도의 한숨을 내쉬었다. 하지만 낯빛은 여전히 어두웠다.

"너무 늦은 건 아닌지 모르겠소. 독이란 것은 증상이 악화되면 고치기가 더욱 어렵지 않소."

"늦지는 않았을 겁니다."

광휘가 능시걸을 바라보았다. 그의 표정은 어느 때보다 밝았다.

"성격은 괴팍해도 실력은 그런대로 봐줄 만한 잡니다."

'대체 누구이길래……'

광휘는 이유를 물으려다 그만두었다. 개방을 대표하는 자의 말이니 그럴 만한 이유가 있다고 생각한 것이다.

"그나저나 소지하시고 계셨던 병기는 왜 버리신 겁니까?"

광휘는 능시걸이 바라보는 가장자리로 고개를 돌렸다. 그곳엔 구마도와 괴구검이 비스듬히 세워져 있었다.

"괜히 수고를 끼쳐 드려 미안하오. 어르신을 업으려는데 방해가 되어 그랬소."

"방해라……."

능시걸은 머리를 긁적였다. 그러다 이내 고개를 끄덕이곤 말했다.

"하긴, 칼에 칼집이 있는 이유는 죽이는 데 있지 않고 감추는 데 있는 것처럼 병기의 쓰임 역시 목숨을 지키는 것에 있지요. 말씀대로 이번에는 없는 편이 더 나았겠습니다. 물론……."

거기서 능시걸은 짧게 웃어 보였다.

"광 노사가 그 장면을 봤다면 방방 뛰었을 테지만요."

"…그건 그랬을 게요. 그러고 보니 그 허풍쟁이 영감은 잘 지내고 있소?"

갑자기 들은 이름에 광휘가 옛 기억을 되살리며 물었다.

"허풍쟁이라……. 하긴 대협은 중원 천지에서 광 노사에게 허풍쟁이라 할 수 있는 유일한 사람이지요."

능시걸은 또다시 허허롭게 웃으며 말했다.

"딱히 유일할 것도 없소. 광 노사가 부러지지 않을 거라고 호언장담했던 칼이 몇 번이나 부러지곤 했소. 그리고 그건 딱히 나만 겪은 일도 아니오."

"음… 뭐, 어쨌든. 광 노사라면 천중단이 사라진 뒤로 더 이상 칼은 만들지 않는 걸로 알고 있습니다. 가업은 아들이 물려받았고요."

광휘는 고개를 끄덕이며 능시걸이 가져온 탕약을 들었다. 우선 회복이 급선무였다. 녹초가 된 몸으로 팽가에 돌아갈 수 없으니.

달그락.

"며칠 뒤면 말씀드렸던 모든 조사가 끝날 것 같습니다."

"…벌써 말이오?"

광휘가 약 그릇을 비우고 내려놓자 능시걸이 말했다.

"사실은 이미 다 끝난 거나 다름없는 일이었습니다. 정보를 모으고 보관하는 건 개방이 평소부터 하던 일 아니겠습니까. 디만 이번 경우엔……."

능시걸이 조금 진지하게 말을 이었다.

"신중을 기해야 하는 정보가 있어서 시일이 좀 더 걸린 것뿐입니다."

"신중을 기해야 하는 정보?"

"아직은 말씀드리기가 조금 어렵습니다. 지금 말씀드릴 수 있는 것은 꽤 큰 단체가 뒤를 봐주고 있는 것 정도입니다. 이를테면……"

"맹이로군."

광휘가 알겠다는 듯 말을 잘랐다.

이에 능시걸은 별말 없이 미소만 지었다.

"뭐, 어쨌든 자세한 전말은 곧 밝혀질 겁니다. 그럼."

능시걸이 자리에서 일어섰다. 그러고는 한 발짝 움직이려 하다 다시 멈춰 섰다.

"아, 그리고 궁금한 게 하나 있는데……"

"……?"

"요 몇 달 사이 모용세가와 부딪친 적이 있었습니까?"

"모용세가?"

광휘가 고개를 갸웃거리며 대답했다.

"처음 듣는 얘기요. 나와 무슨 관련이 있소?"

"아, 아닙니다. 신경 쓰지 마십시오."

능시걸은 고개를 저었다.

"아, 한 가지 부탁이 있소만."

그리고 다시 나가려는데 이번엔 광휘가 그의 발길을 붙잡았다.

"무엇입니까?"

"앞으로는 내게 하대를 해주시오. 존대를 해주시는 것이 부담스럽소."

광휘는 불편했던 속내를 털어놓았다. 그를 만났을 때 워낙 다급하여 언급하지 않았지만 이렇게 단둘이 마주 보고 말을 나누자 그것이 부담스러워졌기 때문이다.

"저는 부담스럽지 않습니다. 배분으로 따져도 대협께선 돌아가신 저희 전대 방주님과 같은 배분이시지 않습니까."

"하나, 그때는 그때고, 지금은 맹에서 나온 상황이오. 그리고 어르신 역시 예전 후개였던 능시걸이 아니라 개방을 대표하는 방주이지 않소."

"허허허."

능시걸은 머리를 긁적였다.

광휘의 말이 맞기는 했다. 하나, 한때 많은 영웅들을 거느렸던 인물에게 하대를 하는 것이 그의 입장에서는 쉽지 않은 일이었다.

"알겠습니다. 고려해 보도록 하지요."

잠시 고민하던 능시걸은 고개를 끄덕이고는 방을 걸어 나갔다.

*   *   *

"매우… 매우 불쾌하였습니다."

의원 유겸승은 심통한 표정으로 고개를 숙였다. 대공자 팽가운에게 조금 전 있던 일을 소상히 밝힌 것이다.

"정말 고칠 수 있다고 하였소?"

하지만 팽가운은 그의 속상함보다 장련의 상태에 더욱 관심을 가졌다. 사실 말은 하지 않았지만 장련의 상태를 누구보다 신경 쓰고 있는 그였다. 가장 뛰어난 의원 유겸승을 그리로 보낸 것도 그런 이유 때문이었다.

"대공자님!"

"아, 미안하오."

인상을 잔뜩 찡그리며 자신을 쳐다보는 유겸승을 보곤 팽가운은 급히 표정을 지웠다. 하지만 입꼬리가 이따금 올라가는 것까지는 숨길 수 없었다.

"공자님, 소생이 비록 많은 의원을 만나보지 못했지만 전국에서 열 손가락 안에는 든다고 자부하고 있습니다. 그런 제가 증상을 살폈고, 고칠 수 없는 독이라 판단했습니다. 사실 지금까지 장련 소저가 버틸 수 있었던 것도……"

유겸승은 말을 이으려다 그만두었다. 아무리 그가 자부심이 강하다 해도 의원은 의원이었다. 자신 덕분에 지금껏 그녀가 살아 있다는 말을 할 수가 없었던 것이다.

팽가운이 표정 관리를 하고는 말했다.

"그는 누구의 소개로 온 것이오?"

"직접 묻지 못하였습니다만, 이 공자의 말로는 광 호위란 자가 데려온 것으로 압니다."

"광 호위? 호위무사?"

순간 팽가운은 장련과 함께 있던 사내를 떠올렸다.

무심한 표정으로 자신을 향해 도발했던 자.

동시에 중정에서의 일도 떠오르자 그는 자신도 모르게 얼굴을 찌푸렸다.

"한데, 정말 못 고치는 독이었소?"

"……?"

"누구도 못 고치는 독인지 확인을 위해 재차 묻는 거요."

그 말에 유겸승은 단호히 대답했다.

"제 의원 생활 사십 년을 걸고 장담할 수 있습니다."

"그렇소? 그럼 가봅시다."

팽가운이 고개를 끄덕이곤 자리에 일어섰다.

"네? 어디로……?"

"유 의원께서 못 고치는 독이라 했으니 분명 못 고치는 독이 맞을 터. 그럼 허언을 퍼뜨린 그 노인에게는 응당 그에 맞는 처분을 내려야 하지 않겠소."

그 말에 유겸승의 얼굴에 화색이 돌았다.

그는 급히 일어나더니 방문을 먼저 열고는 힘차게 말했다.

"제가 앞장서겠습니다."

＊　　　＊　　　＊

툭. 툭. 툭.

노천은 몸이 거멓게 변한 장련의 손을 들어 혈을 두세 번 짚은 뒤 내려놓았다. 그러다 잠시 뒤 뭔가를 계산하듯 또다시 맥(脈)에 손을 대기를 몇 번.

그리고 또다시 손을 내려놓고는 긴 숨을 토해냈다.

"후우……."

그 모습을 지켜보던 장웅과 일 장로, 묵객은 의아해했다. 마치 금(琴)을 튕기는 운지법처럼 손을 빠르게 움직이다가, 또 갑자기 뜸을 들이듯 지켜보기를 반복하고 있었기 때문이다.

잠시 뒤, 노천은 장련의 팔을 들게 하고는 그녀를 옆으로 눕혔다.

"저기……."

일 장로가 뭔가 입을 열려고 할 때였다.

파파팟.

품속에 손을 넣던 노천이 장련 앞에서 손을 펼쳤다. 순간 수십 개의 침이 장련의 몸으로 파고들었다. 보고 있던 사람들 모두가 놀랐다. 그리고 다시 노천에게로 시선이 쏠렸다.

"청살혈독이 어떤 독인지 아느냐?"

"……."

좌중은 대답이 없었다. 애초에 청살혈독이라는 말 자체를 못 들어본 사람이 대부분이었다.

노천은 뭐 그럴 줄 알았다는 얼굴로 말을 이었다.

"독에는 크게 두 가지가 있다. 신경독(神經毒)과 용혈독(溶血毒). 신경독은 신경을 마비시키거나 흥분시켜서 숨을 멎게 만들지. 빠르고 치명적이다. 하지만 해독만 시킬 수 있다면 오히려 손을 쓰기 쉽지. 반면, 용혈독은 느리다. 대신 피를 타고 몸 안 곳곳을 돌며 살을 녹이는 독이다. 여기에 당하면 십중팔구 죽는다."

"그, 그 말씀은……?"

가슴이 덜컥 내려앉은 얼굴로 장웅이 물었다.

"방법이 없으시다는……?"

"쯧. 대체 이제까지 무슨 말을 들었는지."

노천은 혀를 차고 툭툭 장련을 감싼 이불을 건드렸다.

"이 여아가 독에 당하자마자 쓰러졌다 했지?"

"아, 네. 그래서 극독이라고."

"극독? 염병하고 있네. 내가 조금 전에 말하지 않았더냐. 신경독은 빠르다고 안 하던? 이 여아가 중독되자마자 쓰러졌다는 건 신경독, 즉 해독할 수 있는 종류의 독이라는 뜻이야."

"아!"

장웅의 안색이 그제야 밝아졌다.

노천은 끌끌 혀를 두어 번 더 차댄 다음 설명을 이었다.

"청살혈독은 폐맥에 작용하는 독이다. 몸에 들어오자마자 바로 숨을 못 쉬게 만들어 안색이 퍼렇게 질리지. 그래서 청살혈독이라는 이름이 붙었다. 하지만 그러든 어쩌든 신속하게 작용하는 독은 결국은 신경독의 한 갈래."

그는 손을 잠시 멈추고, 이전 의원이 가져온 탕에 놓인 숟가락을 들었다.

노천은 그것을 장련의 입으로 흘려 넣고는 말했다.

"숨만 잘 쉬게 하고, 몸에 깃든 독만 제거하고 나면 큰 위험은 없다. 뭐, 그걸 잘 못해서 문제이지만……. 이봐, 약방문 쓰게 지필묵 좀 가져와 봐."

"예."

장웅이 일어나려 하자 일 장로가 손을 내저으며 말했다.

"제가 가겠습니다."

그는 한쪽에 놓인 수납장을 찾아 뒤지기 시작했다. 그리고 잠시 뒤 붓과 종이를 노천 앞에 내려놓았다.

슥슥슥.

노천이 뭔가를 열심히 쓰기 시작했다. 알 수 없는 글을 쓴 그는 손을 놓더니 일 장로를 향해 건넸다.

"여기 있는 약재대로 가지고 오게. 빠르면 빠를수록 좋다."

"옙."

말이 끝나자마자 일 장로가 나갔다.

팟. 팟. 파파팟!

얼마 후, 뭔가 시간을 재던 노천이 다시금 침술을 펼쳤다. 신체 대맥 중 여섯 군데에 침을 놓던 그가 얼마 후 손을 떼며 가만히 있었다.

"살 수 있겠소이까?"

묵객이 궁금증 어린 말투로 말했다.

노천은 자신의 귀를 가리켰다.

"들어봐라."

그 말에 묵객과 장웅이 귀를 기울였다.

"하아. 하아."

"숨을 쉬오. 정말 숨을 쉬오!"

장웅이 반색해서 큰 소리로 외쳤다.

그간 미약하여 죽은 듯 가만히 있던 그녀가 숨소리를 냈다.

"이 정도 독도 못 고칠 거면 내가 여기까지 온 이유가 없잖아."

"허어!"

자신감 어린 말에 묵객이 감탄의 표정을 지었다.

장웅이 그를 살피며 말했다.

"참으로 대단하신 분이로군요. 팽가의 고명한 의원도 방법을 못 찾고 손을 놓으려고 하였습니다. 한데, 어떻게 이리 쉽게 손을 쓰시는……."

"뭐야? 돌팔이를 나랑 같은 급으로 취급해?"

"아, 아닙니다!"

장웅이 입을 급히 닫았다. 딴에는 찬사를 보낸다고 한 것인데, 어째 그 말이 노천의 심기를 상하게 한 것 아닌가.

"아직 안심할 단계는 아니다. 뭐, 청살혈독이 분명히 신경독의 한 갈래이기는 하나 말처럼 그냥저냥 쉽게 해독될 독이라면 그 돌팔이가 그만큼 고생하지도 않았을 것이야. 여독(餘毒)이라고는 하나 남은 독 기운 또한 방심할 것이 못 된다. 시간이 좀 걸려."

노천은 주절주절 기나긴 잔소리를 늘어놓고 난 후, 뻣뻣하게 굳은 목덜미를 매만지며 말했다.

"아니, 그런데… 나자빠졌던 지가 언젠데 그놈은 아직도 안 오는 거야?"

"예? 누굴 말씀하시는지……."

노인이 화를 내자 장웅은 고개를 갸웃거렸다.

그때였다.

드르르륵!

"이자입니다. 이자가 매우 불쾌한 기색을 쏟아냈습니다."

문이 열리며 노천의 눈에 낯선 사내와 낯익은 노인이 들어왔다. 방 안의 시선이 그리로 향했다.

유겸승이었다.

"실례하겠소. 귀인은 누구시기에 갑자기 이곳으로 온 것이오?"

팽가운은 침상 위에 앉아 있는 노천을 발견하고는 성큼 다가서며 말했다.

"야, 이 무식하게 생긴 놈은 또 누구냐?"

노천이 장웅에게로 고개를 돌리며 말했다.

"아……."

순간 상황을 빠르게 파악한 장웅이 급히 일어나 팽가운을 향해 읍을 했다.

"팽 공자님, 무슨 일인지 저에게 말씀해 주시겠습니까."

"본 가의 의원에게 무례한 행동을 한 자가 있다고 하여 묻고자 왔소. 독을 고치지 못하는 자가 허풍을 늘어놓고 있다 하던데, 사실이오?"

그 말에 장웅은 유겸승에게로 시선을 옮겼다. 유겸승은 짐짓 고개를 빳빳이 들고는 장씨세가 사람들을 내려다보고 있었다.

"아, 성정이 조금 거친 분이시지요. 저희도 처음에는 많이 당황했습니다."

사태를 파악한 장웅이 미소를 지었다.

"그런데 말입니다, 어르신이 손을 쓰자 갑자기 차도가 보이는 것 같습니다. 적어도 허언을 늘어놓으시는 분은 아닌 것 같습니다만."

팽가운이 눈을 껌뻑였다.

그 말을 들은 유겸승이 급히 장련에게 다가갔다.

그러고는 맥을 짚으며 경악한 표정을 지었다.

"이럴 수가… 어찌 이런 일이 일어날 수……."

그때 노천이 노려보며 말했다.

"이런 일은 무슨 이런 일? 이것이 돌팔이인 너와 나의 차이인 게지."

유겸승은 너무나 당황했는지 노천의 말에도 아무런 대꾸를 하지 못했다.

"정말 차도가 있는 게요?"

팽가운이 한 발 다가가며 물었다. 그 역시 매우 여러 감정이 교차하는 듯했다.

"이놈들이, 아직 위험하다니까 그러네."

그 말에 팽가운이 노천을 바라보고는 포권을 했다.

"고인의 존함을 여쭈어도 되겠습니까?"

"어쭈지 마. 이 병만 고치면 곧장 여길 뜰 거니까."

"……."

팽가운은 포권을 한 자세 그대로 잠시 굳어버렸다. 명문 세가인 팽가의 대공자가 이름을 묻는데 이런 식으로 무례하게 대답하는 사람은 이제껏 본 적도 들은 적도 없었다.

"그, 으, 으, 흠."

하지만 팽가의 의원도 포기했던, 다 죽어가던 사람을 한순간에 살려냈다는 사실에 다들 쉽게 말을 걸지 못했다.

"의원이 왔다고?"

그때 한 사내가 들어오며 목소리를 높였다. 두 손에 약재를 가득 들고 있는 명호였다.

"응?"

고개를 돌리는 순간, 명호는 처음 보는 노인과 마주쳤다. 아니, 그런 줄 알았다. 그런데 그게 아니었다.

후드득. 투둑.

가져온 약봉지가 바닥에 떨어졌다. 명호의 얼굴이 경악으로 물들고 노천의 얼굴에는 찌푸림이 일어났다.

"독, 독선 어르신!"

곧이어 명호의 비명 같은 커다란 목소리가 방 안에 쩌렁쩌렁 울렸다.

＊　　　＊　　　＊

"그간 어디 계셨던 겁니까?"

모두를 물린 후 노천과 둘만 남은 명호가 물었다.

"이곳저곳 돌아다녔지. 그러다 거지들과 함께 몇 년간 있었다."

"왜 거기는……."

"일 좀 시키러 갔지, 뭐. 거긴 특별히 할 일도 없는 놈들 천지가 아니냐. 덕분에 구하기 힘든 독초들로 연구를 할 수 있었지."

명호는 씨익 웃었다. 생각해 보니 그럴 법했다. 강호를 은퇴한 것도 누구에게도 구애받지 않고 독에 대한 연구를 하고 싶어 했기 때문이니까.

"천중단에 들어가 활약이 대단했다는 얘길 들었다."

"운 좋게 살아남았습니다."

명호는 또다시 웃었다. 속세를 벗어난다고 해놓고 개방 옆에 있어서 비밀 정보란 정보는 다 듣고 있는 모양이었다.

"운도 실력이지. 그곳에 있던 놈들은 죄다 죽지 않았느냐."

"몇 명은 살아남았습니다."

"그럼 그놈들도 실력자인 게지."

노천은 얼버무리며 장련의 상태를 살폈다. 그리고 잠시 뒤 다시 입을 열었다.

"그런데 그놈은 대체 누구이기에 여기로 날 부른 거냐?"

"그놈이라면……?"

"등에 도를 멘 놈 있지 않느냐."

"아!"

명호가 크게 눈을 뜨다 이내 당황하며 말했다.

"혹시 듣지 못하셨습니까?"

"뭘 말이냐?"

"조금 전에 말한 그분 말입니다. 그분이……."

명호는 광휘에 대해 말을 할까 말까 잠시 뜸을 들였다.

그 모습에 노천은 조소를 머금으며 말했다.

"홍! 너의 말투로는 마치 그가 혈영신마(血影神魔)나 칠절신군(七絶神君)이라도 되는 것처럼 들리는군."

혈영신마와 칠절신군은 십 년 전 사파를 주름잡던 희대의 고수들이었다. 노천이 그들을 언급한 것이다.

"혈영신마와 칠절신군은 아닙니다만……."

"당연히 그렇지. 그놈이 어디서 그만한 실력을……."

"그들을 죽인 잡니다."

"뭐!"

노천이 소리를 지르며 자리에서 일어섰다. 하마터면 침상에 살짝 걸쳐놓은 탕약을 엎지를 뻔했다.

"혹시… 그럼 그가……."

"예. 제가 모시던 분입니다."

"단장은, 천중단 단장은 모두 죽지 않았더냐!"

"유일하게 살아남으신 분입니다. 강호의 기억 속에 사라진 분이기도 하고요."

"아!"

노천의 낯빛이 굳었다. 며칠 전 기억을 더듬자 점점 얼굴이 어두워졌다.

"왜 그렇습니까?"

"아, 아니다."

노천은 급히 표정을 지우며 자리에 앉았다. 그러곤 애써 어색한 미소를 지어 보였다.

하지만 그것을 놓칠 명호가 아니었다.

"혹시……."

"혹시 뭐?"

"실수라도 하셨습니까?"

"누가! 누가 실수를 했다고 그러느냐!"

노천이 얼굴을 붉히며 목소리를 높였다.

"왜 성을……."

"거지 놈들과 오랫동안 있었으니까! 거지 녀석들이 날 이리 만든 거라고!"

그의 말을 끝으로 잠시 정적이 흘렀다. 명호는 눈치를 보며 더는 입을 열지 않았다.

"명호야."

장련의 상태를 천천히 살피던 노천이 명호를 슬쩍 곁눈질하다 입을 열었다.

"예, 어르신."

"지금 내가 고치는 이 독이 원래는 치료가 거의 불가능한 것인지 알고 있지?"

"예? 아, 예. 그렇지요. 물론이지요."

"그래, 그렇다. 오직 나만 고칠 수 있느니라."

"예……."

명호가 잠시 의미를 생각하다 되물었다.

"한데, 그것을 왜……?"

"그냥 알고 있으라고. 혹여나 모를 수도 있으니."

"아, 예……."

"그리고……."

노천이 또다시 곁눈질을 슬며시 했다. 그러고는 괜히 기침을
하며 말을 이었다.

"그놈, 아, 아니 그분을 먼저 보게 되면 알려주고."

명호는 뻔히 보이는 노천의 속내를 생각하자 웃음이 나왔다.

하지만 표정을 굳히고, 그가 원하는 대로 답을 했다.

"되도록 자세히 설명하겠습니다. 이 독이 얼마나 지독한 독인
지, 해독하신 독선 어르신이 얼마나 빼어난 인물이신지도."

"험! 허험!"

第七章

장원태의 결심

스윽. 스윽.

탁자 위의 칼을 만지는 손길이 분주하다. 눈대중으로 보기엔 간격과 방향이 정확했지만 팽오운은 뭐가 맘에 안 드는지 칼을 비틀고 각도를 바꾸는 일을 반복하고 있었다.

'반듯함… 반듯함……'

그는 머릿속에 계속 그 단어를 떠올리며 검과 도를 매만졌다.

그리고 이미 간격을 맞춰놓은 병기들을 손바닥으로 펼쳐 다시금 정렬해 놓았다.

'눈으로 보는 것은 정확하지 않다.'

그것이 그의 생각이었다. 시력은 한계가 있고 매우 불안정한 것이었다. 어떤 때는 촉각, 즉 손으로 느끼고 만지는 것이 위치를 가늠하는 데 더 정확했다.

"이제 된 건가."

가장 거슬렸던 도의 위치를 마지막으로 매만지고는 팽오운이 눈을 뜨고 뒤로 한 발짝 물러섰다.

삼면에 올라가 있는 모든 병기들의 위치가 정확하게 맞아떨어진 듯 느껴지자 그는 미소를 지었다.

그렇게 스스로 만족한 그가 고개를 돌리려 할 때였다. 갑자기 뭔가 떠오른 듯 그의 표정이 표독스럽게 변했다.

"뭐가 빠졌나?"

"정묘함."

콰콰콰콱. 콰콰콱.

"이이익!"

팽오운이 진열된 수많은 병기들을 손으로 밀쳐냈다. 그것도 모자라 좌측에 진열된 병기까지도 발로 차버렸다.

"장씨세가… 호위무사……."

그는 이를 바득바득 갈았다.

그동안 얻기 위해 수없이 노력한 정묘함.

드디어 얻었다고 생각했는데 광휘란 자가 그것을 다시 떠오르게 만들었다.

"오라버니."

갑자기 등 뒤로 익숙한 목소리가 들려오자 팽오운이 놀란 표정으로 돌아보았다. 팽월이 자신을 보고는 어찌해야 할지 모르는 사람처럼 서 있었다.

"추태를 보였구나."

팽오운은 곧장 평정심을 되찾았다.

"아니에요. 다음에 다시 올게요."

"난 괜찮다. 무슨 일이냐?"

"말씀드릴 것이 있어서 왔어요."

"앉거라."

팽오운은 의자를 가리키며 앉았다.

잠시 고민하던 팽월은 이내 결심을 내렸는지 맞은편 자리로 이동했다.

"무슨 중요한 일이 있느냐?"

"그게……."

팽월이 잠시 뜸을 들이다 말했다.

"거지들이 움직였어요."

"거지?"

"네. 팽가 주위에 거지들이 한두 명씩 나타나 주변을 살피고 간다고 무사들이 그러더군요."

"흐음."

"아무래도 장씨세가 호위무사란 자가 움직인 것 같아요. 그가 개방 출신으로 의심되고 있잖아요."

팽오운은 묵묵히 듣고만 있었다.

"오라버니, 빨리 그를 제거해야 해요."

"그건 아니다."

팽오운은 고개를 저었다.

"네? 왜요? 한시라도 빨리⋯⋯."

"지금은 죽일 수 없다."

"왜요?"

"아직은 알아내야 할 것이 많은 자다. 그리고 성급히 움직일 때도 지났고."

"오라버니, 그러다 시간이⋯⋯."

"이건."

팽오운은 말을 끊으며 눈을 부라렸다.

"내 싸움이다."

팽월은 멈칫했다. 눈에 살기가 인 저 모습은, 그가 폭주하기 전의 모습과 같았다.

"그래요."

팽월은 더는 말을 하지 않았다. 저런 상황에선 어떠한 말도 들리지 않는다는 걸 잘 알았으니까.

"하지만 이번 일이 잘못되면⋯ 오라버니가 책임을 지셔야 할 거예요."

그 말을 남기고 팽월은 방을 나가 버렸다. 팽오운은 팽월이 나간 곳을 바라보며 입꼬리를 올렸다. 그러다 자리에서 일어선 그는 아직 흩어지지 않은 병기들 쪽으로 다가가 또다시 괴성을 지르며 손으로 밀쳐냈다.

"이이이익!"

콰콰콰콱. 쟁그랑!

*　　　*　　　*

"정말 차도가 있다는 거요?"

장웅이 급히 물었다.

"아가씨가 괜찮다는 말씀입니까?"

일 장로가 따라 물었다.

"뭐라 말 좀 해보시오. 심히 답답하오."

마지막에 물은 것은 묵객이었다.

명호가 밖으로 나오자마자 노심초사하던 세 사람은 급히 그에게 다가가 물었다. 두 시진 전 방문을 나섰던 시녀가 장련의 의식이 돌아왔다는 말을 했기 때문이다.

"다행히 급한 고비는 넘기신 듯하오."

명호가 밝게 웃으며 말했다.

"아!"

세 명은 동시에 신음을 내뱉었다. 기적이었다. 생명의 끈을 놓으려는 순간 기적이 일어난 것이다.

"그럼 안으로……."

"잠시."

장웅이 방문으로 들어갈 때 명호가 앞을 막아섰다.

"어르신이 나올 때까지 기다려 주십시오."

"아, 경솔하였소. 고인의 청정을 깨뜨려서야 아니 되지."

장웅은 급히 잘못을 시인했다.

명호는 별다른 말 없이 묵객을 한 번 힐끗 쳐다보고는 문 쪽으로 걸어갔다.

"응?"

하지만 몇 걸음 걷다 멈춰 설 수밖에 없었다.

대문 앞에 생각지도 못한 사내가 서 있었던 것이다.

"광 호위?"

"언제 오셨소?"

뒤늦게 발견한 장웅과 일 장로가 그를 보며 말했다.

묵객 역시 예전과 달리 눈빛이 매우 부드럽게 변해 있었다.

광휘는 그들에게 다가가 목례를 해 보였다. 그러고는 명호를 바라보았다.

"어떻게 되었나?"

"정말 운이 좋았습니다. 어떻게 독선께서 거기 계셨는지……."

밝은 얼굴의 명호가 말했다.

"독선?"

광휘가 의아한 표정을 짓자 명호 역시 의아하게 바라봤다.

"모르셨습니까?"

광휘가 고개를 끄덕이자 명호가 짧게 웃어 보였다.

'하긴…….'

명호는 이해했다.

천심독선 당노천(唐老天)은 독 하나로 천하에 이름을 떨쳤고, 지긋지긋할 정도로 여기저기 불려 다녔던 맹의 인물이다.

은퇴를 선언한 후 과거와 결별하고 한가롭게 독초 연구나 하던 그로서는, 자신의 존재를 숨기려 들었던 것이 당연한 것인지도 몰랐다.

드르륵.

그 순간, 닫혔던 방문이 열리며 노천이 걸어 나왔다. 마당에 있던 사람들의 시선이 일제히 그에게로 향했다.

그는 굳은 얼굴로 천천히 사람들 옆을 지나쳤다. 그러고는 광휘 앞으로 다가가더니 그의 어깨를 두들겼다.

"들어가 보게나."

광휘의 눈이 일순간 커졌다 작아졌다.

"광 호위께서 먼저 들어가 보십시오."

장웅이 밝은 얼굴로 거들었다. 묵객은 머쓱한 표정으로 맨바닥을 툭툭 걷어찼다.

광휘는 주위를 한번 돌아보고는 방 안으로 발걸음을 옮겼다.

*　　　*　　　*

'어떤 말을 해야 하는가.'

두근두근.

방문을 열 때부터 광휘는 심장이 뛰기 시작했다. 그러다 문득 자신의 손을 들어 바라봤는데, 아무런 증상도 보이지 않았다.

확실히 부작용은 아니었다. 만약 그것이었더라면 손이 먼저 떨려왔을 것인데, 그런 증상은 없었다.

그런데도 왜 이토록 떨리는지 알 수가 없었다.

"무사님……."

침상으로 걸어가던 광휘가 걸음을 멈췄다. 장련이 먼저 그를 알아보고 말을 걸었던 것이다.

"괜… 찮소?"

"그럼요. 저 아무렇지 않아요."

장련은 애써 웃음을 지어 보였다.

광휘는 그런 그녀의 모습에, 허전했던 뭔가가 가득 메워지는 듯한 느낌을 받았다.

침상 옆 의자에 앉은 광휘는 별다른 말을 하지 않았다.

이곳에 오기 전, 광휘는 그녀가 의식을 찾았을 때를 대비해 번듯한 말을 많이 준비했었다. 하지만 그녀를 보니 어떻게 얘기해야 할지 생각이 나지 않았다.

"미안해요."

광휘가 이런저런 고민을 할 때쯤 장련이 먼저 입을 열었다. 광휘가 고개를 들자 그녀는 말을 이었다.

"제멋대로 굴어서요. 이런 일 때문에 무사님은 제게 무공을 가르쳐 주지 않으려고 했던 건데……."

"……."

"항상 의욕만 앞서니 남에게 피해만 끼쳐요. 잘하려고 노력은 하는데 늘 제자리네요. 아무래도 전 어쩔 수 없나 봐요."

"소저……."

"도움을 드리고 싶었어요. 제 주제에 뭘 할 수 없다는 걸 잘 알지만, 그땐 무사님을 도와줘야겠다는 생각뿐이었어요."

장련은 어두운 낯빛임에도 여전히 밝게 웃어 보였다.

"저도 누군가에게 도움을 줄 수 있는 사람이고 싶었나 봐요. 이제껏 항상 도움만 받았으니까, 저도 도와줄 수 있다는 것을 보여주고 싶은 욕심이 마음 한구석에 남아 있었나 봐요. 저 바보 같죠?"

광휘는 시선을 애써 외면했다. 마음과 달리 이상하게 몸이 반응한 것이다.

잠시 침묵이 일 때쯤 장련이 말했다.

"팽가가 우릴 노리는 거죠?"

그 말에 광휘는 눈을 크게 떴다. 전혀 예상치 못한 질문이었기 때문이다.

"명호가 말했소?"

"아뇨. 사부님은 제게 석가장의 습격이 있었다고만 말하고 나가셨어요."

"한데……."

"무사님을 발견하기 전 유월루라는 곳에 올라갔었어요. 그런데 이상하게 저희 객방만 다른 문파, 세가와 떨어져 있었어요. 그걸 보고 깨달았죠. 팽가에 뭔가 이상한 일이 일어나고 있다는 것을요."

장련은 확실히 상황 판단이 빨랐다.

유독 떨어져 있는 장씨세가의 객방, 그리고 석가장의 침입.

그리고 이곳에 오기 전 팽가에서 보인 의심스러운 행동만을 보고 유추해 낸 것이다. 다시금 침묵이 일 때쯤 장련이 말했다.

"무사님."

"말하시오, 소저."

"우리가 모든 걸 포기하면 편안해질까요?"

"……?"

"그들이 원하는 것을 주고 목숨만은 살려달라고 하면 그래 줄까요?"

"그게 무슨……."

"작년부터요……."

장련은 천장을 바라보며 말을 이었다.

"마음 편히 지낸 날이 없었어요. 석가장이란 무가와 싸우며 항상 두려움에 떨었어요. 그런 지옥을 벗어나 이제 좀 살 만해졌는데… 이제 좀 지낼 만하다 생각하는데 더 큰 적이 나타났어요."

"소저……."

"이번엔 팽가예요, 중원 오대세가라는 팽가. 감히 우리가 대적할 수도, 마주할 수도 없는 상대예요."

광휘는 그녀의 말을 부정할 수 없었다.

석가장과 팽가는 규모 자체가 다르다. 장씨세가가 아무리 애를 써도 이길 수 없는 상대인 것이다.

"무사님도 떠나세요. 저희와 함께 있다간 무사님도 위험하실 거예요. 무사님뿐만 아니라 모두 다 위험해요. 중원 오대세가의 하나인 팽가가 얼마나 강한지는… 누구보다 잘 아시잖아요."

"……."

"장씨세가는 싸울 힘이 없어요. 싸우기엔 너무 지쳤어요. 아무리 생각해도 팽가와 맞서 싸울 자신이 없어요. 그보다 더 중요한 건 저……."

장련은 울먹이는 목소리로 광휘를 향해 말했다.

"이젠 무서워요. 너무 무서워요."

눈시울이 붉게 변하던 장련은 결국 눈물을 흘리고 말았다. 아무리 해도 벗어날 수 없는 이 현실이 그녀의 참을성까지 흔들어놓은 것이다.

다시금 침묵이 흘렀다. 장련은 울음을 그치기 위해 노력했고, 광휘는 무슨 말을 해야 할지 고민했다.

"모두 다 뺏기고도 아무렇지 않게 살 수 있겠소?"

그렇게 시간이 한동안 흐른 뒤 광휘가 입을 열었다.

"장씨세가가 가진 땅은 모두 팽가의 것이 될 테고, 그동안 이루었던 영광들은 모두 바닥에 내팽개쳐질 것이오. 하녀와 시녀는 팔려 나갈 것이고, 당신과 장로, 당주들은 하인이 되어 평생 이곳에 갇혀 살게 될 것이오. 그런 생활을… 견딜 수 있겠소?"

"그렇게까지……."

"그렇게까지 될 거요. 그게 강호니까."

장련은 뭔가 생각하는 듯 한동안 눈을 감았다. 그런 그녀의 눈가에 눈물이 또다시 흘러내렸다.

힘이 없음을, 그렇다고 저항할 수도 없음을 그녀도 깨달은 것이다.

"내가 도와주겠소."

"무사님……."

눈을 뜬 장련은 광휘를 애달프게 바라봤다. 그가 강하다는 것은 안다. 아마도 묵객처럼 정말 대단한 고수일지도 몰랐다.

하지만 상대는 팽가다. 혼자서는 아무것도 할 수 없다. 팽가는 중원을 대표하는 오대세가 중 하나니까.

"예전에 내게 맹에서 무슨 일을 했냐고 묻지 않았소?"

하나, 광휘는 진지한 얼굴로 그녀를 향해 재차 말했다.

"네, 그랬어요."

"누군가를 지키고, 그것을 지키기 위해 누군가를 죽여야 했었소."

"네?"

"마치 지금의 상황처럼 말이오."

광휘가 장련을 응시하며 말했다.

"내가 지켜주겠소."

"……."

"내가 장씨세가를 지킬 것이오."

＊　　　＊　　　＊

한밤중.

유등에 의지해 서책을 읽던 팽인호가 문밖에서 들리는 소리에 고개를 들었다.

"방금 누구라고 했나?"

"개방 방주가 찾아왔다고 했습니다."

"……!"

팽인호의 눈매가 매서워졌다. 그는 유등을 보며 잠시 생각에 잠긴 후 자리에서 일어섰다.

"안으로 뫼셔라."

드르륵.

문이 열리고 노인 한 명이 들어왔다. 작은 체구에 찢어진 무명천을 여러 겹 입은 능시걸이 뒷짐을 지고 들어왔다.

"어인 일로 여기까지 직접 발걸음을 하신 겁니까?"

"일단 앉아도 되겠나?"

"아, 물론이지요."

능시걸이 한쪽에 비치된 자리로 걸어가려 하다 입을 열었다.

"철관음은 늦은 시각에 안 마시는 게 좋겠지?"

"…원하신다면."

한쪽 구석으로 걸어가려던 팽인호의 눈썹이 조금 움직였다. 그는 자신이 차를 마시는 것, 철관음이란 차를 좋아하는 것을 미리 언급했다. 마치 너에 대해 다 알고 있다는 말투로 느껴진 것이다. 자리에 앉은 팽인호가 말했다.

"정말 오랜만에 뵙는군요. 이게 몇 년 만입니까?"

"글쎄… 생각해 본 적이 없어서."

"허허허. 저도 오래되어 기억이 잘 나지 않는군요."

팽인호는 웃으며 말했다.

"그런데 무슨 일로 팽가에, 그리고 절 찾으신 겁니까?"

"무슨 일로 왔겠나?"

능시걸은 이가 드러날 정도로 미소를 보였다.

"저야 모르지요."

"그럼 한번 맞혀보게."

"……."

"생각이 깊은 자니까 짐작은 하지 않았겠는가."

팽인호의 표정에 조금 변화가 생겼다. 하지만 상대방이 알아차릴 만큼 과하게 바뀐 건 아니었다.

"전혀 모르겠군요."

탁.

"이거 안타깝구먼."

능시걸이 자신의 허벅지를 손으로 내리치며 탄식했다.

그 모습을 본 팽인호가 목소리를 조금 낮게 깔며 말했다.

"능 어르신께서는 마치 제게 면박을 주러 오신 것처럼 보입니다."

"왜 그리 생각했지?"

"늦은 밤에 오신 것도 그렇고, 오서놓고 제게 왜 오셨는지 말씀도 않으시니까요."

"자네 말을 들으니 그리 생각할 수도 있겠구먼. 물론……."

능시걸이 고개를 끄덕이며 말을 이었다.

"정말 아무것도 모르고 있다는 전제하에 말이지."

말투에서 뼈가 느껴지자 팽인호의 여유 있던 표정이 더는 보이지 않았다.

"제가 모든 것을 다 아는 것은 아니지요. 뭘 모르고 있는지 알려 주시겠습니까?"

하지만 이번에도 자연스럽게 빠져나갔다.

능시걸이 조용해지자 잠시 침묵이 일었다. 그리고 그 침묵을 능시걸이 깼다.

"꽤 많은 것을 알아보았네. 일부러 한 것이 아니라 하다 보니 그렇게 되더군. 그런데 재밌는 것이, 파고들면 들수록 참 흥미 있는 것들이 많이 나오더란 말일세."

"개방이 하는 일이 원래 그런 것 아니겠습니까. 한데, 조금 의아하군요. 구파나 오대세가의 뒷조사를 하는 건 정도(正道)에 위배되는 행동이 아닙니까?"

"그 말은, 정도를 벗어나면 어디든 조사해도 상관없다는 말이지. 그렇지 않은가?"

능시걸이 노려보자 팽인호는 시선을 피하지 않았다. 오히려 능숙하게 시선을 받고는 입을 열었다.

"그래서 좀 건졌습니까?"

"물론."

"그럼 이제 어떻게 하실 겁니까? 설마 강제로 저를 연행이라도 하실 겁니까?"

팽인호가 웃으며 말했다.

"아시겠지만 물증도 없이 강제로 압박할 경우 되레 피해를 보는 건 우리 쪽이 아닐 수 있습니다. 설령 그곳이⋯⋯."

그는 능시걸을 처음으로 노려보며 말을 이었다.

"그곳이 설령 개방이라 할지라도 말이지요."

"⋯⋯!"

능시걸의 눈이 작아졌다. 상대의 강한 도발을 온몸으로 느낀 것이다.

"흐음. 역시 상대하기 까다로운 분이구면, 일 장로."

"저 역시 정도의 길을 걷는 자니까요."

팽인호는 그가 내세웠던 지론을 앞세워 말을 받았다.

능시걸은 그런 그를 노려보다 자리에 일어섰다.

"사실 내가 여기에 온 건, 지금은 아파 누운 자네 가주의 얼굴을 보아 한마디 남기려는 거였네."

"⋯⋯."

"이 일에서 손 떼, 오래 살고 싶으면."

능시걸의 매서운 눈빛이 팽인호에게로 향했다.

하지만 그 역시 물러서지 않았다.

"그 호위무사란 자가 과거에 제법 맹위를 떨친 모양입니다. 방주께서 이리 직접적으로 경고를 하시다니요."

능시걸은 더는 말하지 않았다. 들어왔던 그대로 뒷짐을 지며 문밖으로 걸어 나갔던 것이다.

"방주."

그런 걸음을 팽인호가 다시 붙잡았다.

"개방이 조사를 하신다는 말에도 저는 전혀 부담되지 않습니다. 왜 그럴까요? 천하에서 가장 정보를 많이 모으는 곳인데 말입니다."

"무슨 말이 하고 싶은 겐가?"

능시걸이 뒤돌아섰다.

어느새 팽인호는 싸늘한 표정으로 눈썹 끝을 올리고 있었다.

"제 뒤엔 누가 있을 것 같습니까?"

"······!"

능시걸의 표정이 딱딱하게 굳었다. 그가 말한 의미가 어떤 것인지를 본능적으로 느낀 것이다.

드러난 정보보다 드러나지 않는 정보에 더 자신감이 있다는 의미였다.

"자네가 물으니 나도 묻지."

하나, 능시걸은 그런 팽인호의 시선을 피하지 않고 말했다. 드러나지 않는 정보라면 이쪽이 훨씬 더 자신 있으니까.

"내 뒤엔 누가 있을 것 같나?"

*　　　*　　　*

처어억.

팽가와 인접한 언덕에 있는 한 움막집.

문틀 위에 묶어 걸어놓은 대나무 발이 흔들리며 한 사내가 들어왔다.

"오셨··· 왔는가. 일단 앉게."

방주는 어색하게 말을 놓으며 광휘를 자신의 맞은편으로 안내했다. 광휘는 방 안을 한 번 둘러본 뒤 자리에 앉았다.

"그래, 장련 소저는 좀 어떤가?"

"오늘 아침부터 조금씩 걷기 시작하오."

"정말 다행이로군."

능시걸이 밝게 웃자 광휘는 그런 그를 무덤덤한 표정으로 바라보다 물었다.

"왜 말하지 않았소?"

"무슨 말을… 아, 독선(毒仙) 말이로군."

능시걸이 시선을 돌리며 머리를 긁적였다. 그러다 멋쩍게 웃으며 말했다.

"독선은 강호를 은퇴했던 노인이네. 해서 굳이 알릴 필요는 없다고 생각했지."

광휘가 말없이 계속 노려보자 그는 못 당하겠다는 듯 속내를 털어놨다.

"알겠네. 솔직히 말하지. 당시에 자네는 매우 다급해 보였네. 상황을 보니 혹여 늦게 당도하거나 치료가 불가할 경우가 생길 수 있을 것 같더군. 그래서 그랬네. 괜히 자책감에 시달릴 것 같아서. 내 오지랖이지, 뭐……."

능시걸은 인상을 구겼다.

"에잉. 그런데 하필 자네 부하가, 그놈이 거기 딱 있을 게 뭐람. 전국에서도 그를 알아볼 자가 거의 없는데 말이지. 괜히 그것 때문에 자네가 난처해졌다면 내가 사과를……."

"고맙소."

"뭐?"

"고맙소, 방주."

광휘가 능시걸을 응시하며 고개를 숙였다.

순간 능시걸의 눈이 커졌다 작아졌다. 그의 기억 속에 있는 광휘는 냉정하고 감정을 드러내지 않는 인물이었다. 그런 그가 고개를 조아리며 감사를 표하는 모습은 상상도 하지 못했던 것이다.

"알아본 내용이 있다고 들었소."

"아, 그랬지."

광휘가 화제를 돌리자 능시걸이 고개를 내젓고는 말했다.

"팽가 세력의 조사는 모두 끝마쳤네. 좀 더 시간을 두고 살펴볼 부분이 있긴 하지만 말일세."

"말씀해 주시오."

"우선 팽가를 필두로 두 문파가 끼어 있네. 석가장 때부터 주도적으로 이 일에 나섰던 비연 단주란 여인이 있는 화월문 그리고 지금까지 숨을 죽이고 뒤에서 보조를 맞추고 있는 천외문(天外門)이 있네."

"정사지간?"

능시걸이 고개를 끄덕이며 말을 이었다.

"맞네. 하나, 문제는 그것이 아니야. 그 문파와 연결되어 있는 곳, 바로 귀문과 적사문(積死門), 이 두 곳이 문제지."

광휘는 귀문 한 곳은 기억했다. 과거 사파를 대표하는 곳이었기 때문이다.

"과거 귀문의 고수들은 천중단이 다 처리했지만, 다시 세력이 성장하여 지금은 매우 강성해졌어. 그리고 적사문은 자객을 중심으로 세력을 키워온 곳인데, 최근에 사파를 대표하는 세 곳 중 하나로 성장했지. 이 두 곳이 화월문과 천외문에 선을 대고 있음을 확인했네."

광휘가 잠시 생각하다 입을 열었다.

"꼬리를 만들려 했던 거구려. 언제든 자를 수 있게."

"정확하네."

능시걸은 다시 말을 이었다.

"정도를 걷는 팽가가 사파와 손을 잡는다는 것은 있을 수 없는 일이네. 그럴 경우 온 정파 무림의 표적이 될 테니까. 하지만 그들은 다른 방법을 썼네. 정사지간을 끌어들여 그들을 이용하는 거지. 물론 사파의 문파들도 이득이 되는 것이 있었으니 이해관계가 맞아떨어진 거겠지. 팽인호란 노인, 머리가 아주 비상해."

광휘는 별다른 표정을 짓지 않았다.

"또 있소?"

광휘가 시선을 들자 능시걸은 기다렸다는 듯 말했다.

"끝으로… 자네가 짐작한 것처럼, 맹이네. 임조영(林照影)이란 맹의 사람이 팽가와 끈이 닿아 있었어."

"임조영? 그는 순찰 부당주가 아니오?"

"지금은 순찰당주로 직위가 올랐네."

광휘가 고개를 끄덕였다.

"그 외엔… 또 없소?"

"허허허……."

광휘가 대수롭지 않게 물어보자 능시걸은 갑자기 웃음을 보였다.

정사지간을 대표하는 두 문파와 사파를 휘어잡는 두 문파를 언급했다. 거기다 맹에 있는 사람까지 거론하지 않았는가.

누가 들어도 당황하고 놀라워해야 하는 것이 정상인 상황인데 광휘는 너무나 덤덤했다. 자신이 뭔가 빠뜨린 게 아닐까 되짚어 볼 정도로.

"있을 거라 추정하고 있네만, 지금으로선 거기까지 알아보는 것이 한계였네. 본 방이 현재로서는 무림맹과 접점이 많지 않고, 또 맹의 내부에도 비선당(秘線堂)이라는 정보 조직이 있지 않은가. 조사를 하다가 자칫 그 선이 윗선까지 닿아 있다면……."

"방주, 맹주는 그런 자가 아니오."

순간 광휘가 목소리에 힘을 주었다. 그 말에 방주가 고개를 끄덕였다.

"나도 그리 생각하네. 맹주의 성품은 자네도 알고 나도 알지. 하지만 맹은 맹주 혼자서만 이끄는 게 아냐. 어느 정도의 인물들이 개입했느냐에 따라 우리 쪽의 대처도 달라지겠지."

광휘는 그의 말에 수긍했다. 그의 말대로 이번 일에 관련된 자들이 무림맹의 당주에 그치지 않고, 전주나 총관 같은 고위직도 관여되어 있다면 쉬운 문제가 아닐 것이다.

"그리고……."

광휘가 생각에 잠겨 있자 능시걸이 운을 뗐다.

"운수산에 매우 흥미가 이는 부분이 있었네. 이것 역시 맹의 조사 과정에서 윤곽이 드러나면 알려 주겠네."

운수산이란 말에 광휘의 눈동자가 커졌지만, 그 역시 짐작하고 있는 부분이었기에 묻지는 않았다. 그가 그리 말했으니 때가 되면 알려 줄 것이다.

"그래, 이제 자네의 말을 들을 차례구먼."

전체적인 구도를 짤막하게 설명한 능시걸이 운을 뗐다. 자신이 불렀지만 광휘 역시 말하고 싶은 것이 있다는 것을 알아챈 것이다.

"선수를 쳐볼까 하오."

"선수?"

광휘가 고개를 끄덕였다.

"장씨세가엔 무사가 많이 부족하오. 특히나 뛰어난 무사는 더더욱. 가만히 있다간 분명 그들의 계략에 손도 써보지 못할 것이오, 이번 일처럼."

"팽가와 싸울 명분부터 확보하겠다는 거군."

능시걸이 선수의 의미를 깨닫고는 말했다.

"하긴, 팽가와 싸울 명분을 확보하기엔 명문 대파와 명문 세가가 있는 자리가 가장 좋긴 해."

능시걸은 광휘의 말에 호기심이 일었는지 턱을 괴었다.

괜찮은 방법이었다. 이왕 싸우려고 마음먹었다면 명분을 확보하는 것이 필요했다.

하지만 어떻게 싸울 명분을 얻는다는 것일까?

"장씨세가와 백오십 리 정도 떨어진 곳에 일운객잔이라는 곳이 있소. 그곳에서 뒷방살이 하는 사내를 찾아 내일 아침 중정에 데려오시오."

"내일? 중정이면……."

팽가의 마지막 연회가 있는 자리였다.

원래라면 꾸준히 열렸어야 할 연회가 석가장의 침입으로 잠시 무산된 상태.

그런 연회를 내일은 반드시 다시 열겠다고 팽가는 선언한 상태였다. 원래 무림세가는 외부의 침입이 있을수록 더욱 강한 모습을 보이려 하는 법이다.

"그 뒷방살이 하는 사내가 누군가?"

"방주라면 보면 알 거요. 그럼 먼저 일어나겠소. 오랜 시간을 비울 수 없어서."

광휘가 자리에 일어나 읍을 해 보였다. 그 후, 빠르게 방 안을 나갔다.

"단장이 슬슬 움직이려는가 보군."

능시걸 역시 의자에서 일어났다.

그는 광휘가 나간 문을 본 뒤, 열린 창 너머로 보이는 팽가의 본청에 눈을 돌리고는 피식 웃음 지었다.

"팽 장로, 나름 뭔가를 꾸미고 있다는 걸 잘 아네. 내가 모르는 복안도 몇 가지 마련해 놓았겠지. 하나, 이 드넓은 중원에 자네같이 비상한 머리를 가진 자가 없었겠나."

능시걸의 웃음이 더욱 진해졌다.

"저분은 거기서 살아남으신 분이야."

＊　　　＊　　　＊

"들어오시오, 광 호위."

장원태가 힘겹게 입을 열며 고개를 들었다.

드르륵.

곧 방문이 열리고 광휘가 걸어 들어왔다.

"늦은 밤에 찾아온 무례를 용서하십시오."

"별말씀을. 아직 깨어 있던 참이었소. 그리고 마침 내가 먼저 광 호위를 뵙자고 청하려 했소."

"……?"

"계속 광 호위가 눈에 아른거려서 말이오. 허허허."

장원태는 혈색이 어두운 상태에서도 웃음을 잃지 않았다.

"조금 전에 하인에게 들으니 긴히 말할 것이 있다고 들었소. 한데, 중요한 얘기라면 이곳에선……."

"안심하시지요. 명호가 주위를 모두 물렸습니다."

장원태는 광휘를 당황한 눈길로 바라봤다. 그러다 이내 납득이 되는지 고개를 끄덕였다.

"하긴… 광 호위라면 이미 짐작했겠소."

터억.

광휘는 침상 옆 의자에 앉았다.

"지금부터 하는 얘기를 잘 들으십시오."

그러고는 잠시 심호흡을 한 뒤 장원태를 향해 방주에게 들었던 얘기를 털어놓았다.

"흠. 흐음. 흠."

설명을 하는 와중에 광휘는 장원태의 표정을 간간이 살폈다. 충격에 휩싸일 거라 생각했기 때문이다.

하나, 그는 고개만 몇 차례 끄덕일 뿐 별다른 반응을 보이지 않았다. 심지어 맹을 거론할 때도 약간 인상을 썼을 뿐 그대로였다.

얘기가 끝나고 잠깐의 침묵 뒤, 장원태가 입을 열었다.

"개방 방주와는 어떻게 아시게 된 것이오?"

"예전에 일면한 적이 있습니다."

"그렇구려."

장원태는 의문스러운 부분이 있음에도 곧장 캐묻지 않았다. 그저 광휘를 전적으로 믿는다는 듯 생각에 잠기다 고개를 끄덕였다.

"방주께서 거짓을 고하셨을 리는 없겠지."

"⋯⋯."

"운수산이오?"

순간 광휘의 눈에 이채가 어렸다. 그의 말에서 이미 짐작하고 있었다는 의중을 느낀 것이다.

"놀라워할 필요는 없소. 변을 당하기 전, 팽 장로에게서 운수산을 달라는 권유를 받은 적이 있었기 때문이오."

장원태가 다시 광휘를 응시하며 말했다.

"광 호위, 우리가 운수산을 내주면 살 수 있다고 보시오?"

"……."

"아마 힘들 것이오. 팽가가 사파와 맹을 끌어들였다는 것은 운수산에 그만한, 아주 대단한 뭔가가 있다고 봐야 할 테니 말이오. 그리고 그것을 지키고 숨기기 위해선……."

그는 잠시 뜸을 들이다 말했다.

"자신들과 뜻을 같이하지 않는, 혹은 굳이 부스럼이 생길 것 같은 자들은 제거해야 한다는 뜻일 거요. 거대한 태풍은 주위의 것들을 모두 빨아들이니까."

말하지 않았지만 광휘 역시 그와 같은 생각이었다. 단순히 운수산만을 뺏으려는 거였다면 처음부터 팽가가 직접 움직였을 터였다.

하지만 그리하지 않고 석가장을 보냈다. 그들은 애초에 운수산만이 아니라, 운수산을 가져감으로 해서 생길 수 있는 모든 문제의 가능성을 차단하려고 한 것이다.

"이런 말 하긴 미안하지만."

잠시 침묵하던 장원태가 운을 뗐다.

"광 호위는 승산이 있다고 보시오?"

"……?"

"뭔가를 기대하고 물어본 것이 아니오. 아니, 이 상황에 뭔가를 기대한다고 얘기하면 웃기겠지. 난 그저 문득, 문득……."

장원태가 미소를 지으며 말을 줄였다. 생각난 것을 말하려니 스스로 부끄러워진 것이다. 이길 수 없는 적이라는 걸 알고 있었다.

그런데도 왠지 꼭 그에게 물어보고 싶었다. 과묵했기에, 그만큼 행동에 신중한 자이기 때문인지도 몰랐다.

"십이 년 전."

장원태가 귀를 기울였다. 오랫동안 침묵하고 있던 광휘가 입을 연 것이다.

"맹에서 하나의 부대를 만든 적이 있습니다. 대살성이라는 사파 최고수 아래에 숨어 중원에서 악행을 일삼는 흑도들을 죽이기 위해서였지요."

"……."

"당시 전국 각지의 고수들이 몰려들었습니다. 그중 구대문파 장로들이 몇 번의 심사를 통해 고수들을 따로 추려냈고, 최종 단계에선 장문인들 주관하에 그들을 임명하였지요. 그 부대가 바로 천중단이었습니다."

"과, 광 호위, 혹시……."

장원태가 놀라며 말하는 도중에도 광휘는 계속 설명을 이어 나갔다.

"하나, 실상 천중단의 목표는 대살성을 죽이기 위해 만든 부대가 아니었습니다. 그들 세력에 숨겨진, 그들보다 더욱 위험한, 강호를 삼켜 버릴 수 있는 거대한 세력 때문이었지요."

순간 광휘는 눈을 부릅떴다.

"그리하여 천중단 내에는 두 부대가 창설됩니다. 대중들 앞에 나서서 사파를 척결하는 막부단(膜夫團), 그리고 살수들을 암살하는 흑우단(黑羽團)이 그것이지요."

"하면, 광 호위는……."

"제 이름은 유역진. 흑우단의 두 번째 생존자이며 마지막 17대 천중단 단장을 역임했었습니다."

"아!"

장 가주는 믿을 수 없는 듯 신음을 토해냈다. 그것으로도 진정이 되지 않는지 그의 입술이 덜덜 떨렸다.

천중단.

들은 적이 있었다.

맹을 대표하는 최고의 부대.

그 부대를 이끌던 자가 눈앞에 있다는 사실에, 그리고 그런 그가 이제까지 자신의 가문을 지켜왔었다는 것에 쉽게 진정이 되지 않았다.

장원태의 눈시울이 점차 붉게 변했다.

"어려운 여정이 될 것입니다. 도중에 힘들이 포기하고 싶어질 때도 분명 있을 것입니다. 가주께 제가 이것 하나만큼은 약속드릴 수 있습니다."

광휘가 결연한 표정으로 말했다.

"제가 적 모두를 막을 순 없을 테지만, 그들 역시… 저를 막을 수 없을 거란 것을요."

"……!"

"장씨세가가 포기하지 않는 한, 저 역시 장씨세가를 포기하지 않을 것입니다."

장원태는 시선을 다른 곳으로 돌렸다. 넘을 수 없는 산인데도 왠지 그와 함께 넘고 싶은 마음이 들었다. 넘지 못할 것이 너무나 분명한데도…….

"이유를 물어봐도 되겠소?"

"……?"

"왜 이렇게 본 가를 도와주는지 말이오. 이리 목숨을 걸어가면서까지 도와줄 이유가 없지 않소?"

예상치 못한 질문인지 광휘는 머뭇거렸다.

그러다 잠시 시선을 내린 그는 고민하는 듯하더니 입을 열었다.

"장씨세가가… 맘에 듭니다."

"허허허. 크허허허! 콜록콜록!"

장원태는 웃음이 나왔다.

마음에 든다라…….

참으로 그다운, 거칠고 소박하지만 그만큼 솔직한 말이었다. 그리고 참으로 믿음직한, 새기면 새길수록 마음이 든든해지는 말이기도 했다.

"싸우겠소."

웃음을 그치자 장원태의 표정이 변했다. 결심이 선 것이다.

"이래도 죽고 저래도 죽는다면, 우리 것을 지키기 위해 싸우겠소."

　광휘가 그를 보며 고개를 숙였다.

　"제가 그 선두에 서겠습니다."

第八章

숨겨진 패

어스레한 빛이 물러난 깊은 저녁.

묵객은 빠르지도 느리지도 않은 걸음으로 어디론가 향하고 있었다.

"이번 일은 어쩌면 팽가가 주도한 일일지도 모릅니다."

"말도 안 되오. 팽가는 명문 중의 명문이오. 그런 짓을 할 이유가 없소."

"일련의 사태를 곰곰이 생각해 보십시오, 대협. 그날 급습해 온 놈들은 우리 장씨세가만 공격했습니다."

"그건 그렇지만, 팽가의 무인들도 죽지 않았소. 공격받은 이유 역시 그렇소. 쳐들어온 위치에서 장씨세가의 객방이 가까워서 그런 것이 아니오?"

"그것 역시 그들이 배정한 것이 아닙니까. 그리고 런이가 팽가의 내원이 한눈에 보이는 유월루라는 곳에 올라간 적이 있는데, 본 가가 묵고 있는 객방은 유독 다른 곳과 떨어져 있다고 했습니다."

"이 공자……."

"또 있습니다. 하필 대협께서 자리를 비운, 마침 그 시기에 정확하게 쳐들어왔습니다. 기다리기라도 했다는 듯이. 모든 일이 너무, 너무 매끄럽게 진행되었습니다."

"팽 소저가 우연히 날 찾아올 수 있는 것이 아니오. 그리고 배정되지 않은 객방은 수리 때문이라 말하지 않았소?"

"그걸 확인하기 위해 제가 직접 돌아보았습니다. 한데……."

"한데?"

"수리한다고 말했던 공간을 텅텅 놀려두고 있더군요."

"대체… 무엇 때문에?"

"그건 저도 잘 모르겠습니다. 하지만 만약 그럴 만한 것이 본 가에 있다면, 그리고 팽가가 입은 손해 이상의 무언가를 얻을 수 있다면 모든 의문은 풀립니다."

묵객은 어제저녁 장웅과 했던 대화를 떠올렸다. 그의 얼굴을 어둡게 만드는 것은 장웅이 던진 말 한마디. 마치 메아리처럼, 귓가에서 떠나지 않는 한 부분이었다.

"대협께서 자리를 비운, 마침 그 시기에 정확하게 쳐들어왔습니다. 기다리기라도 했다는 듯이."

"멈춰라! 게 누구냐!"

멈칫!

묵객은 놀라 고개를 들었다. 어느새 오기로 한 목적지, 본청
만큼이나 장대한 건물 앞에 당도해 있었던 것이다.

문 앞에서 경비를 서고 있던 무사가 달려오다가, 묵객의 얼굴
을 확인하곤 급히 허리를 숙였다.

"대협께서 어인 일이십니까?"

"…팽월 소저를 잠시 뵙고 싶소."

"험, 대협, 지금은 야심한 시각입니다. 중요한 일이 아니시라
면 내일 아침에……."

"그 중요한 일 때문이오."

상대가 묵객이라서일까, 혹은 그의 굳은 얼굴 탓일까.

무사는 얘기해 보겠다고 하곤 문 안으로 걸어 들어갔다.

"안내하겠습니다."

반 각쯤 지나 돌아와 고개를 숙이는 무사. 묵객은 그를 따라
가 작은 건물 앞에 섰다.

잠시 뒤, 팽월의 허락이 떨어지자 방 안으로 들어갈 수 있
었다.

"어서 오세요, 대협. 이런 시간에 어인 일이신지……?"

팽월은 문 앞에서 묵객을 맞이했다. 방 안에서는 전체적으로
은은한 불빛과 향 내음이 물씬 풍겨왔다.

"우선 앉으세요. 차를 내어드릴까요?"

"아니. 생각 없소."

묵객의 딱딱한 어조에 팽월은 미소를 흘리며 자리를 안내했다.

"먼저 무례를 사과하겠소. 야심한 밤에 소저의 방에 들른 것을 말이오."

묵객이 간단히 읍을 하며 내외(內外)했다. 야심한 시각에 규수의 처소를 찾아든 것은 자칫 큰 흉이 될 수도 있는 일인 탓이다.

"이유가 있으셨겠죠. 없으면 더 좋고요."

묵객의 반응을 살피며 팽월은 밝은 얼굴로 거듭 말을 이었다.

"묵객께서는 그렇지 않은……."

"소저."

묵객이 그녀의 말을 잘랐다.

그가 계속해서 굳은 얼굴을 하고 있자 팽월은 웃음을 지우고 묵객의 말을 조용히 기다렸다.

"석가장이 쳐들어온 날, 날 그곳으로 안내한 이유가 궁금하오."

"네?"

팽월이 의아한 듯 바라보자 묵객이 그녀를 응시하며 말했다.

"돌려 말하지 않겠소. 일부러 날 그곳으로 데리고 갔는지 묻는 것이오. 왜 하필 그날, 그것도 그 시각이었는지."

"……!"

팽월은 미간을 찌푸렸다 폈다. 그러곤 잠시 입술을 깨물다 말했다.

"묵객께선 저를 의심하는 건가요?"

"글쎄. 의심했다면 이렇게 노골적으로 물어보지 않았겠지."

"……."

"굳이 내게 말을 해주지 않아도 좋소. 무례하다는 것을 알면서도 그냥 한번 묻고 싶었소. 확인을 위해서라도."

묵객은 팽월의 얼굴을 보며 작게 한숨 쉬었다.

"팽가에 와서 소저가 내게 한 말 기억하시오? 장련 소저에 대한 마음을 접으면 소저에게 향한다는 것 말이오."

"…그 말씀은."

"그때 소저는 장련 소저가 안 되면 내가 팽 소저를 만나겠다는 말로 들었겠지만, 사실 그런 뜻이 아니었소. 소저를 먼저 만났다면 소저를 마음에 품었을 거라는 뜻이었소."

팽월은 잠시 시선을 내렸다.

"난 소저가 아주 좋은 사람이라고 생각하오. 용모도 곱지만 마음은 사실 더 고운, 그럼에도 장부처럼 당찬 성격 또한."

"대협……."

"만약 일이 잘못되어 팽가와 싸우게 되더라도 소저의 입장에서 진지하게 생각해 보겠소. 해서 하는 말이오만……."

묵객은 팽월을 잠시 응시했다. 이번만큼은 곧바로 얘기하지 못하겠는지 잠시 망설이는 모습을 보였다.

"만약… 만약의 일이지만, 혹여 팽가가 어떤 좋지 못한 짓을 하려 한다면 소저가 말려주길 바라오. 설사 가문의 일이라 그게 어렵다고 한다면……."

"대협……."

"다치지 않게 멀리 피해 있으시오. 난 소저가 다치는 것을 보고 싶지 않소. 이 말을 전해주러 왔소."

묵객이 자리에서 일어섰다.

"밤바람이 차오. 나오지 마시오."

팽월이 무슨 말을 하려고 입을 열려 하자 묵객은 곧장 뒤돌아서 방문을 나갔다.

팽월은 그가 나간 뒷모습을 바라보다 다시 몸을 일으켰다. 그러고는 조금 전 훑어보던 서책을 치우고는 불을 껐다.

저벅저벅.

외의를 벗어 의자에 걸쳐놓고는 침상으로 걸어가 누웠다.

방 안은 조용하고 어두웠다. 초저녁이라 잠들기엔 이른 시간이었지만 팽월은 그대로 눈을 감았다.

"만약 일이 잘못되어 팽가와 싸우게 되더라도 소저의 입장에서 진지하게 생각해 보겠소."

잠을 청하려던 그녀의 눈썹이 조금씩 떨리기 시작했다. 그러다 갑자기 일어서더니 소리치듯 외쳤다.

"누가 누굴 생각해 준다는 거야?"

팽월은 씩씩댔다. 다짜고짜 자기 말만 하고 간 묵객의 모습이 눈에 계속 아른거리자 화가 난 것이다.

잠시 뒤, 그녀는 다시 몸을 누이며 잠을 청했다.

"난 소저가 다치는 것을 보고 싶지 않소."

또다시 떠오르는 환청에 그녀는 몸을 뒤척이며 읊조렸다.
"누가 누굴……."
하나, 말과는 달리 미묘한 표정을 짓고 있는 팽월이었다.

*   *   *

째액. 째액.
참새 소리가 들려오는 아침.
팽월은 화장대에 앉아 면경을 바라보았다. 피부는 평소보다 까칠했고, 눈은 반쯤 충혈되어 있었다. 밤잠을 설친 탓이다.
"짜증 나."
팽월은 인상을 잔뜩 찌푸리고는 화장을 하기 시작했다. 그러고는 화장이 끝나자마자 옷을 걸치고 문밖을 나섰다.
"오라버니?"
대문 앞을 나서자마자 팽월은 멈칫했다. 벽에 조용히 기대어 있는 사내가 자신을 보고 있었기 때문이다.
"왔느냐?"
"언제부터 계셨어요?"
"방금 왔다."

팽오운은 벽에서 등을 떼며 고개를 돌렸다. 그러고는 앞서 걸으며 말했다.

"가자. 연회의 마무리를 해야지."

팽오운과 팽월은 중정으로 향했다.

처소에서 반 각 정도의 거리였기에 생각보다 멀지는 않았다.

중정을 상징하듯 크게 솟은 정자가 어렴풋이 보일 무렵, 갑자기 팽오운이 자리에 멈춰 섰다.

"무슨 할 말이 있느냐?"

"예? 왜요?"

"자꾸 내 눈치를 살펴서 말이다."

"제가 언제요?"

팽월이 눈을 동그랗게 뜨며 되물었다. 팽오운은 그런 그녀를 잠시 바라보다 다시 발을 움직였다.

"그런데 오라버니… 정말 우리가 운수산을 가지면 모든 게 해결되는 건가요?"

팽월의 물음에 팽오운의 걸음이 다시 멈췄다. 그리고 무슨 말이냐는 얼굴로 그녀를 바라보았다.

"본 가는 이번 일에 많은 것들을 걸었어요. 상종도 하지 말아야 할 잡것들, 사파의 냄새나는 무리들을 끌어들이고 심지어 본가의 식솔들까지 희생시켰어요. 운수산에 과연 이런 위험을 무릅쓸 만한 가치가 있는 건가요?"

"월아, 나를 믿지 못하는 것이더냐?"

"오라버니는 믿어요. 하지만 팽가가 중원 제일가의 이름을 얻는 것이 과연 그렇게 쉽기만 한 일일까요. 산 하나를 우리가 차지했다고 해서 이제껏 본 가를 압박해 온 맹이나 관의 세력들이 조용히 입을 닫을 리가 없잖아요."

"흠."

팽오운은 잠시 시선을 내리다 이내 입을 열었다.

"그러고 보니 시기가 좋지 않았군. 답을 말해주자면 운수산에는 그만한 가치가 있다."

"대체 무슨……?"

"흐음."

팽오운은 잠시 뜸을 들였다. 어디까지 말할지를 생각하는 것 같았다.

그가 고개를 들었을 때쯤 목소리가 다시 흘러나왔다.

"운수산엔 석염이 있다."

"석염? 소금 말인가요?"

"아니, 암염과는 다르다. 석염은… 비유를 하자면 벽력탄을 만드는 데 들어가는 재료라고 할까."

"벽력탄? 설마 이 무리한 일을 벌이는 이유가 고작 그 벽력탄 때문이란 건가요?"

팽월의 눈매가 사나워졌다. 그런 그녀를 보고 팽오운은 그저 씨익 웃기만 했다.

"나는 벽력탄이라고 하지 않았다. 비유라고 했지. 누군가는 그걸 폭굉이라 부르더군."

"폭굉?"

"그만. 더 자세한 것은… 이 일만 끝나면 말해주도록 하마. 이야기가 굉장히 길다. 그리고 복잡해. 지금 네게 가장 중요한 것은 단 하나."

팽오운의 얼굴에 미소가 떠올랐다. 팽월의 어깨를 가볍게 움켜쥐며 그는 진중한 얼굴로 말했다.

"나를, 그리고 우리 팽가를 믿는 것이다."

"…믿어요, 당연히."

팽월의 얼굴은 조금 복잡해졌다. 그런 그녀를 향해 팽오운은 자신감 넘치는 미소를 지어 보였다.

"가자. 우선은 기다리는 손님들부터 대접해야겠지."

그리고 그는 당당한 발걸음으로 중정을 향했다.

*　　　*　　　*

"하나."

"헛!"

"둘."

"하앗!"

구령에 맞춘 사내들의 고함 소리가 중정 안을 흔들 정도로 우렁차게 퍼져 나갔다. 웃통을 벗은 무인들의 몸에서 허연 김이 일 정도로 그들의 집념과 열정은 뜨거웠다.

팽월은 중정을 지나 정자 위에 올라설 때부터 자신이 늦었음을 깨달았다. 원래는 지금이 적당한 시간이었지만, 다른 문파와 세가 사람들이 더욱 일찍 모여 있었던 것이다.

'아!'

정자 위로 올라선 팽월이 멈칫했다. 그녀의 시선은 한 곳에 멈춰 좀처럼 떨어질 줄을 몰랐다. 놀랍게도 장씨세가도 와 있었던 것이다.

"왔느냐?"

팽가운이 그녀를 보며 반갑게 맞이했다.

"네."

"이곳에 앉거라. 너를 보고 싶어 했던 분들이 많이 계시단다."

팽월이 눈을 돌리자 옆에 각 파와 세가의 장로들이 읍을 해 보였다. 뿐만 아니라 수줍게 바라보거나 과도하게 미소 짓는 사내들도 보였다.

"저도 호걸님들을 보고 싶었답니다."

이런 상황이 낯설지 않은지 팽월은 담담하게 예를 차리며 인사를 받고는 다른 곳으로 시선을 돌렸다. 그리고 곧장 미간을 찌푸렸다.

'저런 몸으로······.'

장씨세가도 이곳에 있었다. 보기에도 불편해 보일 정도의 처연한 행색. 온몸에 천을 감은 채 의자에 몸을 눕히다시피 한 가주와 허벅지에 흰 천을 두른 이 공자. 꼿꼿이 앉으려 노력하고 있었지만 파리한 안색을 지우지 못한 장련이 보였다.

'장씨세가 호위무사······.'

팽월의 눈매가 매서워졌다. 오라버니와 싸우고도 살아남은

사내. 등 뒤의 거대한 대도와 무표정한 얼굴이 그녀를 더욱 불
쾌하게 만들었다.

'아……!'

행색을 살피던 팽월은 이내 한 사내와 마주친 뒤 눈을 크게
떴다. 묵객이 자신을 바라보고 있었던 것이다.

휙.

그녀는 급히 고개를 돌렸다. 이상하게도 그를 보고 있자면
가슴이 답답하고 숨이 막혔다.

"큼큼."

팽인호가 기침을 하자 좌중의 시선이 집중됐다. 뭔가 할 말
이 있다는 것을 은연중 인지한 것이다.

그들의 기대를 받으며 팽인호는 우측으로 고개를 돌렸다.

"참석해 주신 많은 분들께 감사드립니다. 그간 본 가에 번잡
스러운 일들이 있었으나 그 일은 정리되었고, 기껏 잔치를 연
사람의 얼굴이 무색하여 다시 이렇게 판을 열었습니다."

"허허허……."

"과연 팽가. 그 호기가 하늘을 찌를 듯하오."

곳곳에서 응원의 목소리가 들려왔다. 팽인호는 장로들을 일
별하고는 좌측으로 고개를 돌렸다. 장씨세가가 있는 쪽이었다.

"몸은 좀 어떠십니까?"

그의 말에 장원태가 고개를 조금 돌린 뒤 말을 받았다.

"괜찮소."

"자리를 채워주신 것은 감사하지만 무리하지는 마십시오.

괜스레 본 가의 일 때문에 부상 입은 몸이 덧나셨다가는 저도, 본 가도 애꿎은 작은 세가를 괴롭혔다고 세인들이 욕할 것입니다."

'작은 세가라……'

팽인호의 말은 분명 장씨세가를 위하는 것이었지만, 마음이 돌아서서 그런지 장원태는 그의 말 한마디 한마디가 곱게 들리지 않았다.

"이 정도는 나에게도 그리 무리는 아니오. 그리고… 무리가 된다 해도 한 가지 묻지 않으면 안 될 것이 있어서 나왔소."

말속에 묘하게 돋친 가시에 팽인호가 고개를 갸웃거렸다.

"흠, 그 묻고자 하시는 것이 무엇인지요?"

장원태가 힘겹게 목을 더 돌려 다친 부위를 보였다. 그러고는 팽인호를 바라보며 목소리를 높였다.

"하북팽가는 왜 장씨세가에 칼을 들이댄 것이오?"

'이런. 성급해……'

묵객은 수심이 깊어진 얼굴로 상황을 주시하고 있었다.

장씨세가가 팽가를 충분히 의심할 수 있는 상황이란 건 안다.

하지만 지금은 아니다. 의혹은 있지만 정확한 물증이 없는 상태. 이런 상황에서 너무 강경하게 몰아치다간 팽가 같은 명문 세가에게 되레 역풍을 맞을 수 있다.

장련과 장웅도 그와 같은 생각이었다.

지금 이곳에는 명문 대파와 명문 세가가 한자리에 모여 있었다. 아버지가 너무 앞서 나갔다고 생각한 것이다.

"팽가가 장씨세가를 노렸다고?"

"아니, 그 흉수는 석가장이라고 밝혀졌지 않나?"

좌중의 시선이 장원태에게 쏠렸다. 누구 하나 그의 의도를 이해한 자는 없었다. 오직 광휘만이 태연하게 장원태를 바라보고 있었다.

"팽가가 칼을 들이대다니요? 그게 무슨 말입니까?"

팽인호는 짐짓 느긋하게 행동하며 연유를 물었다.

"팽 장로께서 언급하신 석가장 잔존 세력이라 불리는 자들은 석가장이 아니더구려. 알아보니 팽가의 사내들이었소."

"허허허."

팽인호는 고개를 흔들며 허허롭게 웃었다.

그 모습을 지켜보던 장로들도 같이 웃음을 흘렸다. 그들 입장에서는 장원태가 하는 말이 기가 막혔기 때문이다.

"장 가주께서 무슨 큰 오해를 하신 것 같습니다. 그들은 분명 석가장이었습니다. 본 가의 모든 무사들이 보았고 또 확인된 사안이지요."

팽인호가 말했다.

"그렇게 말해야겠지요. 그리해야 더욱 자신들이 한 짓이 아니라고 얘기할 수 있을 것이 아니겠소?"

"이거 참……."

장원태가 되묻자 팽인호는 과도하게 고개를 내저었다. 그러다 웃음을 참는 듯한 표정을 보이고선 또다시 말을 이었다.

"뭔가 단단히 오해를 하신 것 같군요. 알겠습니다. 그럼 이

자리에서 왜 그렇게 생각하셨는지 이유를 천천히 들어보겠습니다."

상대가 태연하게 운을 떼자 장원태는 곧장 입을 열었다.

"석가장의 침입이 있기 전 제게 석가장 땅문서를 보여준 것을 기억하고 계시오?"

"그랬었지요."

"석가장 땅을 줄 테니 운수산을 내어달라고 했던 것도 기억하오?"

순간 지켜보던 대공자 팽가운의 표정이 짧게 일그러졌다 펴졌다. 운수산이란 말에 기분 나쁜 초조함이 느껴졌던 것이다.

"물론 했었지요. 정확히 말하자면 석가장 땅은 돌려 드리겠다고 했었습니다. 다만 아무 조건 없이 중요한 자료를 돌려 드리기에는 아쉬워 뭔가 하나를 받는 게 어떨까 운을 떼보았지요. 그것이 운수산이었고요."

하지만 팽인호는 여전히 부드럽게 그의 말을 받았다.

"그렇소. 그 일이 있고 난 후 본인은 피습을 당했소. 한데……."

장원태는 잠시 뜸을 들인 후 말했다.

"그 문서도 함께 없어졌소."

"그야 당연히 그것을 노리고 온 자들이기 때문이지 않겠습니까? 그러니 당연히 그것을 가져간 것이고요."

팽인호는 곧장 대답했다.

"그러니까 내가 의문스러운 거요. 그들은 그 중빙서류를 내가 가지고 있다는 걸 어떻게 알고 가져간 것이오? 어두운 밤이었소. 불 하나 커놓지 않은 상태였으며, 그것은 내 신발 속에 구겨 넣은 상태였소. 그런데 그는 그것을 능숙하게 찾아 들고 갔소. 여기는 장씨세가가 아닌데 말이오."

팽인호의 표정이 미묘하게 변했다. 모두가 보지 못했지만 장원태는 확실히 보았다. 신발 속에 서류를 구겨 넣었다는 자신의 거짓말에 작은 동요가 있다는 것을.

"거기다……."

장원태는 좌중을 한 번 훑고는 말했다.

"인피면구를 쓰고 있었소."

잠시 침묵이 흘렀다. 하지만 팽인호는 어느새 미소를 머금고는 느긋하게 말을 이었다.

"인피면구야 당연히 써야지요. 석가장은 장씨세가의 신묘한 기습에 당해 근거지를 잃고 도망 다닌다 들었습니다. 그럼 자리를 잃고 새 땅에 정착하려는 도적들이라면, 그러면서 옛 은원을 해결하려는 놈들이라면, 본인들의 신분을 숨기는 게 당연하지 않습니까?"

그때였다.

"말을 잘못 알아들었군. 석가장의 인물들이 인피면구를 쓰고 정체를 숨겼다는 게 아니라……."

침묵을 지키던 광휘가 한 발짝 나서며 말했다.

"인피면구를 써서 석가장의 인물로 보이도록 위장을 했다는 말이오. 이게 과연 무슨 뜻이겠소?"

일대의 시선이 광휘에게 모아지는 순간이었다.

광휘가 한 발짝 더 나서며 품속에서 무언가를 내보였다.

"그때 장 가주를 습격한 석가장주의 인피면구요. 조금 갈라지긴 했지만 형태는 그대로니 알아보실 수 있을 게요."

광휘가 든 인피면구에 사람들의 시선이 집중된 사이, 장원태가 입을 열었다.

"처음에는 누군가가 석가장주로 위장하여 나를 죽이려 했다고 생각했었소. 그런데 생각을 해보니 어느 순간 일부러 죽이지 않은 것 같더이다. 왜 그럴까 고민해 보았소. 그랬더니 답이 나오더군."

장원태는 고개를 들었다.

"내가 죽는 것보다 살아남아서, 이 모든 일이 석가장주의 짓이었다고 증언하는 것이 더욱 유리하기 때문이었소. 누구에게? 그건 다음 날, 아무것도 정리가 안 된 당시의 정황을 즉각 명확하게 정리해 줬던 곳이 아닐까 하오."

순간 도처에 미묘한 기류가 흘렀다. 처음엔 어이없을 정도로 허황된 말이었지만 이제는 장원태의 말에 조금씩 귀 기울일 정도로 상황이 변한 것이다.

'바보들… 팽 장로에게 제대로 보고하지 않은 건가?'

상황을 주시하던 팽오운의 눈이 가늘어졌다. 죽은 사내의 품속에서 땅문서를 빼내 건네기는 했지만, 죽은 자들 중 인피면구를 쓴 자가 발각되었다는 것까지는 제대로 보고하지 않은 모양이었다.

어느 정도는 이해가 되는 부분이었다. 애초에 팽가에서도,

죽은 자들이 인피면구를 썼다는 사실을 장씨세가가 알아챘을 거란 점은 생각 못 했을 터였다. 그러니 보고가 누락되었던 것이다.

"흐으음."

팽인호는 미소를 조금 감추었다. 하지만 당황하지도, 긴장하지도 않았다.

"이제 보니 장 가주께서 꽤나 맘고생을 하신 것 같습니다. 우리 상식적으로 생각해 봅시다. 침입자 때문에 장씨세가가 피해를 입은 건 사실이나, 그로 인해 본 가의 무사들까지 죽었습니다. 대체 왜… 대체 왜 우리가 본 가의 무사들을 죽이면서까지 그런 일을 벌여야 했을까요?"

그 말에 장로들이 동의했다.

"하긴 그렇지."

"팽가가 그럴 이유가 없지 않은가?"

명문이라는 팽가가 왜 스스로의 목숨들을 잃어가면서까지 장씨세가를 죽이려 한 것인지, 누구도 이해할 수 없는 부분이었다.

"팽 장로, 그건 내가 대답해 주지."

그 순간.

중정 아래에서 노쇠한 목소리가 들려왔다. 어느새 이곳에 나타난 능시걸이었다.

"개방 방주……."

큰 감정의 동요가 없던 팽인호, 팽가운, 팽월의 표정에 변화가 일었다.

＊　　　＊　　　＊

"방주께서 여긴 웬일이십니까?"

"반갑습니다. 오랜만입니다."

능시걸이 나타나자 너 나 할 것 없이 그를 향해 다가와 읍을 했다. 구대문파의 장문인과 같은 항렬이며, 중원을 대표하는 일 방의 우두머리가 등장했기 때문이다.

"인사는 나중에 받겠소. 우선 지금의 문제부터 푸는 게 순서 겠지."

능시걸은 다가오는 장로들을 물리며 팽인호를 쳐다보았다.

"무슨 대답을 한다는 겁니까?"

미소가 조금 사라진 팽인호가 곧장 말했다.

"팽가가 장씨세가를 노린 이유에 대해서."

팽인호의 눈썹이 들썩였다. 능시걸은 그런 그를 향해 입꼬리 를 올려 보았다.

"팽가는 운수산을 노리고 있었소. 그걸 가지기 위해서 장씨 세가에게 경고를 했어야 했지. 설득이 되질 않자 그들을 죽이려 한 것이고."

뒤이어 말을 이었다.

"하지만 운이 나쁘게도 모두를 죽일 순 없었지. 그래서 이렇 게 일이 틀어진 것이고."

순간 팽인호의 표정이 일그러졌다.

"대체 운수산에 뭐가 있는데 여기에 와 행패를 부리시는 거요!"

"그걸 찾고 있는 중이네. 분명 무언가 있겠지? 자네가 그렇게 집착하는 걸 보면?"

순간 팽인호의 얼굴이 딱딱하게 굳어졌다. 그는 크게 격분하는 얼굴이 되었다.

"방주의 말씀이 사실이라고 칩시다. 팽가가 이유도 모를 그런 야욕을 부렸다 칩시다. 그럼, 그럼 소위건은 어떻게 된 것입니까? 분명 팽가에서 소위건을 보았다고 하지 않았소?"

"하긴 그것도 그렇군요. 팽가의 무인들이 소위건을 보았다고 했으니 그것은 거짓이 아니지 않겠습니까?"

청성과 청운 도장이 또다시 의문을 제기하자 화산파 지관 진인이 말을 받았다. 소위건에 대한 생각이 그들의 머릿속에 떠오른 것이다.

소위건이란 말에 팽인호의 얼굴에 조금씩 여유가 스며들었다.

하지만 능시걸의 말에 또다시 굳어질 수밖에 없었다.

"해서 데리고 왔소."

좌중의 시선이 또다시 일제히 그에게로 쏠렸다.

이번엔 팽인호뿐만 아니라 팽가의 시선까지 그에게 몰린 것이다.

그중에서도 팽오운의 눈은 더욱 예리하게 빛났다.

"들어오시오."

능시걸은 자신이 온 방향을 바라보았다.

껑충. 껑충.

잠시 뒤, 먼 곳에서 누군가 불편한 다리로 한 발짝씩 뛰어오는 모습이 보였다.

소위건이었다.

*　　　*　　　*

'이게 무슨!'

팽오운의 얼굴이 잔뜩 구겨졌다.

소위건은 분명히 죽을 수밖에 없는 자였다. 자신과 다섯 명의 척살대가 기습을 했고, 극독을 바른 검으로 그의 허벅지에 부상을 입혔다.

그런데 그가 저렇게 버젓이 살아 돌아온 것이다. 그러다 팽오운은 뒤돌아본 팽인호의 눈과 마주쳤다. 그의 눈빛은 매우 매서웠다. 대체 이게 어떻게 된 거냐는 듯한 질책이 담겨 있었다.

탁.

소위건이 중정 위로 올라오자 좌중에는 정적이 일었다.

그의 등장에 놀란 것 때문이 아니었다. 바로 소위건은 중원에 공표된 흑도의 인물이었기 때문이다.

"경계를 늦추시오."

능시걸이 곧장 달려들 자세를 취하던 장로들과 후기지수들을 보며 손을 들었다. 가장 빨리 반응했던 청성파와 화산파 장로가 이를 갈며 나섰다.

"방주, 저자는 악명 높은 흑도의 인물입니다."

"하북팽가의 연회장에 제 발로 나타나다니! 가만히 놔두어서는 안 됩니다!"

하지만 능시걸은 소위건의 앞에 서서 비켜 주지 않았다.

"길을 물려주시오. 흑도의 인물이고 길에서 만나면 죽여야 할 자인 건 분명하오. 하나, 이번 경우는 그에게서 들어야 할 중요한 증언이 있소."

"하나, 방주……."

"청운 도장은 혹시 그의 입에서 말이 나오면 곤란해지는 분이시오?"

"어찌 그런!"

"그런 게 아니면 우리가 숫자로 사람을 핍박하는 사파요? 체면도 염치도 없는 모리배요? 이 거지가 저잣거리에서 동냥질로 먹고살지만, 이제껏 제 발로 걸어온 인물을 좋다구나 하고 쳐 죽인 적은 한 번도 없었소. 단 한 번도."

"……."

소란은 잠잠해졌다.

일방의 방주라고는 하나 매섭게 쏟아지기 시작한 능시걸의 입담은 과연 거지답게 걸었다. 여기서 고집부리다간 망신도 아주 대망신을 당할 수가 있었다.

"만약 이자가 앞으로 문제를 일으키면 개방의 이름을 걸고 직접 책임지리다. 이 늙은 거지가 이 자리에서 선언하는 바요."

능시걸의 연이은 설득에 장로들은 살기를 거두었다.

하지만 불편한 기색은 여전했다. 정파에게 흑도의 인물이 어떤 존재인지 보여주는 대목이었다.

"자, 이제 말해보게. 자네가 무엇을 했는지."

주위가 조용해지자 능시걸은 소위건에게 고개를 돌리며 말했다.

좌중의 시선이 모이자 소위건이 킁킁거리며 팽가 쪽을 한 번 훑어보다 말을 이었다.

"한 달은 된 것 같구려. 이름 모를 객잔 뒷방살이를 한 날들이."

그 말에 흩어졌던 사람들의 시선이 하나둘씩 모이기 시작했다.

"처음엔 석가장에서 돈을 받고 장씨세가와의 싸움에 가담했었소. 하지만 이내 흥미를 잃어버려 떠나려고 했었지. 그런데……."

그는 잠시 그때를 상기하며 말했다.

"죽립 무사들이 나를 덮쳤다오. 팽가의 일대 제자급 다섯 명이었지. 다행히 운이 좋아 이렇게 살아남을 수 있었소."

"아니, 그게 팽가라는 증거가 어디 있지?"

그 말에 사람들은 의문을 띠기 시작했다.

"이리 허름해 보여도 한때 백대고수에 근접한다는 얘길 들은 나요. 이런 나를 죽이는 데 가문이나 문파의 비전 절기를 사용하지 않고 상대할 수 있다고 생각하시오? 검초라는 것은 쉽게 숨겨지는 게 아니오."

소위건은 다시금 주위를 훑으며 말했다.

"뭐, 기습에 당하긴 했지만 패배는 패배. 본인도 그간 독을 쓴 적도 많고 악랄한 일을 저지른 적도 있으니 딱히 복수를 할 그런 만용은 못 부렸소. 다른 곳도 아닌 하북팽가이니까. 그런데 이 작자들이 날 죽이려고 했던 것도 모자라, 없던 죄까지 덮어씌우려 했다는 얘길 들으니 가만히 있을 수 있어야지."

소위건의 말은 좌중을 혼란스럽게 만들었다.

팽가는 왜 소위건을 먼저 죽이려 했는가. 아니, 그보다, 죽이려고 한 자를 왜 언급했는가 하는 것이었다.

"소위건, 내 말에 먼저 대답해라. 팽가의 일대 제자 다섯이라고? 네 말이 사실이라면 너는 그렇게 기습해 온 이들의 손을 벗어날 만큼 대단한 고수였구나."

소위건은 힐끗 시선을 돌렸다. 물은 이는 청성의 청운 도장. 소위건이 들어오자마자 시비를 걸던, 날 선 인물이었다.

"뭐, 붙었다면 죽었겠지. 하지만 우리네 흑도 놈들이란 게 불리하면 바로 내빼는 법이거든. 그리고 그쪽이 내가 죽은 목숨이라고 방심한 것도 있었고. 내가 멋으로 이렇게 다리를 잘라낸 것 같소? 그들의 칼에는 극독이 묻어 있었다고."

"독? 팽가에서 독을 썼다고!"

소위건은 다시금 주위를 훑고는 한 곳으로 고개를 돌렸다. 팽인호가 있는 쪽이었다.

"하하하! 크하하하!"

중정의 정자 안에 잠시 적막감이 들 때였다. 팽인호가 갑자기 크게 웃었다. 지나칠 정도로 웃음이 컸다.

웃음이 멎자 팽인호는 잠시 생각에 잠긴 듯 조용해졌다. 그러다 뒤에서 수군거림이 일 때 팽인호가 입을 열었다.

"매우, 매우⋯ 그럴듯했습니다, 방주."

그리고 팽인호는 능시걸이 아닌 장원태를 바라보며 말을 이었다.

"장 가주, 그래서 그랬던 겁니까?"

"⋯⋯?"

"왜 장씨세가가 우리를 의심했는지 생각을 해보니 말입니다. 제가 석가장의 땅문서를 주지 않았습니까. 하지만 나중에 문제삼을지 모르니 일단은 우리를 지목해, 혹여나 있을지 모를 만약의 사태를 대비한 것입니까?"

"이보게, 팽 장로⋯⋯."

"그리고!"

팽인호는 장원태의 말을 자르며 능시걸을 노려보았다.

"이 혹도 녀석은 갑자기 왜 데리고 온 겁니까? 팽가가 죽었든 아니든, 운수산과 이놈이 무슨 상관이 있다고요."

"상관이 있지."

능시걸이 아닌 소위건이 팽인호의 말을 받았다.

"석가장주의 아들 석도명이란 자가 있었소. 행동이 가벼워 말을 실실 흘렸던 자요. 어느 날 그자에게 들었던 얘긴데 말이오."

"⋯⋯?"

"운수산이 장씨세가를 노리는 가장 큰 이유라 하더이다."

"석가장이 노렸다고? 운수산을?"

"대체 운수산에 뭐가 있다는 거지?"

또다시 주위가 혼란스러워졌다.

하지만 팽인호는 그런 반응에 코웃음을 쳤다.

"농으로 던졌던 운수산 이야기가 이렇게 내 목을 졸라낼 줄이야 상상도 못 했군. 그래, 방주, 듣고 보니 꽤 그럴듯합니다. 운수산에 뭔가 엄청난 보물이 있나 보오. 그 보물이 뭔지, 이제는 팽가 역시 궁금하게 되었소. 그러니."

"......"

"그 운수산에 무엇이 있는지 같이 보러 가십시다. 보고 함께 직접 눈으로 확인하십시다. 하나, 방주, 분명히 아셔야 할 것이오. 그 산에 무엇이 있건 없건, 그것과 본 팽가가 연관되는 무엇이 없다면! 이 하북의 팽가를, 제 집 잃은 흑도 녀석의 말만 듣고 터무니없이 의심했다면! 그렇다면!"

팽인호는 좌중을 바라보았다. 그러고는 천천히, 아주 느릿하게 말했다.

"팽가는 오늘 이 모욕에 대한 사과를 받아낼 것입니다. 반드시!"

"험험험."

"크으음."

순간 장로들이 기침을 하기 시작했다.

중원 오대 무림 세가의 하나, 하북팽가.

그들이 모욕을 받았다며 사과를 요구하면 그게 그냥 말 한

마디, 머리 한 번 조아리는 사과일 리가 없다. 자칫하면 개방과 팽가 사이에 피바람이 불어닥치게 되는 선전포고이기도 한 것이다.

"연회는 이만 멈추도록 하지요. 그럼 저 먼저 나가보겠습니다."

팽인호는 곧장 자리를 박차고 나갔다.

그가 나가 버리자 분위기가 묘하게 흘렀다.

"그럼."

뒤이어 팽가운이 걸어 나갔다. 차례로 팽가 사람들이 모두 정자에서 벗어났다.

"흐음."

그 모습을 한참 바라보던 광휘의 시선이 능시걸에게 머물렀다.

능시걸은 혼잣말로 읊조렸다.

"제법 배짱과 입심이 강한 친구로구먼."

第九章

상황이 변하다

달그락. 달그락.

이른 아침, 세 대의 마차가 힘차게 질주했다. 가장 앞쪽 마차에 자리한 장원태는 창가를 보고 있었다. 부상은 빠르게 호전되어 가는 중이었지만 그의 얼굴에는 수심이 가득했다.

"가주께서 위독해지셨소."

곧장 운수산을 확인할 것처럼 말하던 팽인호.

그는 갑자기 위독해진 팽가 가주의 병세를 알리고는 더는 사람들 앞으로 나오지 않았다.

"가주의 상태가 나아질 때까지 잠시 기다려 주시오. 그때까지 운수산에는 아무도 접근하지 않는 걸로 약속합시다."

그 때문에 장원태는 사흘 정도 팽가에 머물렀고, 그 시간이 생각보다 길어지자 일단 본가로 돌아가기로 마음을 먹었다.

"아버님."

한참 생각을 정리하고 있던 중 맞은편에 앉은 장웅이 입을 열었다.

"팽가와 싸우시기로 하신 겁니까?"

"미리 말 못 해 미안하구나."

"아닙니다. 아버지께서 그리하셨다면 그만한 이유가 있을 테지요."

장웅은 장원태를 이해했다. 그렇기에 그동안 궁금했던 것을 본가로 향하는 지금에서야 여쭤 본 것이다.

장웅 옆에 앉아 있는 일 장로 역시 같은 생각이었다.

"웅아."

장원태가 장웅을 불렀다.

잠시 뜸을 들이던 그는 이내 진지한 목소리로 입을 열었다.

"힘이 없는 것이 부끄러우냐."

"……"

장웅의 어깨가 움찔거렸다. 무슨 말을 꺼내야 할지 판단이 서지 않았기 때문이다.

"아니면 가진 것이 없는 것이 부끄러우냐."

"아버님, 무슨 뜻으로 그런 말씀을⋯⋯."

더는 침묵하지 못하고 장웅이 물었다.

"웅아, 세상을 살아보면 말이다, 네가 상상한 것보다 참 많은 일들을 보게 된단다. 그런데 그중에서 가장 안타까운 것이 무엇인 줄 아느냐?"

장원태의 질문에 장웅은 쉽게 대답하지 못했다.

"바로⋯ 힘이 없다고 포기하는 사람들이다."

장원태는 문득 일 장로에게 눈길을 한 번 주고는 다시 장웅을 보며 말했다.

"그런 사람들은, 자신은 운명에 순응하는 것이라고 생각한다. 하지만 그건 순응이 아니지. 스스로 정한 한계에 굴복한 것이야."

"⋯⋯."

"힘없는 것은 부끄러운 것이 아니다. 가진 것이 없는 것 또한 그렇다. 정말로 부끄러운 것은 그렇게 남의 눈치 보는 것이 당연하다고 여기는 자세인 게지."

"하지만 아버님, 우리 장씨세가는⋯⋯."

장웅은 말을 하다 머뭇거렸다.

'우리 장씨세가는 그럴 수밖에 없다'라는 말.

조금 전 장원태가 했던 말처럼, 처한 상황에 굴복하는 자신의 모습을 발견했던 것이다.

"이 아비가 네게 원하는 것은 당당함이다. 너는 아직 젊다. 어떤 어려움이 닥치더라도 두려워 말고 당당하게 맞서는 나이인 게야."

장원태는 안타까운 얼굴로 말했다.

"아버님······."

장웅은 고개를 들지 못했다.

"아비는 웅이 네가 그들에 비해 결코 모자라지 않는다고 생각한다. 련이도 그렇다. 우리 집안이 모자랄 정도로 그릇이 큰 아이지. 웅이 너와 련이가 있는 우리 장씨세가는 녹록하지 않다고 생각한다. 내 말이 맞느냐?"

장웅은 가슴이 뜨거워졌다. 장씨세가란 말이 주는 무게가 평소보다 더 값지고 무겁게 다가온 것이다.

"광 호위에게 너무 많은 것을 의지하려 하지 말자. 그를 못 믿는 것도 아니고 그에게 부담 주지 않기 위한 것도 아니다."

문득 장원태는 눈을 들어 창밖을 보았다.

"이는 우리의 일, 장씨세가의 일이기 때문이다. 우리가 바로 서야 한다. 그것을 잊지 말자꾸나."

"아버님, 소자가 생각을 잘못하고 있었습니다."

"······."

"부끄러워하지 않겠습니다. 본 가의 나약함을 부끄러워하시 않겠습니다."

장웅은 이를 악물었다. 꾹 감긴 그의 눈꺼풀을 비집고 눈물 한 방울이 볼을 타고 흘러내렸다.

분명 이백 년 전 송 대(宋代)의 장씨세가는 그랬다. 팽가의 위세를 뛰어넘는 하북제일가였다.

그러던 것이 지금에 와서는 한 지역의 상권을 잡은 것도 감당치 못하고, 매사에 주변의 눈치를 보는 안타까운 처지가 되어 있는 것이다.

"가주, 저 역시 부끄러워하지 않겠습니다."

지켜보던 일 장로도 낮게 깔린 어조로 말했다. 장원태의 열변과 이 공자의 눈물이 그의 가슴을 뜨겁게 적셨던 것이다.

"그래, 이겨 나가자. 본 가가 결코 나약하지 않음을 보여주는 것이다."

장원태는 복받쳐 오는 감정을 애써 누르며 눈을 감았다.

*　　*　　*

"잘되고 있는 것 맞습니까?"

"잘되고 있느니라."

두 번째 마차에서 한쪽 자리에 누운 장련을 치료하는 노천이 단정적으로 대답했다.

"기분 탓인지 모르지만 잘되고 있는 것 같지 않습니다……."

"네 말처럼 기분 탓인 게지. 잘되고 있는 중이다."

명호가 여전히 걱정하는 기색이자 노천이 조금 더 말을 이어주었다.

"청살혈독이 그래도 꼴에는 극독이란 놈이다. 큰 줄기는 잡았지만 독의 잔가지가 남아 있어. 분명 상태가 좋았다가도 잠시 눈을 돌리면 이런 증상이 나타나지. 장씨세가에 도착해 안정시키면 하루가 다르게 나아질 게다."

"흐음."

이번만큼은 명호도 표정을 풀고 끄덕였다. 확실히 지금은 마차로 이동하는 중이다. 환자가 편히 눕지도 못하고 계속 흔들리면 상태가 더 안 좋아질 수 있었다.

툭툭.

노천은 잠시 찔러 넣었던 침을 회수했다.

"한데, 련 소저의 치료가 끝나면 어디 가실 생각입니까?"

문득 명호가 물었다.

"그건 왜?"

"그냥 궁금해서요."

노천이 고개를 획 돌리며 말했다.

"이곳을 곧장 뜰 거라고 내가 말하지 않았나!"

"련 소저의 상태가 지금처럼 또 나빠질 수 있잖습니까."

"며칠간 마차에만 있었으니 그런 것이지, 이젠 거의 다 나았다니까?"

노천은 인상을 찌푸리며 말했다.

명호는 고민했다. 노천을 이대로 장씨세가에 눌러앉게 할 수 있다면 큰 도움이 될 것이다. 독에 관한 한 거의 천하제일이라 할 정도로 뛰어난 의원이니. 물론 성격이 문제이긴 한데 그것도 적당히 구슬리면 넘어갈 수 있었다.

'그래, 이 방법을 써보자.'

잠시 머리를 굴리던 명호가 말했다.

"여독이 풀릴 때까지만이라도 소저를 돌봐주십시오. 잔가지가 이 정도라면 앞으로는 또 어찌 될지 모르지 않습니까. 길게 잡아 일 년 정도만 곁에서 보살펴 주셨으면 합니다."

"일 년? 무슨 헛소리냐! 장씨세가로 돌아가면 더는 문제없다니까!"

"그건 어르신 생각이지요. 소저의 가족이나 다른 사람들은 그렇게 생각하지 않을 겁니다. 보통의 독도 오랫동안 살피는 법인데, 이 독은 극독이라 하지 않으셨습니까?"

노천이 눈을 찌푸렸지만 명호는 조금 더 말을 이었다.

"특히나 장련 소저가 쓰러진다면 저분, 단장님이 가만히 있겠습니까. 다 고쳐놓은 척하면서 곧바로 내뺀 어르신을 욕하겠지요."

"내빼긴 누가 내뺀다고 그러냐!"

"방금 전에 어르신께서 '곧장 뜰 거라고' 본인 입으로 하셨습니다만?"

히죽 웃으며 일침을 가한 명호는 곧이어 안색을 굳히고 또박또박 말했다.

"어르신, 유 단장은 가끔 잔혹해지는 때가 있습니다. 바로 인의(仁義)를 어긴 자들 때문이지요. 그런 놈들은 지옥까지 쫓아가서 잔인하게 죽이더군요."

"이, 이놈아! 날 협박하는 것이냐! 그리고 인의라니! 내가 인의에 어긋나는 짓을 뭘 했다고!"

"협박이 아니라 사실이 그렇다는 겁니다. 저야 어르신을 알지만 그는 모르니까요. 그리고……."

명호는 말을 하다 말고 고개를 내저었다.

"의원이 마침 자리를 비웠을 때, 그때 환자가 숨이 넘어가기라도 하면 환자의 친인들도 돌변할 겝니다. 인술(仁術)을 펼치는 자가 어찌 환자를 내버리고 갈 수 있냐고……."

노천은 뜨끔거렸다. 그 애길 들으니 이상하게 목덜미가 뻣뻣해진 것이다.

잠시 고민에 빠진 노천이 장련에게 다가가 다시 진료를 했다. 그러다 천천히 실눈을 뜨며 말했다.

"어, 음, 으음, 그러니까, 인술을 손에 잡은 이상 그러면 안 되지. 안 그래도 몇 달 정도는 소저의 용태를 보는 게 좋을 것 같다고 생각하고 있었다."

"제 생각에도 그렇습니다."

"하지만 내 생각에 더 걱정할 것이 없다 싶으면 그때는 바로 뜰 것이다. 그건 알지?"

"아, 당연히 그러셔야죠. 잘 말씀드리겠습니다."

명호가 실실 웃으며 대답했다.

그래도 마지막 자존심은 세워주는 게 도리가 아니겠는가.

＊　　　＊　　　＊

세 번째 마차에는 광휘와 묵객이 타고 있었다.

그날 이후 며칠이 지나도록 그들은 서로 말을 섞지 않았다.

마차에 오른 이후에도 시선도 마주치지 않고 서로서로 외면을 하고 있었다.

쿵!

울퉁불퉁하게 파인 곳을 내리찍은 마차가 크게 흔들렸다. 하지만 둘은 여전히 흐트러짐 없는 모습으로 자리에 앉아 있었다.

"방각 대사가……."

질식할 것 같던 침묵이 갑자기 깨어졌다. 묵객이 먼저 입을 연 것이다.

"방각 대사가 죽기 전 했던 말이 있소."

광휘는 여전히 시선을 내리간 채 침묵하고 있었다.

"죽음을 눈앞에 두고 보니 그 사내가 또렷이 기억난다고. 유역진, 당신 말이오."

"……!"

광휘는 그제야 천천히 고개를 들었다.

"뭐, 걱정 마시오. 당신이 누구였는지는 얘기하지 않았으니. 아, 이 한마디는 했었소."

묵객은 광휘를 응시하며 말을 이었다.

"당신이 있다면 무슨 일이 있든 장씨세가는 안전할 것이라고."

광휘는 문득 한 노인이 떠올랐다.

방각의 사형, 혜승 선사(惠僧禪師)의 얼굴이었다.

"사형이 간다고 사제가 이렇게 배웅을 나왔구려. 조장, 저번에 말씀드렸지요?"

"계율원(戒律院)에서 소림 제자들의 규율을 감독한다는 그분이오?"

"그렇습니다. 소림오권(少林五拳)에 능통하고 소림을 대표하는 십팔나한(十八羅漢)으로도 거론되고 있는 아이이지요. 뭐, 험험, 아이라 하기엔 조장님보다 나이가 좀 많습니다만……."

"나 역시 싸우겠소."

광휘의 상념은 곧 묵객의 말로 인해 깨졌다.

눈을 들어 보니 그가 강렬한 눈빛으로 자신을 보고 있었다.

"뜻을 정했소. 장씨세가를 도와 팽가와 싸울 것이오. 더는… 남들에게 휘둘리지 않고."

그것이 할 말의 전부였는지 묵객은 다시 입을 다물고 창가로 시선을 돌렸다.

"잘 생각하시오, 묵객."

광휘가 말하자 묵객이 돌아보았다.

"상대는 팽가요. 아니, 팽가뿐만이 아니오. 그들 뒤에 또 누가 있는지도 모르는 상황이지. 그런데도 싸우겠다는 것이오?"

"당신은 어떻소?"

"……."

"당신이 하는데 내가 못 할 리 없지."

광휘가 눈을 가늘게 뜨고 묵객을 바라보았다. 묵객 역시 시선을 피하지 않았다.

"무슨 이유요?"

잠시 시간이 흐른 뒤 광휘가 입을 열었다.

"팽가를 상대로 칼을 들 정도면 그냥 도와주려고 하는 이유
는 아닐 터. 이유가 있을 것이 아니오?"

"물론 있소."

묵객은 순순히 인정했다. 그리고 잠시 생각을 하다 말했다.

"이번에 확실히 알았소."

"……."

"내가 장련 소저를 진지하게 생각하고 있다는 것을."

광휘는 미간을 찌푸렸다.

하나, 묵객은 계속 말을 이었다.

"장련 소저의 마음을 돌릴 것이오."

'당신에게 향한 그 마음을 이곳으로 말이오.'

묵객은 뒷말을 입에 담지 않았다. 하지만 그도, 광휘도 무슨
말인지 알고 있는 것이나 다름없었다.

쿠르르릉! 쿠르르릉!

둘은 그 뒤로 다시 입을 열지 않았다. 마차 안은 다시금 괴괴
한 침묵 속에 빠져들었다.

한동안.

마차가 설 때까지.

*　　　　*　　　　*

"시녀를 데리고 오거라! 어서! 어서!"

마차가 장씨세가에 도착하자마자 내린 노천이 소리쳤다. 몰

려오던 하인들은 어리둥절했다. 그러다 이내 열린 두 번째 마차 문 사이로 장련을 보곤 급히 처소로 옮겼다.

"상태가 많이 좋지 않은가?"

뒤이어 내린 장원태가 명호를 향해 물었다.

"딱히 나빠진 건 아닙니다. 오랜 시간 마차를 타서 체력이 떨어진 것입니다."

"다행이오."

장원태는 고개를 끄덕였다. 그러고는 걷다가 잠시 몸을 휘청였다.

"가주, 제 손을."

같이 내린 일 장로가 다가온 하인 몇을 물리며 그를 부축했다. 장웅도 함께 그를 부축하며 걸어갔다.

'그간 억지로 강한 척했던 건가…….'

뒤늦게 내린 광휘가 조금 인상을 찡그리며 바라봤다.

팽가를 나오기 전까지만 해도 장원태는 기색이 밝았고 몸도 그리 불편해 보이지 않았다. 하지만 이곳에 도착하고 보니 처음 봤던 때처럼 안색이 많이 좋지 않았던 것이다.

"이게 무슨 일인가?"

조금 늦게 나타난 황 노인은 장련과 장원태가 움직이는 것을 보며 물었다.

"련 소저가 독에 당했소."

"독?"

"자세한 얘기는 나중에."

광휘는 한마디를 남기고는 주위를 훑어보았다. 뒤늦게 들어온 능자진, 곡전풍, 황진수는 머쓱한 표정으로 서 있었다.

광휘는 그들을 향해 짧게 묵례를 하고는 장련의 처소로 곧장 발길을 돌렸다.

'일이 생각처럼 풀리지 않았어.'

장련의 처소 앞에 도착한 광휘는 며칠 전의 일을 떠올렸다. 중정에서 장씨세가는 팽가를 난처하게 만들고 명분을 확보하려 했다. 여차하면 다른 세가와 문파의 협력을 구해 싸움을 매듭지으려 했었다.

하지만 그들의 행동은 예상을 벗어났다.

"그 운수산에 무엇이 있는지 같이 보러 가십시다. 보고 함께 직접 눈으로 확인하십시다."

오히려 당당하게 요구하는 팽인호.

그리고 마치 기다렸다는 듯이 팽가 가주의 용태가 나빠진 것이다.

더 강하게 나갈 수 있었지만 그러기에는 명분이 부족했다.

'운수산, 거기엔 대체 뭐가 있는 것일까?'

광휘는 조금 더 고심했다. 생각해 보면 지금 일어나는 이 모든 일은 장씨세가의 운수산 때문에 벌어진 일이다. 거기에 대체 무엇이 있기에 석가장과 팽가가 꼬여드는 건지. 그리고 뭔가가 있다면 팽가가 어째서 저토록 당당하게 나올 수 있는지도 알 수 없었다.

끼이이익.

광휘가 생각에 잠겨 있던 사이, 어느새 노천이 문을 열고 나왔다.

"좀 어떻소?"

광휘가 짧게 묻자 노천은 미소를 머금었다. 그러고는 어깨를 툭툭 치며 말했다.

"들어가 보게."

광휘의 눈이 커졌다. 그러고는 저도 모르게 급박한 걸음으로 노천을 지나쳤다.

"잠깐."

노천이 부르자 광휘가 그에게로 시선을 돌렸다.

"으음… 후유증이라고 해야 하나… 아니면 흔적이라고 해야 하나……."

그는 잠시 망설이다 말을 이었다.

"환자의 팔이 보기에 따라서 좀 그래 보일 수 있네. 가능하면… 내색을 하지 않았으면 좋겠군. 여인이니까. 아직 한창때 아닌가."

"……."

"가족이 아닌 이상 조금… 뭐, 노파심에서 하는 말이니 참고만 하시게."

노천은 그 말을 남기고 걸어갔다.

하지만 이번엔 광휘가 붙잡았다.

"어르신."

노천이 걸음을 멈추자 광휘가 천천히 뒤돌아섰다.

"고맙소."

광휘는 그 말을 남기고 방 안으로 걸어 들어갔다.

잠시 멍한 표정으로 서 있던 노천이 씨익 웃었다.

"흐, 이런 식으로 해두면 나중에 딴소리 안 하겠지?"

*   *   *

광휘가 문을 열고 들어갔을 때 장련은 침상에 누워 눈을 감고 있었다. 더욱 조심스러운 발길로 걸어간 광휘는 한쪽에 놓인 의자에 앉았다.

'……'

자리에 앉자마자 광휘는 노천의 염려가 무엇인지 알 수 있었다.

화살을 맞았던 장련의 팔 한쪽이 거멓게 변해 있었고 팔 주위에는 여러 침이 놓여 있었다. 단순히 검게 변한 것이 아니었다. 혈관이 보일 정도로 도드라진 그 팔은 결코 보기에 좋은 것이 아니었다.

"아직 치료가 남았나요… 아!"

장련은 고개를 돌리며 천천히 눈을 뜨곤 말했다. 그러다 광휘를 보고는 눈을 휘둥그렇게 뜨며 팔을 급히 가리려 했다.

"침이 놓여 있소."

순간 장련이 멈칫했다. 그의 말대로 자신의 팔 주변에 침이 빼곡히 놓여 있었다.

"내가 여기 있는 게 부담된다면 나가겠소."

"…아니에요."

덮고 있던 이불로 팔을 가리려던 장련은 동작을 멈추며 말했다.

"나를 탓하시오."

광휘가 재차 힘들게 말을 꺼냈다.

장련은 조용히 등 돌린 광휘의 뒷모습을 바라보았다.

"정말이지 소저의 팔을 포기할 순 없었소. 앞으로 장사를 함에 있어 여러 사람들도 만나야 할 테고, 누구보다 근사한 배필도 만날……."

"전 괜찮아요, 무사님."

광휘는 잠시 말을 멈추다 이내 다시 말을 이었다.

"나 때문에 짐을 짊어지게 할 순 없었소. 그래서……."

"전 괜찮다고요, 무사님. 전 무사님의 판단을 믿어요."

장련이 재차 신뢰하는 목소리로 말하자 광휘는 곧장 몸을 돌려 말했다.

"소저, 사람이 너무 좋아도 곤란하오. 내 말은, 내가 소저를 도운 것은 내 이기심, 내가 비난받고 싶지 않았다는 게 더 컸기 때문이라는 거요."

그러고는 꾸욱 주먹을 쥐었다.

"지금 생각해 보면 내 판단은 잘못되었소. 일이 자칫 잘못될 수도 있으니 빠른 결단을 내렸어야⋯⋯."

설령 팔을 하나 잃게 되더라도, 그래도 살려야 했다. 지금에 와서 드는 생각이지만, 만에 하나 장련이 싸늘한 주검으로 변해 버렸다면 자신은⋯⋯.

"하지만 잘되었잖아요. 그럼 된 거 아닌가요?"

광휘는 말문이 막혀 버렸다. 방긋이 웃으며 자신을 향해 무한히 신뢰하는 눈빛을 보내는 장련 때문에.

"자책하지 말아요. 무사님이 본 가를 위해 애써주신 것을 생각하면 설령 제 팔 하나가 없어졌다고 해도 상관없었을 거예요."

"⋯⋯."

"그때도 말씀드렸지만 전 항상 감사하고 있어요. 그리고 아버지께도 들었어요. 무사님이 본 가를 위해 어떤 마음가짐을 하고 있는지. 그러니 무사님을 믿어요. 항상. 언제나."

장련의 목소리는 잔잔했다. 그 때문에 광휘는 저도 모르게 가슴이 저려 왔다.

참 바보 같은 여인이다. 죽을 뻔한 상황이었는데도 속상해하기는커녕 오히려 고마워하고 있다.

"하나 묻고 싶은 게 있어요."

생각에 빠진 광휘에게 장련이 조심스레 물어왔다.

"그때 저 잘한 거죠? 잘한 거 맞죠?"

"⋯⋯."

순간 광휘의 머릿속에 과거의 잔상이 스쳐 지나갔다.

"조심하세요!"

상념에서 빠져나온 광휘가 말했다.

"고맙긴 하지만 앞으로는 그러지 마시오. 정말로 위험한 행동이었소."

광휘는 즉시 장련에게 일침을 주었다.

장련 덕분에 위험을 피하긴 했지만, 다음에 또 그런 일이 일어난다면 그때는 어찌해야 할지 모르겠으니까.

"그래서요? 잘한 건가요, 잘못한 건가요? 객관적으로, 정말 객관적으로 볼 때요."

그러나 그런 내심을 아는지 모르는지 장련은 고집스러운 얼굴로 계속 물어왔다.

"……."

광휘는 다시금 머뭇거렸다. 그러고는 정말 하기 싫은 말을 하는 얼굴로 후 한숨을 내쉬었다.

"잘한 것이 맞소."

그때, 장련의 경고가 없었더라면 광휘 자신도 큰 부상을 입었을 것이다. 그러므로 결과를 놓고 보면 당시 장련의 행동은 잘한, 빼어난 행동이었다.

"흠, 흐흠! 그렇죠? 잘한 거죠? 잘한 거 맞죠?"

장련은 마치 처음부터 그 말이 목적이었다는 듯 들뜬 얼굴로 과하게 미소를 지었다.

"그래서 말인데… 이번에 제가 잘했으니까, 무사님도 도움을 받았으니까 제게 약속 하나 해주세요."

"……?"

"언제고 무사님이 누군가를 좋아하게 되면, 그 사람을 마음에 담게 되면 제게 꼭 말해주는 걸로요. 어때요?"

광휘는 잠시 침묵했다. 그녀가 한 말의 의미가 무엇인지 선뜻 이해하지 못한 것이다.

그러다 너무나 밝게 얘기하는 그녀의 모습에 고개를 끄덕였다.

"…그러겠소."

"그런데요, 무사님."

장련이 다시 말을 붙였다.

"그런 일은 일어나지 않았으면 좋겠어요. 만약 그런 일이 일어난다면……."

"……?"

'그게 저였으면 좋겠어요.'

의아해하는 표정의 광휘를 보며 장련은 뒷말을 그냥 가슴에 담아두었다.

第十章

단리형의 추억

장씨세가와 그리 떨어지지 않은, 이름 모를 산마루.

겨울 날씨답지 않은 따뜻한 빛이 내리쬐고 있었고, 선선한 바람이 얼굴을 스쳐 가고 있었다.

"여길세."

거목 아래, 그늘 밑에서 배를 북북 긁던 능시걸이 손을 들어 광휘를 불렀다. 이런 산중에 언제 이런 평상을 설치했는지 그는 신선놀음을 하듯 편히 쉬고 있었다.

곧 광휘가 그의 옆에 앉자 능시걸이 입을 열었다.

"련 소저는?"

"점점 좋아지고 있소."

"그나마 다행이구먼."

능시걸이 또다시 배를 북북 긁었다. 그러다 머리도 간지러운지 벅벅 긁어댔다.

쿵쿵.

손 냄새를 한 번 맡아본 능시걸이 입을 열었다.

"문제가 생겼네."

광휘가 시선을 그에게로 돌렸다.

"운수산 말일세. 대체 그 안에 뭐가 있는지 아직 모르겠네."

능시걸은 여전히 정면을 바라보며 말을 이었다.

"저번에 흥미 있는 얘기가 있다고 하지 않았소?"

광휘가 곧장 질문했다. 말도 빨라졌다.

"그랬지."

능시걸은 고개를 끄덕이며 답했다.

"초석이 있었네."

초석이란 말에 광휘가 눈을 크게 떴다.

"한데… 순도가 너무 낮아. 광맥도 그리 많이 퍼져 있지도 않고. 그 정도라면 산 전체를 뒤집어 까야 벽력탄 몇 개를 만들 정도나 될까."

"……."

"그 정도에 그리 집착하진 않았을 게야. 석가장이 운수산을 노린 것. 화월문의 비연 단주 경우도 그렇고, 팽가도 이리 신경을 쓰는 것을 보면 분명 그곳엔 뭔가가 있을 거라 생각했었네. 그런데 아무리 조사를 해봐도… 뾰족한 것이 눈에 띄질 않아."

"……."

"그 외엔 그다지 눈에 띄지 않는 광물 몇 개가 다였네. 목재나 석회석 같은 흔하디흔한 것. 특별한 것은 찾을 수 없었어."

광휘는 별다른 말이 없었다. 말만 없었을 뿐, 낯빛은 굳어져 있었다. 예상과 달리 정말로 아무것도 없다는 것에.

"확실한 거요?"

광휘가 재차 묻자 능시걸은 고개를 저었다.

"좀 더 조사를 하면 나올 테지. 하지만 지금은 들어갈 수 없네. 자네도 알지 않은가. 팽가가 얄팍한 수를 써서 아무도 접근하지 못하게 한 것 말일세."

"……."

"이렇게 되다 보니 조금 성급했다는 생각이 드는구먼. 조사를 좀 더 했어야 했네. 그 정도가 아니라, 정말로 확실한 정도로 말일세."

"아니오. 시기적으론 잘한 거요. 그사이 어떤 식으로든 장씨세가는 팽가의 공격을 받았을 테니."

광휘의 말에 능시걸은 잠시 생각하더니 고개를 끄덕였다. 당시의 팽가는 분명 야욕을 드러내던 중이었다. 사람들이 본가로 돌아가면 또 다른 방법으로 장씨세가를 공격해 올 것이었다.

하지만 지금은 상황이 다르다. 만약 이 상황에서 또다시 팽가가 이빨을 드러냈다간 그땐 역풍을 맞을 수 있기 때문이다.

"기분이 좋지 않은 때에 또 안 좋은 소식이 있네."

광휘는 덤덤하게 얘기를 기다렸다.

"맹의 서기종(徐琦琮)이란 자가 이 일에 개입되어 있네."

"서기종이?"

광휘는 잘못 들었다 생각했는지 곧장 되물었다.

능시걸은 그의 반응을 이해했다. 서기종이란 인물이 어떤 자인지는 그가 잘 알았으니까.

"자네가 있던 당시에는 순찰당주로 있었으며 지금은 맹의 총관으로 승격되었네."

무림맹.

황제의 명을 받는 관(官)과 함께 중원의 질서를 지키는 최고의 단체.

총관.

순찰당을 대표하는 총순찰(總巡察).

호법들의 우두머리인 대호법.

맹주를 지키는 친위대장.

이들은 무림맹주를 필두로 맹을 떠받치는 네 개의 기둥이었다.

그중에서도 으뜸으로 꼽는 것이 총관의 자리였다. 총관은 맹을 대표하는 최고의 부대 중 하나인 풍운검대(風雲劍隊)를 독자적으로 운용할 수 있기 때문이다.

"친위대장은 맹주 쪽이니 이 일과는 연관이 없을 테니까, 총순찰이나 대호법의 의중이 중요해질 걸세. 만약 그 둘이 이 일에 개입되어 있다면 상황은 더 복잡해질 걸세."

"……"

"참 어떻게 된 건지… 고양이 싸움에 호랑이가 끼어들었다 싶었더니 그게 아니라 실은 용(龍)이 있었어. 대체 왜 장씨세가가 이런 싸움에……."

"그 고양이가."

광휘는 그의 말을 자르며 목소리에 힘을 주었다.

"여의주(如意珠)를 물고 있다는 게 문제가 아니겠소."

"문제지."

능시걸은 동의했다. 아직은 확실하게 모르지만 운수산이란 곳에 분명 뭔가 있을 터였다. 단지 지금 찾지 못하는 것일 뿐.

광휘는 문득 뭔가 떠올랐는지 능시걸을 보며 말했다.

"혹시 더 없었소?"

"……?"

"운수산에 말이오. 찾다 보면 여러 광물들이 많이 나왔을 것이 아니오. 그중에 다른 곳에서 흔히 볼 수 없는 것들도 있지 않았겠소?"

"음, 그리고 보니……."

능시걸이 턱을 괴며 눈을 껌뻑였다.

"산에서는 흔히 볼 수 없는 모래들을 발견했지. 그리고 석염도 보았고."

"석염?"

"그렇네. 석염이었네. 하지만 질이 낮아 소금으로도 쓰이지 않는 것이었네."

순간 광휘가 눈을 껌벅였다. 기억 속에 흩어져 있던 조각들이 서서히 엉키기 시작했다.

"같이 터뜨리게. 초석과 말일세."

"예? 굳이 왜 석염을……."

"조건을 붙였네. 꼭 같이 터뜨려야 한다고 말이야."

"……."

"짐작한 게 맞을 걸세. 아마도 그것과 같이 쓰이는 재료일 것이야."

와락!

광휘가 눈을 부릅뜨며 자리에서 일어섰다. 얼굴 전체가 떨릴 정도로 감정이 매우 격양되어 있었다.

"왜 그러는가?"

능시걸이 당황하며 물었다.

"폭굉이오."

"뭐?"

"폭굉의 재료가 운수산에 있단 말이오!"

그 말에 능시걸이 뭔가 생각이 난 듯 읊조렸다.

"폭굉이라면 실마… 은자림……."

"어디 있는 게요?"

광휘가 곧장 달려 나가려는 모습을 보이자 능시걸이 말했다.

"어디 가려고? 운수산에? 그곳에는 팽가 무인들이 진을 치고 있어 아무도 못 들어가네."

"그쪽이 아니오. 비연 단주를 말하는 것이오."

순간 능시걸은 깨달았다.

운수산에 뭔가 있다는 것을 알고 움직였던 자.

그녀를 조사하다 보면 운수산에 뭐가 있는지 더욱 확실해질 것이다.

"날 따라오게. 바로 알아봐 주겠네."

✳   ✳   ✳

저녁노을이 이름 모를 가원(街園)을 내리쬐는 한적한 시간.

항시 묵객과 다니던 담명은 그 가원의 번듯한 건물 밑, 문 앞에 서 있었다. 조용히 있는 것을 보아 누군가의 허락을 기다리는 듯했다.

"들어오거라."

말이 떨어지자 그는 문을 슬며시 열고 방 안으로 들어갔다. 소박하지만 기품이 흐르는 방이었다. 과거 서원(書院)으로 사용되었던 서고(書庫)였고, 지금은 가주가 기거하는 서재로 활용되고 있었다.

"왔느냐?"

주름이 깊은 노인이 담명을 매우 따스한 눈길로 바라보며 말을 걸었다.

"부르셨다고 들었습니다."

"우선 앉거라."

담명은 맞은편 의자로 걸어갔다.

노인은 그런 담명의 행동을 하나하나 눈에 담았다. 흐뭇해 보이는 입가가, 그가 담명을 어떻게 여기는지 여실히 드러내고 있었다.

"녀석, 이제 좀 강호를 돈 티가 나는구나."

"어디가 말입니까?"

"내 눈엔 보인다. 행동이며 말투하며 만나는 사람들이며……."

"예? 그게 무슨……."

"그런 게 있다."

노인은 웃음을 머금고는 말을 이었다.

"네가 본가로 온 날, 급히 알아볼 게 있다고 내게 말했었지?"

"혹시 소식이 왔습니까?"

담명이 눈을 크게 뜨며 물었다.

"그래, 알아봤다. 사실 답신이 온 건 엿새 전이었지."

"그럼 왜 알려주시지 않고……."

"추가로 확인할 것이 있어서 말이다."

담명이 의문스럽게 노인을 바라볼 때였다. 그는 담명에게 한 장의 첩지를 내밀었다.

"이거부터 읽어보거라."

담명은 급히 첩지를 뜯었다.

종이를 펼치자 그곳엔 한 가지 글귀가 쓰여 있었다.

[불가(不可)]

"이건……."

담명이 노인을 바라보자 그는 고개를 끄덕였다.

"알려 줄 수 없다고 하더구나."

"그럴 리가요. 개방 방주께 직접 보내신다고 하지 않았습니까."

"그랬지."

"한데, 왜……."

"녀석, 급하긴 급한가 보구나. 글귀를 다시 한번 잘 살펴보거라."

담명은 종이를 다시 살폈다. 자세히 보니 불가라는 글 밑엔 직인 하나가 찍혀 있었다.

"개방 방주의 직인이다. 그가 보내온 것이야."

"아!"

담명은 충격을 받은 듯 눈을 부릅떴다. 두 눈으로 보고서도 믿을 수 없다는 모습이었다.

"정말 의외더구나. 뭐, 대단한 인물이라 보는 게 맞겠지. 나름 개방과 친밀한 관계를 유지하는 본 가의 청도 이렇게 거부할 줄이야."

노인, 모용세가의 가주 모용상(慕容常)이 밝게 웃었다.

그의 아들 모용담명은 당황스러워 무슨 말을 해야 할지 머뭇거렸다.

이내 고개를 든 담명이 말했다.

"그럼 방법이 없는 것입니까?"

"글쎄… 어떨까?"

모용상은 모호하게 운을 뗐다. 그러더니 다시 빙긋 웃고는 말을 이었다.

"내가 조금 전 이것을 받은 날이 엿새 전이라고 했지?"

"예."

"그사이에 내가 뭘 했겠느냐?"

"……."

"이대로 물러서면 우리 모용세가가 아니지 않겠느냐? 그리고 이 아비가 열심히 견문을 쌓다가 온 자식의 부탁을 어떻게 거절할 수 있겠느냐."

그는 입가에 손을 슬쩍 올리며 속삭이듯 말했다.

"사실은 말이다, 아비도 그가 어떤 자인지 매우 궁금하더구나. 해서 말이야……."

"……?"

"맹에 한번 접촉해 보았다."

"맹에요?"

담명이 크게 소리쳤다.

그러자 모용상이 찔끔한 얼굴로 쉿, 하고 소리를 낮추게 했다.

"조용히 말하거라. 어미한테 들키면 둘 다 혼이 나느니라."

"아, 죄송합니다, 아버지."

담명은 고개를 자라목처럼 쭈욱 당기며 숙였다.

"지금이야 네 어미의 눈치를 보고 사는 아비지만, 이래 봬도 한때 누구 못지않게 잘나가지 않았느냐. 특히 여인네들에게."

"…예, 그러셨지요."

"대답 전에 그 망설임은 뭐고? 하지만 정말이었느니라. 아비를 좋아하지 않은 사람이 없었지. 맹에 근무하는 사람들도 여럿 울렸었다."

"……."

담명은 뭔가 한마디를 하고 싶었지만 일단은 참기로 했다.

"그중에 비선당 당주도 있었고."

"혹……."

담명이 의문 섞인 표정으로 모용상을 바라보자 그는 고개를 끄덕였다.

비선당.

맹의 모든 정보를 관리하고 통제하는 곳.

모용상은 그곳을 말하고 있었다.

"마침 이곳을 지나간다는 얘길 듣자마자 급히 연통을 했다. 엿새면 소식이 닿고도 남는 시간이니 곧 연락을 취하겠지."

"아."

담명은 얼굴이 밝아졌다. 비선당이라면 틀림없을 것이다. 그가 누구인지, 어떤 사내인지 이번엔 확실히 알게 될 터였다.

"아비는 기쁘구나. 네가 한량 짓을 일삼을 때만 해도 본가의 모두가 포기했었지 않느냐. 그런데 이렇게 대단한 인물들과 만나고 다닌다니. 역시 묵객께 너를 부탁한 것은 최고의 선택이었다."

"하하하. 아버지, 묵객께서 저를 선택한 것이 아니라 제가 묵객을 선택한 것입니다."

둘 다 껄껄 웃었다. 누구보다 죽이 잘 맞는 부자였다.

모용상은 다시 본연의 자세로 돌아오며 물었다.

"그래, 다시 본가를 나갈 것이냐?"

"아직 그분께 배울 것이 많습니다. 시간이 걸리더라도 천천히 배워 나가려고 합니다."

"많이 배우거라. 칠객은 명실공히 중원을 대표하는 고수다. 그리고 언제든 아비가 네 뒤에 있다는 것을 잊지 말고."

"예, 아버지."

그들은 흐뭇한 미소로 몇 마디를 더 나눴다.

둘이 자리에서 일어나려고 할 때쯤 방문이 열렸다.

"가주, 빠, 빨리 가보셔야 할 것 같습니다."

"구(邱) 노대, 무슨 일인가?"

평소와 달리 말을 더듬거리는 노대의 행동에 모용상은 눈을 껌벅였다.

"맹에서 사람이 왔습니다."

"직접 이곳을 찾아왔단 말이냐? 허어어."

모용상은 웃으며 담명을 바라봤다.

"보았느냐? 아비가 잘나갔다는 말이 사실이라는 것을. 아비가 이 정도였느니라."

"과연 그렇군요!"

어깨를 으쓱거리는 모용상의 말에 담명도 맞장구를 쳤다.

모용상은 구 노인을 향해 다시 말을 걸었다.

"한데… 구 노대, 왜 그리 경직되어 있나? 오더라도 비선당 당주가 왔을 터인데 왜 그리 뻣뻣하게 굳어 있는 게요?"

"다른 분도 동행하셨습니다."

"다른 분? 그분이 누군데?"

구 노대는 침을 꿀꺽 삼키고는 재차 입을 열었다.

"무림맹주십니다."

*   *   *

"어디로 모셨나?"

"대실(大室)입니다."

"차와 다과는?"

"차는 언제든 내어드릴 수 있게 꺼내놓았습니다. 다과는 이미 영춘(英春)이가 가져갔고요."

날쌔 보이는 청년이 구 노인의 질문에 또박또박 대답했다.

"잘했다. 너는 언제든 귀인께서 원하시는 것을 말하시면 즉각 대령하도록 준비하고 있거라."

"예, 어르신."

구 노대는 사소한 부분도 다시 한번 짚고는 대실로 이동했다. 이제 막 주요 식솔들이 대실로 갔다는 얘기 때문인지 마음이 더욱 급해졌다.

드르르륵.

대실 문이 열리고 안으로 들어오는 자들은 모두 열한 명. 가주 모용상과 일 장로부터 오 장로, 모용상의 아내와 자식 넷이 들어온 것이다.

그들이 들어오자 미리 와 있던 노인과 여인이 그들을 보며 일어섰다.

"가주 모용상입니다. 모용세가를 대표해 맹주께 인사 올립니다."

"인사 올립니다."

모용상이 한 발 나서며 정중히 포권했다. 그러자 뒤에 있던 식구들 중 남자는 포권을 했고, 여인들은 소매를 들어 예를 갖췄다.

"반갑네. 단리형이네."

밝은 인상의 노인이 묵례로 인사를 받았다.

머리에는 관면(冠冕: 머리를 뒤덮는 모자)을 썼고 금포를 입었으며 허리에는 속대(束帶: 허리띠)를 하고 있었다. 팔자로 잘 뻗은 콧수염과 조금 내려간 눈썹. 장대한 기골에서 느껴지는 무게감와 온화한 인상.

그가 바로 무림맹을 대표하는 자. 무림맹주 단리형이었다.

"저 역시 오랜만에 뵙네요."

비선당 당주 손유진(孫維進)이 밝은 웃음을 띠었다.

"오랜만이오, 손 당주."

모용상이 반색하며 몸을 돌려 포권했다.

잠시 뒤 그가 자세를 풀자 단리형이 말했다.

"갑자기 찾아와 폐를 끼쳤군. 너무 신경 쓰지 말게. 손 당주와 일이 있어 지나가다 잠시 들른 거니."

"아, 그렇습니까? 한데… 어인 일이신지……?"

"아, 그건 제가 말씀드릴게요."

그때 손유진이 끼어들며 말했다.

"아, 그 전에 말이죠, 가주님과 담명이란 청년과 긴히 따로 자리를 갖고 싶은데 괜찮을까요?"

"……?"

잠시 고개를 갸웃거린 모용상이 옆을 바라봤다. 그러다 장로들과 눈이 마주치자 그들은 그 말의 의미를 먼저 깨닫고는 대답했다.

"저희는 나가 있겠습니다."

*　　*　　*

"이런 누추한 곳에 맹주께서 오실 줄은 생각지 못했습니다."

쪼르륵.

시비도 하인도 모두 나가자 모용세가의 가주가 직접 차를 따라 올렸다. 수염이 길게 늘어진 모용상의 말에 무림맹주가 혀를 찼다.

"누추한 곳이라니……. 천하의 모용세가가 누추하면 근사한 곳이 세상 어디에 있겠나? 있으면 알려줘 보게. 한번 가볼 테니."

"허허! 맹주님도 참. 한데, 여긴 어인 일로 오신 겁니까?"

가볍게 농담을 몇 마디 주고받은 후, 단리형은 천천히 시선을 모용담명에게로 돌렸다.

"따로 조사해 볼 것이 있었네. 세상은 평화로워 보이지만 두루 살펴보면 그렇지도 않은 법이거든. 마치……."

단리형은 모용상과 손 당주를 번갈아 봤다.

"자네와 손 당주처럼 말일세."

"맹주!"

"맹주!"

순간 난처한 표정의 모용상과 얼굴이 벌게진 손 당주가 동시에 외쳤다.

"차가 맛있구먼."

하지만 단리형은 딴청을 피우며 재밌다는 듯 입가를 올렸다.

'이런 것이 위압감이구나.'

드문드문 단리형의 시선을 받고 있는 담명은 고개조차 들기 힘든 압박감을 받았다. 여유롭고 온화한 말투임에도 왠지 오금이 저릴 정도로 긴장감이 느껴졌다.

처음엔 연륜 때문이라 생각했지만 그것도 아니었다. 그의 심유한 눈을 보면 자신이 너무나 작다는 느낌을 받았기 때문이다.

'천중단 출신이라 했지…….'

근 오 년간 강호, 군웅들 사이에서 가장 입에 많이 오르내렸던 부대.

그것은 맹에서 만든 최고의 부대였던 천중단이었다.

그중에서도 단리형은 독보적이었다. 희대의 고수 대살성을 죽인 장본인이자 천중단에서 유일하게 살아남은 자였기 때문이다.

"자네 아들인가?"

담명이 이것저것 혼자만의 생각을 하고 있을 때였다. 자신을 가리키는 목소리에 담명이 깜짝 놀라며 외쳤다.

"모용담명이라 합니다!"

"허허허. 목소리 한번 우렁차군."

"후후후."

손 당주도 입에 손을 대고 따라 웃었다.

담명은 얼굴이 붉어져 또다시 고개를 숙였다.

"이 녀석이 요즘 참 열정적입니다. 무인의 기상을 배우기 위해 강호를 주유할 정도로요. 아 참, 맹주, 이놈의 사부가 누군지 아십니까?"

잠시 눈치를 살피던 모용상이 갑자기 뭔가 생각이 났는지 불쑥 말을 꺼냈다.

단리형이 반쯤 감겨 있던 눈을 뜨며 관심을 보였다.

"누군가?"

"묵객입니다."

"……!"

순간 단리형의 눈에 짧게 이채가 어렸다.

그의 옆에 있던 손 당주 또한 의외라는 듯 모용상을 바라보았다.

손 당주가 질문했다.

"묵객이라면… 칠객인가요?"

"그렇소. 칠객의 한 분이오. 맹주께서 예전에 그러셨던 것처럼."

그 말에 단리형이 미소를 머금었다. 그때가 떠올랐는지 잠시 고개를 들었다.

"그랬던 적이 있었지. 칠객, 참 그리운 이름이군. 다들 하나같이 멋지고 용맹했었으니."

"그래도 그 칠객 중 맹주님이 가장 강하지 않았습니까?"

"뭐, 그렇게 알고들 있네만."

"예?"

모용상이 되물었지만 단리형은 그새 시선을 담명을 향해 보내고 있었다.

"그건 그렇고, 모용 가주에게 부탁해 첩지를 보낸 게 자네였다지?"

"아? 그게, 그게 말입니다."

"어떤 사람의 과거를 캔다고?"

"아, 그렇습니다."

"왜 그를 찾으려 하는지 알 수 있을까?"

단리형의 적극적인 물음에 담명은 잠시 망설였다. 괜히 실수할까 염려가 된 것이다.

"맹주께 한 치의 거짓 없이 소상히 다 밝히거라."

그때 모용상이 처음으로 목소리를 내리깔았다. 맹주가 관심을 보인 만큼 진지한 태도를 보인 것이다.

"그것이 말입니다."

담명은 처음 그를 만났던 곳부터 그에 대해 기억하는 모든 것을 사실대로 밝혔다. 하지만 드러나지 않은 단순한 추측은 밝힐 수 없어 그의 무위나 실력, 소문에 관한 것은 언급하지 않았다.

"…제가 아는 건 여기까지입니다."

얘기가 끝나자 단리형의 표정이 딱딱하게 굳었다. 그러다 들릴 듯 말 듯 말했다.

"하북에 있었나 보군……."

의아한 모용상의 시선이 손 당주에게 향했다. 담명 역시 눈을 껌뻑였다.

한참을 생각에 빠져 있던 단리형이 입을 열었다.

"강호의 호걸들에게 가르침을 받는 네 자세는 훌륭하다. 하나, 호기심은 여기서 멈췄으면 좋겠구나."

그리고 담명에게 시선을 고정했다.

"담명이라고 했지?"

"예, 맹주."

"그래, 담명아, 왜 하오문에서 백 명이란 숫자에 의미를 두었는지 아느냐?"

"잘 모르겠습니다."

"숫자 백(百)을 뜯어보면 하나 일(一) 자와 흰 백(白) 자가 나온다."

"파자로군요."

모용상이 알겠다는 듯이 고개를 끄덕였다. 한자는 표의문자이고, 글자 하나에도 여러 가지 뜻이 담길 수 있다.

　파자는 복합적인 뜻을 담은 한자임과 동시에 자획을 풀어 나눠 해석하는 가장 기본적인 해석 방식이다.

　"맞네, 가주."

　단리형은 다시 담명에게로 고개를 돌렸다.

　"일은 한 사람이다. 백은 깨끗하다는 것. 즉, 한 사람을 깨끗이 지운다는 뜻이다."

　담명은 백이라는 숫자를 떠올리고 얼굴을 굳혔다. 무림맹주가 무슨 말을 하려는지 알 것 같았다. 그리고 당시 접근하지 말라는 하오문의 경고 역시.

　"네가 찾던 이는 사실 나 역시 꼭 한번 만나보고 싶어 하는 자다. 하지만 찾으면 안 되는 사내이기도 하지. 그는 이미 강호를 등지고 은거를 선언했던 자. 그리고 많은 희생을 감내했던 자. 우리가 그에게 해줄 수 있는 바는 기억 속에서 지워주는 것 정도일까."

　단리형이 누구를 지칭하는 건지 모를 말을 건네자 바닥으로 시선을 내린 모용담명의 눈빛이 크게 흔들렸다.

　대체 그가 누구이기에 맹주께서 이토록 공경하는 자세를 취한다는 말인가.

　"맹주께서 그리 말하시는 분이라면 당연히 그렇게 하는 게 맞습니다."

　모용상이 상황을 깨닫고는 고개를 끄덕였다. 그러곤 담명을 향해 말했다.

"이 녀석아, 빨리 그렇게 하겠다고 말씀드려!"

"앞으로는 그에 대한 것을 묻지도, 뒤를 캐지도 않겠습니다."

단리형은 고개를 끄덕였다.

손 당주도 말은 안 했지만 납득한 듯 바라보고 있었다.

"한데, 맹주님, 한 가지 여쭤 보고 싶은 것이 있는데 말씀드려도 되겠습니까?"

담명이 용기를 냈다. 이번 일과 별개로 맹주를 보면 꼭 묻고 싶었던 것이 있었던 것이다.

"무슨 말?"

"과거에 대살성 종대명(鐘大鳴)을 처리했던 얘기를 듣고 싶습니다."

잠시 정적이 일었다. 그러다 어느 순간 모용상이 벌컥 자리에서 일어나 크게 화를 냈다.

"이 녀석아! 맹주께 이 무슨 무례이냐!"

"무례… 입니까? 이걸 여쭙는 게?"

담명은 잠깐 어리둥절한 얼굴이었다. 무인에게 자신의 무용담을 펼칠 기회를 주는 것은 오히려 고마운 일이다. 자리를 깔아 주면 사흘이고 나흘이고 자신의 업적을 자랑할 사람들도 많다. 때문에 담명은 맹주가 있는 자리에서 가볍게 분위기나 띄워 보려 한 것이다.

그런데 모용상의 얼굴은 심상치가 않았다.

"어허, 이놈이! 아비가 이리 말하는데도……."

"괜찮네."

단리형이 그를 막았다.

"자리에 앉게. 칠객의 이름도 나왔으니 이참에 들려주는 것도 나쁘지 않지."

모용상은 경직된 표정으로 단리형을 쳐다보았다. 그러고는 느릿한 동작으로 자리에 앉았다.

"강기(罡氣)라는 것을 들어본 적 있느냐?"

"강기라면……."

담명은 눈을 껌뻑이며 모용상에게 고개를 돌렸다.

모용상은 눈을 가늘게 뜨며 물었다.

"혹시 검강, 칼끝에서 빛이 나오는 형상을 말씀하시는 겁니까?"

"그렇네."

"그게 정녕 가능한 겁니까? 전설로만 전해져 내려오는 입신의 경지 아닙니까?"

"그렇네. 자네 말대로 입신의 경지에 올라야만 가능한 것이지."

단리형은 부정하지 않고 말을 이었다.

"일반적으로 드넓은 중원에서조차 기를 발출할 수 있는 무인은 드무네. 백대고수 성도는 되어야 가능할 게야. 거기서 좀 더 경지에 오르면 검 끝에서 큰 변화가 이네. 빛이 보이기 시작하는 거지."

모용상과 모용담명은 귀를 기울였다. 심지어 옆에 있던 손 당주도 처음 듣는 얘긴지 집중하고 있었다.

"내가 왜 이런 얘기를 하느냐 하면 대살성 종대명이란 자는 그 강기를 썼네. 그것도 몇 번이고."

단리형은 잠시 생각에 잠기다 말을 이었다.

"천중단에 대해 짧게 얘기해 주겠네. 알려지기로 천중단은 하나의 부대였지만 실상 그 안에는 두 가지 부대가 있었네."

"두 가지 부대?"

"그래, 두 부대네. 막부단과 흑우단이 그것이지."

모용상의 읊조림에 단리형은 고개를 끄덕였다.

"막부단은 천중단에서도 사파를 척결하는 부대네. 흑우단은 살수들을 전문으로 제거하는 자들. 강호엔 알려진 자보다 알려지지 않은 흑도 무리들이 많았기 때문에 이 부대가 만들어진 게야."

"맹주님은 어느 부대였습니까?"

담명이 물었다.

"난 막부단이었네. 그러다 흑우단에 들어왔지."

"……."

"두 부대의 역할은 달랐네만 사파의 거두를 처리할 때는 힘을 합치기도 했지. 특히 대살성을 처리할 때는 천중단 대원 모두가 그 임무에 집중했어."

단리형의 설명은 점차 빨라졌다.

"하지만 대살성은 결코 쉽지 않은 자였다. 사파 최고의 조직인 광림총(光臨塚)의 총주(塚主)였고, 대마단(大魔團)이라는 수십 명의 절정고수들이 그 주위를 호위하고 있었으니까. 힘으로 부딪쳤을 시 천중단 역시 큰 피해를 감내해야 될 상황이었네."

단리형은 느릿하게 말을 이었다.

"자랑은 아니지만 당시에 난 천중단에서 유일하게 검강을 쓸 수 있었네. 사실 나를 제외하고도 두 명이 더 있긴 했는데 불의의 사고로…… 각설하고, 아무튼 나를 중심으로 조직을 꾸렸네만 여기서 또 문제가 있었네."

모용상과 모용담명은 숨을 죽이고 단리형의 말에 귀 기울였다.

"내 검강은 불안정했지. 한참 진기를 모은 후에야 단 한 번 정도밖에 쓸 수 없었으니까. 그랬기에 누군가는 시간을 벌어야 했네."

단리형은 잠시 숨을 골랐다.

"아니지. 사실은 방패로 쓰일, 나를 대신해 죽을 자가 필요한 거였지."

죽을 자란 말에 방 안의 분위기가 얼어붙었다.

그때쯤 단리형의 미소도 더는 보이지 않았다.

"많은 인원은 필요 없었네. 결국 대살성만 죽이면 끝나는 문제였으니까. 조장급 이상 다섯 명이 지원을 했네. 나를 포함한 막부단 세 명과 흑우단에서 두 명."

"……."

"때를 기다린 후, 대살성이 모습을 드러냈다는 첩보를 입수하곤 우린 곧장 그곳으로 갔지. 그를 확인 후 모두가 달려들었네. 대마단을 통과할 때 막부단 한 명이 죽고, 뒤이어 막부단 두 명이 시간과 목숨을 버리면서 대살성과 조우할 수 있게 만들어줬지. 흑우단 두 명은 내가 강기를 쓸 수 있게 시간을 벌어줬어."

"……."

"그들이 있었기에 대살성을 죽일 수 있었지. 그들이 있었기에."

단리형이 설명을 끝내고 나자 방 안에는 큰 적막이 자욱이 깔렸다.

과거를 더듬으며 말할 때마다 회한에 잠긴 듯한 단리형의 눈빛 때문에, 말투 때문에 분위기가 무거워진 것이다. 아니, 한 명, 여전히 호기심 어린 청년만은 단리형을 보고 있었다.

"그럼 그때 모두 다 죽은 겁니까?"

그의 말에 모용상이 눈을 껌뻑거렸다. 그를 다그칠 순간이었지만 자신도 궁금해서 단리형의 대답을 기다렸던 것이다.

"한 명은 살아남았네."

"살아남은 자도 있습니까?"

계속되는 질문에도 단리형은 전혀 화를 내지 않았다. 오히려 기다렸다는 듯 말을 꺼냈다.

"훌륭한 자였지. 그에게 반해 막부단에서 흑우단으로 들어왔으니까."

"대마단을 뚫고 스스로 시간을 벌면서도 살아남았다니… 대체 그는 강호에서 어떤 자였습니까?"

"칠객 출신의 사내였네."

"칠객이요?"

담명이 눈을 껌뻑였다. 칠객이란 말에 여러 이름이 스쳐 지나
간 것이다.

"그렇네. 칠객이었어. 지금은 모두에게 잊혔지만 말이야······."

第十一章

익숙한 싸움

팽가운은 장로 팽인호를 노려보며 한동안 입을 열지 않았다.

노골적으로 적대하는 대공자.

그런 태도에도 팽인호는 반듯한 미소를 잃지 않았다.

"큼큼."

꽤 침묵이 흐르자 팽인호는 기침을 하며 대공자의 반응을 살폈다. 여전히 팽가운이 노려보자 그는 마음의 결정을 내렸는지 긴 침묵을 스스로 깼다.

"하실 말씀이 없으시면……."

"운수산에 뭐가 있는 겁니까?"

멈칫.

몸을 천천히 일으키던 팽인호의 자세가 굳었다.

잠시 동안 의자와 엉덩이 사이를 띄운 상태로 있던 그는 이내 자리에 다시 앉으며 말을 받았다.

"글쎄요. 뭐가 있을까요."

"일 장로, 지금 저는 농이나 하자고 부른 게 아닙니다."

"그러시겠지요."

팽인호가 여유롭게 말을 받자 팽가운의 표정이 또다시 구겨졌다. 그러나 표정과 달리 말투는 의외로 부드러웠다.

"본 가가 의심을 받는 상황입니다. 팽가를 상대로 의심을 했다면 그만한 이유가 있지 않았겠습니까."

"그 이유가 무엇이든 결코 용납하지 못할 일이기도 하지요."

"일 장로."

팽가운의 목소리가 높아졌다.

하나, 팽인호는 식은 차를 느릿한 동작으로 한 번 더 마시는 여유를 보였다.

"그들이 오해를 했건 아니건, 일 장로 역시 큰 실수를 하셨습니다. 본 가에 침입한 자들이 석가장이 아니란 사실이 드러났으니까요. 의도적이었다면 일 장로의 충심이 의심받을 것이고, 의도적인 게 아니었다면 일 장로의 역량이 모자랐다는 말이 됩니다."

팽인호의 눈썹이 들썩였다.

"설마 대공자께서도 소위건이란 흑도의 말을 믿으시는 겝니까?"

"믿든, 믿지 않든 본 가의 무사가 분명 소위건을 보았다고 말했습니다. 한데, 그게 사실이 아니었으니 본 가가 면피할 수는 없지 않겠습니까!"

팽가운의 목소리가 높아지자 팽인호의 얼굴이 경직되었다. 팽가운이 다그치기 때문이 아니었다. 그때의 모욕적인 상황을 떠올렸기 때문이다.

꽤 침묵이 이어질 때쯤 팽가운이 부드러운 목소리로 말했다.

"오해하실 것 같아 미리 말씀드리지요. 내 일 장로를 책망하기 위해 이곳에 부른 건 아닙니다. 만약 그랬다면 중정에서 이미 질책하고도 남았을 테지요."

"……."

"말이라도 좀 들어봅시다. 대체 운수산에 뭐가 있는 겁니까?"

"으음."

팽인호는 본연의 표정으로 점차 돌아왔다. 행동에 신중하려는 듯 보였고, 또 그래야 하는 상황이었다.

잠시 뒤 그가 입을 열었다.

"하긴 공자를 속일 이유는 없지요."

그 모습에 팽가운은 기대 어린 시선으로 바라보았다.

"솔직히 운수산에… 특별한 건 없습니다."

"일 장로!"

팽가운이 반사적으로 소리쳤다. 자신이 이 정도까지 배려해 줬는데도 그는 끝까지 자기 고집을 고수한 것이다.

하지만 팽인호는 눈 하나 깜짝하지 않고 싸늘한 시선으로 말했다.

"특별한 게 없는 건 사실입니다. 누가 보더라도 말이지요."

'누가 보더라도'란 말에 팽가운은 멈칫했다. 그리고 잠시 홍분을 멈추고 이어질 그의 대답을 기다렸다.

"장담컨대, 저들의 눈에는 보이지 않을 겁니다. 하지만 제 눈에는 보이지요. 특별한 게 없는 그곳에 무엇보다 특별한 것이."

"......?"

"석회석(石灰石)과 석염입니다."

"석회석? 석염?"

팽가운은 곧장 이해가 되지 않았다.

석회석은 말 그대로 돌덩어리이고 석염은 소금 덩어리다.

그게 여기서 왜 나온단 말인가?

"석회석이야 인근의 다른 산에서도 볼 수 있지만 석염은 보기 힘듭니다. 그리고 그 석염의 쓰임새는 조정에서도 제대로 모르지요. 특별히 관리를 받지 않는, 하지만 쓰기에 따라선 대단히 요긴한 물건."

"자세히 좀 말해보십시오."

팽가운이 대화를 유도했다.

"석염은 다룰 줄 아는 장인이 없으면 무용지물입니다만, 기술을 가진 장인만 있으면 부서운 물건으로 돌변합니다. 왜냐하면 이것은 특수한 벽력탄의 재료이기 때문입니다."

"벽력탄?"

"그렇습니다."

팽가운은 곧장 의문이 들었다.

"잘못 알고 계신 게 아니오? 벽력탄은 초석, 목탄, 황으로 만들어지는 겁니다. 그런데 석염이 무슨 벽력탄으로……."

"그 벽력탄이 기존의 벽력탄과 다르다면."

팽인호가 처음으로 눈꼬리를 올렸다. 보기에 따라서 매우 섬 뜩한, 그런 눈빛으로 변해 있었다.

"위력이 스무 배가 넘는다면 얘기가 다르지 않겠습니까?"

＊　　　＊　　　＊

"묵객입니다."

묵객은 문밖에서 허락이 떨어지길 기다렸다.

이내 승낙이 떨어져 방문을 열고 묵객이 들었다.

묵객을 본 장원태가 몸을 일으키려 하자 그가 급히 손을 내 저었다.

"아, 괜찮습니다. 누워 계십시오."

"아니오. 본 가에 도움을 주러 온 대협께 어찌 그럴 수 있겠소."

장원태는 낑낑거리며 침상에서 몸을 반듯하게 세웠다. 그러 고는 몇 번의 숨을 몰아쉰 뒤 말을 이었다.

"잘 오셨습니다. 안 그래도 저 역시 묵객께 말씀드릴 것이 있 었습니다."

장원태는 먼저 짚고 넘어가야 할 것을 언급하려 했다.

상대는 팽가다. 뿐만 아니라 그들 뒤에는 더 큰 세력이 있다. 이 부분을 언급하지 않고서는 그를 장씨세가에 데리고 있을 수 없었다.

"중정에서 보셨을 테니 아실 겝니다. 장씨세가가 팽가와 싸움을 하려는 것을 말이지요."

"……."

"해서 묵객께 말씀드리려 합니다. 위험한 상황인 만큼 더 이상 본 가에 머물게 하는 것은 힘들 듯하다는 것을요."

묵객은 대답 없이 장원태를 묵묵히 바라봤다.

"괜히 부담을 가지지 않으셨으면 좋겠습니다. 묵객께선 이미 본 가에 많은 도움을 주셨습니다. 그러니 뭐라 하는 사람은 결코 없을 것입니다."

"가주……."

"이젠 가셔야 합니다. 이제부터의 싸움은 정도와는 다른 길입니다. 우리의 이익을 위해 팽가와 싸우는 것이니까요. 예를 들어 운수산에서 그 무언가가 나오지 않는다면… 그것에 대한 책임은 우리에게 있는 것입니다."

장원태는 허언이 아니라 진심 어린 속내를 털어놓았다.

이제부터의 싸움은 이익을 위한 것이 될 터였다. 물론 팽가의 이익과 달리 장씨세가는 생존 문제가 될 것이지만 말이다.

장원태의 뜨거운 눈에 묵객은 생각에 잠긴 듯 조용했다.

"뭔가 오해를 하시는 것 같습니다."

그렇게 조금 시간이 흐른 뒤, 묵객이 고개를 들며 입을 열었다.

"저는 장씨세가를 떠난다는 말씀을 드리기 위해 가주를 뵈러 온 것이 아닙니다."

"아닙니까? 하면⋯⋯."

"힘을 보태려고 합니다."

"⋯⋯!"

장원태의 눈에 약간의 변화가 일었다.

전혀 예상하지 못한 얘기였다. 그랬기에 더욱 당황한 그였다.

"그리고 이번 일에 책임이 전혀 없진 않습니다. 저는 팽가의
계략에 빠져 장씨세가를 돕지 못했습니다."

"무슨⋯⋯?"

"가주를 지키지 못했고, 장련 소저가 당한 것 역시 그렇습니
다. 이 모든 것에 제 책임이 있습니다."

장원태는 당황한 눈으로 묵객을 바라봤다.

묵객의 두 눈은 고요했다. 단순히 말뿐만이 아니라 그의 진심
이 얼굴, 행동, 몸짓을 통해 느껴졌다.

"몇 달 전, 석가장에서 방각 대사에게 목숨을 구원받은 적이
있습니다. 그가 죽기 전, 그에게 제가 약속을 했었습니다. 이곳
을 지키겠다고 말입니다."

"⋯⋯?"

"싸움이 완전히 끝나는 그날까지 장씨세가를 지키겠습니다."

묵객은 고개를 숙였다.

장원태는 만감이 교차했다. 백대고수의 일인이 목숨을 걸고
지키겠다고 약속해 온 것이다. 천군만마였다.

"해서 부탁 한 가지가 있습니다."

"말해보시오. 내가 할 수 있는 일이라면 뭐든 들어주겠소."

묘한 감정에 사로잡힌 장원태가 급히 고개를 끄덕였다.

묵객은 천천히 바닥으로 내려갔다. 아니, 무릎을 꿇은 것이다.

"련 소저를 제게 주십시오."

"……!"

장원태의 눈이 커졌다.

그사이 묵객은 진지한 말을 계속 이어나갔다.

"이번 일을 겪고 알게 되었습니다. 련 소저에 대한 제 마음을 말입니다."

"……."

"부탁드립니다. 련 소저를 제게 주십시오."

묵객의 진지함에 장원태는 쉽게 말문을 열지 않았다.

묵객.

어디에 내놓아도 부족함이 없는 사내다. 호색이란 것도 흠이 아니다. 영웅은 자고로 여인들을 거느리는 법이다.

하지만 그것도 알려진 것과 달랐다. 옆에서 지켜본 바로는 그는 강직하고 한 여인을 사랑할 줄 아는 사내다.

명 대의 규수들의 혼처는 아비가 정해주는 것이 일반적이니 련이도 자신이 말하면 따를 터였다.

'하나…….'

장원태는 말을 꺼내지 못했다. 눈앞에 아른거리는 한 사내 때문이다. 그의 마음이 어떤 것인지는 모르나, 그의 마음을 확인하기 전까지는 쉽게 판단하기가 힘들었다.

'양손에 두 영웅이라. 이것 참, 딸 가진 아비로서는 최고의 호

사이기는 한데⋯⋯.'

장원태는 꽤 오랫동안 침묵했다. 그리고 판단이 섰을 때 입을 열었다.

"외인에게 이 이야기를 하는 건 처음이오만⋯ 모친께서는 상재가 있고 사람을 모으는 것에 능한 재녀(才女)라는 말을 들었소."

"⋯⋯?"

"선친께서는 모친을 능히 이 집안의 안주인이 될 만하다고 여기셨고, 그래서 백방으로 노력하여 이 가문에 들이셨소. 련이는 그런 제 어머니를 참 많이 닮았습니다그려."

"아, 예⋯ 그렇군요."

묵객은 의아한 얼굴이 되었다. 갑자기 뜬금없이 장원태가 이런 이야기를 꺼내는 이유를 알 수 없었던 것이다.

"잘⋯ 웃지 못하셨다오."

"네?"

"하고 싶은 것이 많고, 가고 싶은 곳도 많다 하셨소. 집안에서 정하는 혼처를 따라 와 본인의 재능은 꽃피우셨으나, 환하게 웃는 모습을 본 것이 내 기억으로는 손에 꼽소."

"⋯⋯!"

묵객은 살짝 얼굴이 굳어졌다. 이제야 장원태가 무슨 말을 하는지 알 것 같았다.

"아비가⋯ 자식 하나 다루지 못한다고 소심하다 할지 모르나, 나는 련이의 혼처는 가급적 련이 마음을 우선시하고 싶구려.

이런 내 마음을 어찌 보실지 모르겠으나……."

"아닙니다. 충분히 알겠습니다. 제가 너무 급했지요."

묵객은 장원태의 말에 조용히 고개를 끄덕였다.

"그저 한번 말씀을 드리고 싶었던 겁니다."

"거참. 이 자리에서 바로 들어주지 못하는 내가 참으로 민망하구려."

묵객이 자리에서 일어섰다.

"먼저 런 소저의 마음을 제게 돌려놓겠습니다. 그럼 되겠지요?"

묵객은 깍듯이 예를 표하고는 방문을 나섰다.

"런이가 참으로 복이 많은 아이구나."

장원태는 말을 조용히 흘렸다.

뭔가 답답했다. 눈앞에는 광 호위와 묵객의 두 얼굴이 아른거렸다.

"광 호위도 묵객과 같은 마음일지……."

＊　　　＊　　　＊

한월객잔.

도수가 센 술을 판다고 알려진 곳으로, 주로 험한 무림인들이 자주 드나드는 곳이었다.

이곳은 다른 객잔과 유사하면서도, 객잔의 지붕이 크게 뚫려 있고 이 층을 오를 때는 건물 뒤쪽의 계단을 써야 한다는 점에서 달랐다. 이러다 보니 이 층에서는 일 층을 한눈에 볼 수 있었고, 많은 사람들을 한곳에 밀집시키기에 좋다는 장점을 가졌다.

한월객잔 이 층.

북쪽에 자리 잡은 탁자 근처에는 사람들이 지나다니지 않았다. 오늘 이곳으로 사람들을 불러 모은 실질적인 우두머리들이 이곳에 있었기 때문이다.

"문주, 언제까지 비연 단주에게만 맡기실 겁니까?"

기골이 장대하고 호탕한 얼굴의 중년인이 탁자 중앙에 앉은 노인을 향해 말했다. 유호길(柳浩吉)이란 자로 화월문의 제자들에게 무공을 가르치는 사내였다. 무공으로는 화월문에서도 다섯 손가락 안에 드는 강자였다.

"저도 유 단주의 생각과 같습니다. 이번 일로 저희 문파의 체면도 깎이지 않았습니까. 그런데도 계속 비연 단주에게 일을 맡기시다니요."

홍조기가 어린 장년인이 유호길을 거들었다.

우문휘(宇文揮).

비연 단주, 유호길과 함께 실질적으로 화월문을 이끄는 단주 중 한 명이었다.

"그간 다들 불만이 많았는가 보오."

그들의 거친 반응에도 노인은 긴 수염을 쓸어내리며 여유로운 미소를 짓고 있었다.

광대뼈가 도드라져 보이는 그는 화월문의 문주 조화룡(趙華龍)이었다.

"노부가 봤을 땐 비연 단주는… 음, 성과는 내지 못했지만, 그렇다고 다 그녀 탓으로 돌릴 수는 없다 보는데……."

"문주!"

"문주!"

두 장년인은 격한 반응을 토해냈다.

"허허허."

조화룡은 웃었다. 두 단주의 행동이 뭔가 재밌다는 반응이었다.

우문휘가 말했다.

"지금 이 일이 저희에게 얼마나 중요한 것인지 아시지 않습니까. 성도를 넘어 산동(山東)까지 세력을 넓힐 절호의 기회입니다. 그런데 이번 일로 팽가의 신임을 잃지 않았습니까."

"그렇습니다!"

유호길이 거들었다.

"지원을 해주려면 좀 더 확실한 자들을 포섭했어야 합니다. 허접스러운 사파 녀석들을 고용해 일을 어렵게 풀지 않았습니까."

조화룡은 잠시 눈을 떠 그들 사이에 있는 여인을 바라보았다. 바로 비연 단주 당사자였다. 그녀는 노골적인 비난을 받으면서도 아무 동요 없이 술을 들이켜고 있었다.

"자자, 비연 단주의 이야기는 나중에 하세. 오늘은 우리 화월문의 연회식이지 않은가."

문주가 직접 중재를 하자 유호길의 표정이 눈에 띄게 굳어졌다.

그는 끝 생각이 없는지 다시 한번 입을 열었다.

그때였다.

땡그르르르.

"……!"

일 층에서 떨어진 술병 소리에, 일순간 주위에 정적이 흘렀다. 그곳 중앙에 있던 한 사내가 술병을 집어 던진 것이다. 일제히 시선이 그곳으로 집중됐다.

그도 그럴 것이 이곳은 화월문 무사들만 있는 곳이다. 그런데 언제 들어왔는지도 모를 그가 음식과 술을 주문한 것이다.

"여긴 들어올 때부터 재수가 없군."

사내가 주절거리며 말했다.

모든 것이 특이한 사내였다. 자리에 앉은 사내의 자세도, 탁자 옆에 걸쳐진 거대한 대도와 괴이한 검도 이목을 끌기에 충분했다.

"물을 시켰는데도 술을 가지고 온 걸 보면."

"누구냐!"

"네 이놈!"

다다다다닥.

순간 주위에 앉아 있던 사내들이 삽시간에 일어났다. 그러고는 말을 하지 않았는데도 사내의 주변을 감싸기 시작했다.

그럼에도 사내는 여전히 여유로웠다.

"무슨 일이냐!"

세 명의 단주와 문주가 사내 앞으로 걸어왔다.

사내, 광휘는 그런 그들을 한 명씩 눈여겨보다 여인에게서 멈췄다.

"당신이 비연 단주인가?"

"누구죠?"

사내는 무뚝뚝한 표정으로 말했다.

"장씨세가 호위무사."

"……!"

순간 놀란 표정의 조화룡이 비연 쪽을 바라보았다.

싸늘히 눈을 뜬 비연 단주가 말했다.

"당신이군요, 우리 일을 방해했던 자가."

"방해라……. 하긴 너희들 입장에선 방해일 수도 있지."

광휘는 의자 등받이에 몸을 기대고는 말했다.

"물으러 왔다. 운수산에 대체 뭐가 있는 거지?"

"……."

잠시 침묵이 일었다.

그 뒤, 불쾌한 표정의 유호길이 소리쳤다.

"내 당장 이 녀석의 목을……."

스윽.

순간 조화룡이 손을 들었다. 그러고는 비연 단주를 바라보며 사태를 관망하기 시작했다.

비연 단주는 그 모습을 힐끔 보다 말했다.

"여기가 어딘지는 알고 오셨나요?"

"보다시피."

그녀가 재차 말했다.

"그럼 지금 자신의 처지가 어떤지도 알고 계시겠군요?"

광휘는 잠시 입을 닫고는 주위를 슥 둘러보았다. 칼을 꺼낸 수십 명의 무사들이 언제든 달려들 기세로 자신을 노려보고 있었다.

"뭔가 착각하고 있군."

스으윽.

쓰고 온 죽립을 천천히 탁자 위로 내렸다.

"난 흥정을 하러 온 게 아니다. 말로 안 되면……."

광휘는 탁자 옆에 비스듬히 세워놓은 구마도와 괴구검을 잡고 일어섰다. 그러고는 다시금 주위를 에워싼 사내들을 바라보며 말을 이었다.

"다 쓸어버리려고 온 것이야."

*   *   *

객잔 안은 숨죽인 듯 고요해졌다.

몸 전체를 덮어버릴 것 같은 도(刀).

괴이한 자루에 비스듬히 꺾여 있는 검(劍).

두 칼을 든 광휘의 모습은 바라만 보고 있어도 몸을 움츠리게 만들었다.

"흡!"

"읏!"

비단 표정뿐만이 아니다.

광휘와 시선이 마주친 사내들 사이에서는 옅은 신음이 새어 나왔다.

가슴을 짓누를 정도의 살기.

삽시간에 객잔 안을 얼어붙게 만들었다.

"껄껄껄."

그때 터져 나온 갑작스러운 웃음소리가 사람들의 이목을 집 중시켰다.

문주 조화룡의 노골적인 비웃음이었다.

"시국(時局)이 혼란스러워서 그런가……. 참 대단한 분이 이곳 을 찾아왔구려."

그는 비연 단주를 향해 시선을 돌리며 잠시 그녀를 응시했 다. 그러다 천천히 인상을 구겼다.

"적당히 혼쭐을 낸 뒤 내 발치에 무릎을 꿇리게. 기고만장한 것도 어느 정도가 있지… 쯧쯧쯧."

그 말을 남기고 그는 뒤돌아섰다. 본래 있던 자리로 되돌아 가기 위해서였다.

저벅저벅.

그렇게 그가 사람들을 지나쳐 일 층 계단쯤 당도했을 때였다.

쉬이이이잉.

등 뒤에서 바람 소리가 들리자 그는 본능적으로 몸을 뒤틀 었다.

그 순간.

콰직!

"……!"

조화룡은 그 자리에서 굳어 버렸다. 몸통을 뒤덮을 만한 거대한 도 한 자루가 자신을 스쳐 지나가더니 옆쪽 기둥을 뚫어 버린 것이다.

"아……."

그는 사시나무처럼 떨며 조금 전 자신이 있던 곳을 주시했다. 그곳엔 광휘가 입꼬리를 올린 채 서 있었다.

"가라고 허락한 적 없다."

그 말을 하곤 조금 전 구마도를 던진 자세에서 편안한 자세로 돌아왔다.

"죽여!"

스캉. 챙챙챙챙!

누군가 소리치자 광휘를 에워싼 사내들이 기다렸다는 듯 검을 빼 들었다.

쇄애액. 새액!

그리고 그중 가장 먼저 접근한 좌우측 두 사내가 검을 휘둘렀다.

스슥.

상대가 검을 빼 드는 모습을 보면서도 광휘는 그 자세를 유지했다. 그러다 검이 거의 몸에 닿을 때쯤에 두 팔을 교차하며 뒤로 물러섰다.

"엇!"

"헉!"

광휘를 지나친 두 검은 갑자기 기이한 인력(引力)에 끌려들었다. 그러고는 시야에 가려져 있던 반대편, 서로에게 검을 찔러 넣었다.

풀썩.

그들은 그길로 바닥에 쓰러졌다.

"하아아앗!"

이번엔 좌우측에서 달려들었다.

'모두 여섯.'

숫자를 가늠하던 광휘는 앞에 있는 탁자를 발로 찼다.

팟.

탁자가 위로 솟구치자 그는 곧장 검을 세운 뒤 자리에서 도약했다.

타타탓. 타탓.

그사이 무사 여섯 역시 광휘의 움직임을 따라 자리를 박차며 도약했다. 광휘는 재빨리 공중에 떠오른 탁자를 반으로 벴다. 객잔 안의 여섯 인영이 솟구쳐 오르는 찰나, 갈라진 탁자가 좌우로 떨어지며 광휘를 가렸다. 하나, 시야가 가려졌음에도 그의 눈빛은 더욱 또렷해졌다.

'어깨, 팔목, 허리, 무릎, 어깨, 허리.'

그렇게 서로의 높이가 일치점이 될 때였다.

패애애액!

번쩍임과 함께 탁자를 뚫고 광휘의 검이 원형으로 회전했다.

"커억!"

"컥!"

창졸간, 뻗어 나온 검이 반으로 갈라진 탁자를 뚫고 휘몰아쳤다. 공격하려던 사내 여섯은 뭐가 어떻게 된 건지 영문도 모르는 얼굴로 신음을 흘렸다.

철푸덕. 터억. 퍼억.

"커어억!"

"커억!"

자세가 무너지며 여섯은 지면에 닿자마자 뒤로 나뒹굴었다.

처억.

그들과 함께 광휘가 사뿐히 땅을 밟았다.

쇄애액. 쇄액. 쉭. 쉬익. 쇄액!

이번엔 기회를 잡고 있었던 무사들이 떼를 지어 덤벼들었다. 몇 개가 아닌 무려 십수 개의 칼날이 광휘를 향해 찔러 들어온 것이다. 광휘 역시 가만히 있지 않았다.

타탓.

찔러오는 세 개의 검을 기묘한 동작으로 피하고.

캉!

휘두르는 네 개의 검을 일시에 막으며.

픽!

가까이에 있는 적을 주먹으로.

퍼어억! 퍼억!

그리고 두 다리로 앞의 사내들을 후려쳐 날려 버렸다.

쇄액! 쇄애액! 챙! 챙!

그사이 칼이 더욱 빗발치자 광휘의 구분 동작도 사라졌다. 회피와 공격을 동시에, 공격과 방어를 섞어 그 사이를 헤집으며 상대하고 있었다. 그러다 종국엔 눈으로 좇지 못할 정도로 신형(身形)이 빨라졌다.

'저것이 대체⋯⋯.'

사태를 주시하던 비연의 얼굴이 창백함을 넘어 점점 어두워졌다.

눈부시게 빠르다. 뿐만 아니라 매섭기까지 하다. 그는 단지 움직임으로 거의 모든 공격을 막아내고 있었다. 등 뒤에서 찔러오는 검은 아예 쳐다보지도 않았다. 검의 궤적을 파악하고 예측하는 것을 넘어서, 그가 원하는 방향으로 움직이고 있었다.

'저건 초식이 아냐. 그는 단지 피하고, 막고, 찌르기만 하고 있을 뿐이야. 그런데 저런 게 가능할 수가⋯⋯.'

내기(內氣)를 사용하는 것도 아니다. 그렇다고 현란하거나 맹렬한 초식도 없다. 그저 단순히 피하고 막을 뿐인데, 그런데도 누구도 그의 몸을 건드리지 못하고 있었다. 단지 차이점이라면 그가 공격과 방어를 모두 한 번의 움직임으로 펼쳐 낸다는 것뿐.

쇄애애액.

상념에서 빠져나오는 순간이었다. 한 명씩 날려 버리던 광휘가 창졸간, 맹렬하게 검을 휘두르기 시작했다.

쨍그랑. 쨍그랑. 쨍그랑.

일선에서 주위를 메우던 사내들이 검을 놓치며 전부 뒤로 밀려났다. 아직 쓰러지지 않은 자들 십여 명이 서 있었지만 광휘가 내뿜는 위압감에 더는 다가서지 못했다.

"형편없는 것들! 물러서라!"

재차 격돌을 이어가려던 무사들 사이로 한 중년인이 목소리를 높이며 몇 발짝 걸어 나왔다. 보다 못한 유호길이 나선 것이다. 그의 등장으로, 남아 있던 무사들 모두가 뒤로 물러섰다. 문파를 대표하는 고수가 나섰기 때문이다.

"소위건을 눕혔다는 소문이 있더니 과연······."

스으윽.

어느 지점에서 멈춘 그가 검 자루를 잡자 일순 긴장감이 치솟았다.

하나, 그런 와중에도 광휘는 여전히 편안한 자세로 그를 맞이하고 있었다.

유호길은 반쯤 감은 눈으로 광휘를 지그시 응시했다.

"······."

한 번의 호흡.

"······."

또 한 번의 호흡.

"······."

그리고 이어지는 한 호흡의 어느 지점.

타아앗.

순간 유호길이 어떤 사전 동작 없이 그대로 광휘를 향해 짓쳐 들어갔다.

　상황을 지켜보던 사람들이 그의 몸에 환영이 보인다고 느낄 만큼 빨랐다.

　그사이 광휘는 다리를 어깨너비만큼 벌린 자세로 그를 여전히 바라보고 있었다.

　'보폭의 길이는 한 자.'

　짧은 보폭은 주로 초식을 쓰기 위한 동작.

　'검신의 길이는 삼 척.'

　보통의 검보다 검신이 짧은 것은 빠른 검술, 즉 쾌검(快劍)이라는 의미이며.

　'상대의 시선은 어깨 아래.'

　적의 시선이 몸의 형태를 본다면 찌르기보다 베기를 위주로 한 검술을 주로 사용하는 것이다.

　'파고든다!'

　광휘는 결단을 내렸다, 그를 향해 똑같이 달려 나갈 것을.

　패애애액.

　"하!"

　움직임이 좁혀지는 그때, 유호길의 손아귀에 힘이 들어갔다. 상대보다 더 빨리 검을 뽑았고, 더욱이 빠른 검술에는 자신이 있었기 때문이다.

　캉!

　"……!"

가차 없이 휘두른 유호길의 검이 막히자 그의 눈에는 당혹감이 스쳐 지나갔다.

그러나 그는 곧장 그 이유를 깨달았다. 상대가 검신을 아래로 잡았기에 자신의 칼을 막을 수 있었던 것을.

'그렇다 하더라도……'

너무나 쉽게 자신의 칼을 막은 것은 이해할 수 없는 부분이었다.

그리고 그 잠깐의 망설임.

광휘는 여전히 움직이고 있었다.

탁.

왼쪽 팔꿈치로 그의 팔목을 치는 일 타(一打).

부욱.

잡고 있던 오른손의 검 자루로 그의 배를 찌르는 이 타(二打).

퍼억!

다시 왼손으로 그의 복부를 향해 주먹을 찔러 넣는 삼 타(三打).

광휘는 세 번의 동작을 삽시간에 펼쳐 보였다.

"커허업!"

유호길은 맥없이 바닥을 나뒹굴며 주르륵 밀려 나가다가 객잔 외벽에 부딪혔다. 그러고는 몸을 바르르 떨어대다 천천히 멈췄다.

"하앗!"

쇄액.

그때 기회를 엿보던 단주 우문휘가 공중에서 나타나며 검을 수직으로 내리그었다. 광휘는 떨어지는 검신을 포착, 괴구검으로 살짝 쳐냈다.

캉!

우문휘의 검의 궤적이 수직에서 사선으로 변화했다. 그리고 바닥을 찍는 순간.

휘익.

광휘는 몸을 뒤틀고는 곧장 돌려차기로 상대의 얼굴을 날려버렸다.

휘그르릉.

안면을 강타당한 우문휘의 몸은 공중을 한 바퀴 도는 묘기를 부리며 바닥에 엎어졌다.

역시나 유호길과 비슷하게 몸을 떨어댔다.

타탓.

광휘는 동작을 멈추지 않았다.

비연 단주와의 거리는 두 장.

삽시간에 거리를 좁힌 뒤 곧장 검을 뽑었다.

휘릭.

그 순간 그녀의 뒤에서 한 인영이 튀어나와 검을 뻗었다.

'변초!'

고개를 살짝 움직여 피하려던 광휘가 급히 뒤로 물러섰다. 그의 예상대로, 찌르는 듯하던 검이 변하며 옆으로 베어왔다.

휘릭.

여인의 모습을 주시하던 광휘는 검 자루를 한 바퀴 돌렸다.

보통의 검처럼 칼날이 위로 오게 잡은 것이다.

피이이이잉.

기괴한 소리를 뿜어내던 광휘의 검이 비연의 호위무사, 흑선의 검과 재차 부딪치려는 순간.

"대화로!"

비연 단주의 외침과 함께 일시에 모든 것이 멈춰 버렸다.

"……."

주위에 정적이 찾아들었다. 그리고 지켜보던 무사들의 시선은 제각기 두 곳으로 흩어졌다. 광휘의 칼은 비연 단주의 목을 겨누고 있었고, 그녀의 호위무사 흑선은 광휘의 목을 겨누고 있었다.

비긴 것이다.

"대화로… 풀죠."

비연은 사색이 된 얼굴로 말했다.

광휘는 여전히 그녀를 바라보고 검을 겨누고 있었다.

그러던 그때.

'뭐, 뭐지?'

광휘를 노려보고 있던 흑선의 눈빛이 흔들렸다. 그러다 손목에서 뭔가 가벼운 느낌이 들자 자신의 검신을 바라봤다.

"……!"

스르륵.

그 순간 흑선이 눈을 부릅떴다. 점점 균열이 생기기 시작한 검신의 한 면이 천천히 떨어져 나가고 있었다.

쨍그랑.

떨어진 검날의 소리는 생생할 정도로 모두의 귓가를 파고들었다.

지켜보던 무사들의 표정이 경악으로 물들었다.

'말도 안 돼…….'

더욱 경악한 흑선은 부릅뜬 눈으로 광휘를 바라봤다. 분명 그는 자신의 검과 부딪치는 것을 피하고 곧장 비연을 향해 검을 휘둘렀다. 한데, 실은 자신의 검에 맞닿고 지나간 것이다.

검을 검으로 자른다.

말도 안 되는, 있을 수 없는 일이다.

그런 검초나 검법은 생전 본 적도, 들은 적도 없었다. 아니, 백번 양보하더라도 적어도 작은 반발력이라도 있어야 했다. 하지만 흑선은 그런 느낌을 전혀 받지 못했다. 무려 내력까지 실어 공격한 검을.

"좋은 판단이었다."

철컥.

광휘는 괴구검을 회수했다.

검이 검집에 맞물려 내는 쇳소리는 그들에겐 어느 소리보다 서늘하게 들렸다.

＊　　＊　　＊

드르르륵.

객잔 안, 벽 사이에 간이문을 세워놓은 곳으로 점소이가 들어왔다.

쪼르르륵.

그 뒤, 탁자를 끼고 서로 마주 보고 있는 광휘와 비연 사이에 선 뒤 찻잔에 차를 조심히 따랐다.

점소이의 등 뒤, 간이문에는 수복부귀(壽福富貴)라는 글자가 문양으로 도안되어 있었다. 장수와 복, 부유함과 신분이 높기를 바라는 뜻이다. 보통 문에는 이런 상서로운 의미를 담아 문자를 새겨 넣는다.

"감사하다는 말씀을 먼저 드려야겠네요."

점소이가 나가자 비연이 먼저 말을 꺼냈다.

그녀는 장내에 있는 모두를, 자신의 호위무사인 흑선까지 물린 뒤에 광휘와 독대를 청했다.

"무슨 의미인가?"

광휘가 모호한 표정으로 바라보자 그녀가 재차 말을 이었다.

"최대한 살생을 피하려고 하셨잖아요?"

광휘는 시선을 들었다. 비연을 한참 동안 바라본 그는 담담히 말을 받았다.

"딱히 피할 생각은 없었다."

광휘의 말에 그녀가 흠칫했다.

단순한 경고만이 아니었던가. 쓸어버리겠다는 건 정말 모두를 죽일 생각이었던가.

그라면 충분히 가능했을 것이다. 흑선의 검을 잘라 버린 그 무위(武威)는 절정의 경지 혹은 그 이상이었으니까.

"운수산에 뭐가 있는지 궁금하신 건가요?"

비연이 화제를 돌렸다.

광휘는 여전히 대답 없이 그녀를 응시하고 있었다.

"미안하지만 그건 알려 드릴 수가 없네요."

비연의 말에도 광휘의 표정은 변하지 않았다. 하지만 비연은
문득 소름이 돋는 것을 느꼈다.

"농을 하려는 건 아니에요! 저희도 알려 드리고 싶어요. 그러
지 않으면 당신에게 모두 죽을 테니까."

"……."

"그런데 말을 해버리면 그들에게 죽을 테니 결국엔 마찬가지
예요. 그래서 고민했어요. 어느 쪽이 무서운가. 결론은 후자라
고 판단한 거죠."

비연은 거기서 가늘게 한숨을 내쉬었다. 조금 전 쭈욱 돋았
던 소름이 천천히 가라앉는 것을 느끼며.

"팽가에서 당신이 어떤 활약을 했는지 들었어요. 오늘 무위
도 충분히 보았고요. 하지만 팽가는 명가예요. 강하죠. 당신이
생각한 것보다 훨씬 더 말이에요."

"……."

"단적인 예로, 정사지간을 대표하는 우리 화월문도 그들에게
감히 비견될 수 없어요. 그러니 알려 드릴 수……."

"알려달라는 말은 한 적 없다. 짐작하고 왔으니까."

광휘의 말에 비연은 당황했다. 의문이 든 것이다. 짐작하고

왔다니? 그게 무슨 말인가.

"정말로 그곳에 폭굉이 있는가?"

"아!"

비연은 눈을 부릅떴다. 믿을 수 없는 광경을 본 사람처럼 눈동자가 심하게 떨리고 있었다.

"들을 필요는 없을 것 같군."

드르르륵.

광휘가 곧장 일어섰다.

"잠깐만요."

그녀의 부름에, 곧장 몸을 돌릴 것 같던 광휘가 멈췄다.

"당신이 어떻게 그걸 안 건지 모르지만… 지금 당신이 얼마나 위험한 일에 관여하고 있는지 알고 계시나요?"

"……."

"결코 맞설 수 없는 적이에요. 팽가뿐만 아니라……."

"그 뒤에 맹이 있다고 말하고 싶은 건가?"

"……!"

비연은 또다시 눈을 부릅떴다. 대체 어느 정도까지, 그리고 어디까지 알고 있단 말인가.

광휘가 재차 뒤돌아서며 문밖으로 나서려 하자 비연이 외쳤다.

"당신은 한 달도 못 버텨. 아니, 며칠도 못 버틸 거야. 운수산을 진작 포기했으면 여기까지 오지도 않았잖아! 이젠 당신의 괜한 호기 때문에 모두가 죽게 될 거라고!"

멈칫.

광휘가 천천히 뒤돌아섰다. 그러고는 입꼬리를 조금 올린, 미묘한 표정으로 그녀를 바라보았다.

"흠."

"왜 그런 표정을 짓는 거죠?"

비연이 내심 뜨끔해하며 물었다.

"어째 오해를 좀 했던 것 같군."

"오해……?"

"당신은 그들과는 조금 다르다는 걸."

입을 연 광휘는 자신의 말에 비연이 살짝 머뭇거리는 것을 확인했다. 거기서 그는 다시 물었다.

"하나 묻지. 싸우지 않으면 살 수 있나?"

"……"

비연은 말하지 못했다.

"우리가 싸우지 않고 물러서면… 삼백 명이 넘는 목숨을 살려 보내줄까?"

"……"

비연은 역시 말하지 못했다. 그건 자신의 결정이 아니었다. 그들의 판단인 것이다. 그리고 불행하게도 그들의 판단은 결코 긍정적으로 흐르지 않을 것이다.

"비연 단주, 모두가 죽는다고 했나?"

광휘가 비연을 응시하며 말했다.

"당신이 어떻게 생각하든 나는 지난 칠 년간 이런 말도 안 되는 싸움만을 해왔다."

"……"

"이건 내겐 아주 익숙한 싸움이라는 거다."

第十二章

광희의 도발

팽오운은 명상에 잠긴 듯 눈을 감고 있었다.

늘 그렇듯 그의 방 안엔 간격을 맞춘 검과 도와 창이 놓여 있었다. 이전과 다른 점이라면 칼날 끝이 모두 그를 향하고 있다는 것이다. 그 모습이, 보고만 있어도 매우 살벌하게 느껴질 정도였다.

스으으윽.

어느 순간 팽오운이 손을 뻗었다. 그리고 그 자세를 유지하며 움직이지 않았다.

꽤 시간이 흘렀다. 감긴 팽오운의 눈꺼풀이 미묘하게 흔들릴 때쯤이었다.

드르르르륵.

방 안에 진열해 놓은 칼들이 조금씩 흔들리기 시작했다. 그러다 어느 순간 눈에 띄게 요동쳤다.

드륵. 드륵. 드르르륵.

반 각 동안 그렇게 흔들리던 칼들은 그가 손을 내리자마자 다시금 멈췄다.

"후우우우."

팽오운은 크게 숨을 내쉬었다. 그러고는 입꼬리를 올리며 짤막히 읊조렸다.

"거의 다 왔는가."

기를 통제하는 것.

드디어 완숙의 경지까지 도달한 것이다.

"접니다, 사형."

드륵.

그때 한 사내가 문을 벌컥 열며 들어왔다. 문을 등지고 있던 팽오운이 천천히 눈을 떴다. 뒤돌아보지 않는 건, 굳이 보지 않아도 누군지 짐작하고 있기 때문이었다.

"흐으음."

방으로 들어선 팽가운은 한 곳에 눈이 갔다. 그는 좌측 벽면에 진열된 도신(刀身)을 유심히 바라보다 입을 열었다.

"설마 기를 통제하는 경지까지 오르신 겁니까?"

"……"

"놀랍습니다. 이젠 팽가가 아니라 중원에서도 사형과 맞설 사람이 없을 겁니다."

"묻고 싶은 건 묻고, 말하고 싶은 건 말하고 가거라."

쌀쌀맞은 대답이 들려오자 팽가운은 머쓱한 표정을 지었다.

잠시 뒤, 그는 팽오운 맞은편으로 걸어가 자리에 앉았다.

"방금 재밌는 소문을 듣고 오는 길입니다."

"소문?"

"예. 팽가 전체가 한 사내에게 고전을 면치 못했다는 소문이지요."

팽오운이 묵묵히 침묵을 지키자 팽가운은 다시 말을 이었다.

"팽도린(彭道鱗)과 팽군위(彭群偉)… 아, 아니지. 호철과 호군이 그 사내 한 명에게 당했다지요?"

이번에도 팽오운의 표정엔 여전히 변화가 없었다.

하나, 팽가운은 그 모습을 믿지 않았다.

"제가 어떻게 알았는지 궁금하지 않습니까?"

팽가운은 진열된 병기 쪽으로 시선을 돌린 뒤 말했다.

"이번 일을 꾸민 자가 일 장로라는 것을 알고 있습니다. 그가 제게 인정하는 모습도 보였고요. 그런 와중에 오늘 연무장에서 왠지 어딘가 불편한 자들을 보았습니다."

"……."

"호철과 호군은 대사형을 따르는 사람들 아닙니까? 대사형이 일 장로를 따르는 것처럼 말이지요."

"말하고 싶은 것이 뭐냐?"

팽오운이 처음으로 불쾌한 표정을 드러냈다.

"일 장로의 계획은 무엇입니까?"

"……."

"무슨 계획을 들었기에 같은 팽가 식솔의 피까지 묻힌 것입니까? 이는 정도의 길을 걷는 자로선 해선 안 되는 짓이 아닙니까?"

"난 모르는 일이다."

팽오운이 고개를 돌리자 팽가운은 그를 더욱 다그치듯 말했다.

"특수한 벽력탄을 이용해 중원이라도 삼키자는 겁니까? 아니면 거대한 업적을 남겨 팽가의 가주라도 되어 보겠다는 생각인 겁니까?"

"모르는 일이라고 하지 않았느냐!"

팽오운이 소리치며 그를 향해 강렬한 시선을 쏘아댔다.

팽가운 역시 기세에 밀리지 않으려는지 시선을 회피하지 않았다.

두 눈빛이 허공에서 얽혀 들어갔다.

그렇게 한동안 말하지 않고 서로만을 응시했다.

"할 말 다 했으면 나가거라."

드르륵.

정적을 깬 팽오운이 자리에서 일어섰다.

"사형은 저를 너무 못 미더워하시는 것 같습니다. 하긴, 생각해 보면 우린 그런 운명일 수밖에 없는 관계지요."

드르륵.

뒤이어 팽가운이 자리에서 일어섰다.

"알겠습니다. 다들 숨기니 제가 직접 알아보는 수밖에 없겠군요."

그러고는 뒤돌아서다 뭔가 할 말이 있는지 잠시 자리를 서성이고는 나직이 말을 이었다.

"꽁꽁 숨기셔야 할 것입니다. 왠지 제가 알게 되면……."

팽가운은 등을 보인 팽오운을 싸늘한 시선으로 바라보며 말을 이었다.

"피바람이 불 것 같아서 하는 말입니다."

그 말을 남기고 그는 방문을 나섰다.

이마의 주름이 깊어진 팽오운은 조용히 눈을 감았다.

✳　　　✳　　　✳

팽가의 중정.

중원을 대표하는 무가답게 정오가 다가오는 시각인데도 수련이 한창이었다.

"하나!"

"핫!"

"둘!"

"하핫!"

중정을 중심으로 각기 떨어져 있는 네 개의 연무장.

그곳에선 교관의 구령 소리에 맞춰 무인들이 소리를 지르고 있었다. 중정의 북쪽, 두 연무장에서는 창법과 검법을 수련하지만 거기에 주안점을 두지는 않는다. 실질적으로는 남쪽, 권법과 도법이 팽가의 주력 무공이기 때문이다.

"오셨소이까?"

팽인호가 정자 사이로 모습을 드러내자 자리에 앉아 있던 사람들이 일제히 일어섰다.

그중 서열이 제일 높은 이 장로 팽이윤(彭李潤)이 가장 먼저 말을 건넸다.

"좀 어떻습니까?"

"염려할 정도는 아니네."

팽인호는 사람들의 인사를 받다 문득 스쳐 가는 인물을 상기했다.

"오늘 대공자께서는 참석하시지 않으셨는가?"

"아침에 잠시 들른 후 가셨습니다."

"그렇구면."

팽인호는 고개를 끄덕이며 재차 주위를 바라보았다.

그는 인사가 뜸했던 삼 장로, 만(曼) 각주, 당주 세 명과 눈을 맞춘 뒤 자리에 앉았다.

"어제 온종일 가주의 병간호를 직접 하셨다는 소식을 들었습니다. 좀 어떠십니까?"

옆에 앉아 있던 팽이윤은 팽인호의 안색을 살피며 말을 건넸다.

"아직 위독하시오. 제가 더 신경을 써야지요."

"장로께서 참 고생이 많으십니다."

팽이윤은 그를 걱정스러운 눈길로 바라보더니 갑자기 인상을 쓰기 시작했다.

"참으로 몹쓸 놈들입니다. 본 가를 모독한 것을 넘어 없던 죄를 뒤집어씌우려 하다니요. 내 마음 같아선 당장 본 가의 무인들을 이끌고 장씨세가의 목을 날려 버리고 싶습니다."

"그럴 가치도 없소. 변변한 무사도 없는 곳이니."

그러자 이번엔 당주들이 목소리를 높였다.

"간교한 놈들입니다. 그걸 오히려 수단으로 삼아 강호의 명문대파가 모인 자리에서 우리를 핍박하지 않았습니까."

"그렇습니다. 그날 그 자리에 없었던 것이 원통할 따름입니다. 어찌 본 가가 그런 망신을 당했는지!"

그 뒤로도 저마다 한마디씩 거들었다. 참고 있던 감정이 쏟아진 것이다.

팽인호가 그들의 불만을 담담히 듣다가 문득 고개를 돌렸다. 그러다 누군가 중정 안으로 들어오는 모습을 확인하고는 의자에서 일어났다.

"오셨습니까."

"오셨습니까, 공자."

팽오운이 정자 위로 올라오자 모두들 일어나 예의를 차렸다.

짧게 고개를 끄덕인 팽오운은 팽인호의 지척까지 다가가 속삭였다.

"할 말이 있소."

"큼큼."

그들은 정자를 받치고 있는 기둥 쪽으로 이동했다.

"무슨 일입니까?"

팽인호가 슬며시 운을 뗐다.

"대공자에게 어디까지 말을 한 거요?"

"……"

팽인호는 시선을 들어 팽오운을 바라봤다. 노여운 기색을 확인한 그는 팽오운이 뭔가를 알았음을 직감하고 조용히 입을 열었다.

"죄송하게 되었습니다. 집요하게 물어보는데 거절만 할 수 있어야지요."

"어디까지 얘기한 거냐고 물었소."

팽오운이 목에 힘을 주자 팽인호는 곧장 대답했다.

"운수산에 있는 것이 석회석과 석염이라 말했습니다. 그걸로 특수한 벽력탄을 만들 수 있다는 것도요."

"일 장로!"

노기가 섞인 목소리로 팽오운이 말했다. 다른 사람에겐 들리지 않을 낮은 목소리였지만 그의 분노는 고스란히 전해져 왔다.

"걱정하지 마십시오. 그 정도 정보로는 아무것도 얻을 수 없습니다. 그리고 대공자가 어느 정도 알고 있어야 일이 더 수월해집니다."

"수월해진다?"

"예."

팽인호가 잠시 숨을 고르다 말을 이었다.

"대공자 역시 어리석은 사람은 아닙니다. 무엇보다 그는 본 가의 가장 지체 높은 사람 중 하나 아닙니까."

"음."

"그저 꽁꽁 숨기기만 하는 것이 해결책이 아닙니다. 어떻게든 그도 알아내게 될 테니까요. 그럴 경우 예측 못 한 방향으로 그가 움직이게 되면 자칫 우리 일을 망칠 수 있습니다. 그럴 바에야 차라리 예상 범위 안에서 움직이게 하는 것이 더 나으리라 여겼습니다."

"…적당한 정보만 주어서 그를 관리한다라."

팽오운은 천천히 고개를 끄덕였다. 확실히, 자신은 모사가가 아니지만 이런 방향이 더 안전할 것 같다는 생각이 들긴 했다.

'하나……'

팽오운의 머릿속에 의문이 스쳐 갈 때쯤 팽인호가 입을 열었다.

"물론 그는 저희를 불신하고 있습니다. 하지만 그것 역시 저희에겐 중요한 것입니다. 방향만 정해둘 수 있다면, 그가 우리를 의심하는 것 역시 우리에게 도움이 될 것입니다."

"…확실히 하시오. 그대는 나와 이미 한배를 탄 몸이오."

"물론입니다."

팽오운의 냉랭한 말을 팽인호는 가볍게 웃어넘기고 연무장 주위를 둘러보았다. 늘 그렇듯 구호 소리와 함께 수련을 하고 있는 팽가의 사내들이 눈에 들어왔다.

"나중에 봅시다."

팽오운은 팽인호에게 말을 내뱉고는 정자 위를 한 번 쳐다봤다. 그리고 다시 몸을 돌리려 할 때쯤이었다.

끼이이익.

그때 남쪽에서 바닥이 긁히는 소리와 함께 남문이 열렸다.

그 모습에 팽오운의 시선이 그곳으로 고정됐다.

"저자는……."

팽인호가 당황하며 목소리를 흘렸다. 그 문으로 낯익은 사내가 걸어 들어오는 것을 보았기 때문이다.

그를 알아본 주변의 시선도 다르지 않았다.

눈엣가시같이 거슬렸던 사내.

문제를 더 크게 일으킨 장본인.

장씨세가 호위무사, 광휘가 나타난 것이다.

저벅저벅.

광휘가 남쪽 두 개의 연무장 사이로 거침없이 걸음을 옮겼다.

팽가의 무인들이 수련을 멈추고 그를 노려봤다. 하나같이 적대적인 표정인 데다 살기를 띤 사내들도 몇몇 있었다.

하나, 광휘는 그런 시선을 무시하며 담담히 걸어갔다.

잠시 뒤, 대부분의 사람들 사이를 지나쳐 정자 앞까지 당도했다.

스윽.

"기다려라."

교관 한 명이 허리춤에 찬 칼자루를 잡자 팽인호가 손으로 제지했다. 그는 정자 옆 기둥에 선 채 흥미로운 눈길로 말없이 아래를 바라봤다.

처억.

실로 엄숙한 고요함 속에 광휘가 정자 계단 앞에서 걸음을 멈췄다. 그러고는 슬쩍 고개를 들어 정자에 있는 인물들을 눈에 담았다.

"익숙한 얼굴도 있으니 얘기하기가 편하겠군."

노려보는 팽인호 장로.

감정을 내비치지 않는 팽오운 공자.

광휘는 그들을 주시하더니 천천히 말을 이었다.

"할 말이 있어 왔다."

광휘의 목소리는 북쪽 연무장에 있는 팽가 무인들 모두가 똑똑히 들을 정도로 컸다.

"허허허허."

지켜보던 팽인호가 웃음을 터뜨렸다.

하지만 팽가의 무인들은 그 웃음이 진실한 웃음이 아니란 것을 모두 다 알고 있었다.

뚝.

날카롭게 웃던 팽인호가 입을 닫았다. 그러고는 눈초리를 가늘게 뜨며 말했다.

"대체 여긴 어떻게 들어왔나?"

"석가장도 들어왔는데 내가 못 들어올 리 없지 않나?"

"대단한 자신감이군."

팽인호는 고개를 절레절레 젓더니 재차 말을 이었다.

"본 가에 허락도 없이, 그것도 본 가의 독문무공을 수련하고 있는 자리에 들어왔으니……."

"……."

"죽을 준비도 하고 왔겠지?"

"그건 생각지 못했군."

"허허허."

한마디도 지지 않는다.

그 도발이 팽인호를 더는 웃지 못하게 만들었다.

"납득할 수 있는 수준을 넘어서니 그저 헛웃음밖에 나오지 않는구먼. 대체 너는 무슨 생각으로……."

"아직 웃을 일이 더 남았다."

팽인호의 표정이 점점 굳어지던 그때, 광휘는 입꼬리를 올리며 말을 이었다.

"폭굉이란 말, 들어본 적 있나?"

"……!"

팽인호는 안면이 떨릴 정도로 감정을 드러냈다. 그건 팽오운역시 마찬가지였다. 놀라움이 드러날 정도로 그의 표정도 변해있었다.

"이번에도 웃을 줄 알았는데… 내가 잘못 짚었나 보군."

스윽.

광휘는 죽립을 쓰고 다시금 뒤돌아섰다. 그러고는 남문을 향해 천천히 걸어갔다.

처억.

하지만 몇 걸음 걷지 못했다. 어느새 한 장정이 연무장 밑으로 내려와 길을 막고 있었던 것이다.

"감히 여기가 어디라고 왔느냐?"

광휘는 고개를 슬쩍 든 뒤 사내의 얼굴을 확인했다. 권법을 익혔는지 몸에 병기는 없었다.

"이런 건방진!"

광휘가 말없이 시선을 내리자 그의 눈꼬리가 치솟았다. 상대가 자기를 무시했다고 여겼는지 그는 광휘를 향해 맹렬히 달려들었다.

탁.

보통 사내의 두 배에 달하는 장정의 주먹이 광휘의 얼굴을 스칠 무렵.

철퍼덕!

사내의 시야에 갑자기 하늘이 나타났다 뭔가 꺼지는가 싶더니 맨바닥에 그대로 고꾸라졌다. 그리고 바닥에 눕고 나서야 상대가 자신의 다리를 걷어차 버렸다는 걸 깨달았다.

저벅저벅.

그에게 눈길도 주지 않은 광휘는 다시금 걷기 시작했다.

하지만 또다시 멈출 수밖에 없었다. 사내 셋이 앞을 막아선 것이다.

'두 명은 도, 한 명은 권법.'

사내들의 행색을 한 번 훑은 광휘는 이번엔 그들을 향해 걸어갔다. 너무나 평온하게 다가오는 모습을 본 사내들은 잠시 당황했다. 그러다 이내 결정을 내린 듯 재빨리 달려들었다.

패애애액!

가장 앞선 장정이 도를 거침없이 휘둘렀다.

"컥!"

바닥에 내치는 도의 궤적을 읽고 피한 광휘가 그의 다리를 걷어찼다.

휘그르릉.

중심을 잃은 장정의 몸은 공중을 한 바퀴 돈 후 바닥에 처박혔다.

"하아앗!"

광휘가 옆으로 비켜선 모습을 확인한 두 번째 사내는 자루를 잡고 칼을 꺼냈다.

"윽!"

하지만 그는 뻗지도 못하고 맥없이 뒤로 주욱 밀려났다. 도를 휘두르기 위해 왼발을 뻗다 상대의 발길질에 그대로 엎어진 것이다.

"하앗!"

하나, 다른 자들과 달리 권법을 쓰는 사내의 공격은 완벽해 보였다. 광휘가 두 번째 사내를 발로 찰 때 이미 그의 공격이 들어왔던 것이다.

쩌억!

"으악!"

둔탁한 소리와 함께 마지막 사내는 손을 잡고 데굴데굴 굴렀다. 광휘가 똑같이 주먹을 휘둘렀고, 주먹끼리 부딪친 그가 힘에서 밀려 나가떨어진 것이다.

탁. 탁. 탁. 탁.

순간 광휘의 눈이 가늘어졌다. 어느새 연무장 위에 있던 팽가의 무인 전원이 주위를 에워싸고 있었다.

저벅저벅.

그때였다. 주위를 에워싼 장정들 사이로 독특한 복장의 사내들이 걸어 나왔다.

광휘는 그들을 보며 말했다.

"교두(敎頭)들인가."

총 여덟 명.

팽가의 무공을 가르치는 스승들이 모습을 드러낸 것이다.

휘릭.

광휘는 죽립을 바닥에 던졌다. 그러고는 다시금 주위를 둘러보다 한 곳에 시선을 고정했다.

"익숙한 장면이군. 익숙한 눈빛도 있고."

우측에서 도를 들고 있는 교두 둘을 가리킨 것이다.

그에게 지목받은 두 교두는 말을 하지 않았지만 그들의 눈빛에 조금 당황한 기색이 보였다.

'설마?'

두 사람은 장씨세가의 습격 때 석가장의 인물로 위장하고 광휘와 맞닥뜨렸던 호군, 호철이었다.

분명히 복면으로 얼굴을 숨겼었는데, 광휘란 자는 마치 다 알고 있다는 듯이 그들을 집요하게 노려보고 있는 것이다.

　'조금 까다롭겠군.'

　주위를 감싼 여덟 명의 교두.

　우측의 두 명은 도(刀).

　좌측 둘은 장창(長槍).

　정면의 사내 둘은 검(劍).

　뒤쪽은 권(拳)을 쓰는 것으로 추측되는 교두 둘이 서 있었다.

　스르릉.

　광휘는 괴구검을 천천히 빼 들었다. 동시에 자세를 조금 낮춘 후 모두에게 들릴 목소리로 말했다.

　"역시 말이 필요 없나?"

　타타타탓.

　일시에 교두들 모두가 달려들었다. 광휘는 좌우측을 살피더니 곧장 몸을 뒤틀었다. 권사(拳士) 둘을 먼저 상대하기 위함이었다.

　휘이익. 휘이익.

　권사들은 빠르게 좌우로 갈라섰다.

　타탓.

　그중 한 명을 눈여겨본 광휘는 권사와의 거리를 삽시간에 좁혔다.

　슈슉!

　곧장 검을 휘두르려고 하던 그때! 생각지도 못한 순간에 기다란 장창이 그의 등 뒤에서 찔러 들어왔다.

'진법인가.'

잘 짜여진, 훈련된 움직임.

처음 그들이 선 위치를 보건대, 힘을 합치는 합진(合陣)일 것이다.

'내가 늦다.'

광휘는 어렵다고 판단, 장창이 없는 곳으로 재차 몸을 뒤틀었다. 그 순간, 이번에는 날렵한 도신이 허리 쪽에서 짓쳐들어왔다.

캉!

광휘는 가슴 언저리에서 상대의 도신을 막았다. 그리고 짧은 사이 등 뒤로 찔러 오는 두 번째 교두의 창을 튕겨냈다.

파팟.

기회를 놓치지 않은 교두 두 명이 연속해서 무기를 휘둘렀다.

광휘가 앞으로 빠지자 또다시 앞쪽에서 두 개의 검이, 다른 쪽에서 창이 광휘를 향해 날아왔다.

캉! 캉! 캉!

찰나의 순간, 검신을 위로 세운 광휘가 공중제비를 하며 세 개의 칼날을 쳐냈다.

하나, 그건 시작에 불과했다. 기회를 잡았다고 생각한 교두들이 득달같이 달려들었다.

캉! 캉! 캉! 캉! 캉!

광휘의 검 놀림과 동작이 갑자기 빨라졌다.

하지만 그들의 움직임 역시 그에 맞게 더욱 정교해지며 간결해졌다.

'도. 도를 쓰는 자부터 처리해야 한다.'

여섯 개의 칼날이 짓쳐 오는 와중에 광휘는 생각했다.

여덟 명의 교두 중 가장 무공이 강한 자들이다. 그들을 먼저 쓰러뜨려야만 이 맹공에서 벗어날 수 있다.

캉! 캉!

'기회!'

장창과 검을 동시에 쳐낸 광휘가 기회를 포착해 달려들었다.

그 순간 뭔가를 알아차린 교두들이 일시에 물러섰다. 본능적으로 광휘는 주위를 훑다가 이내 그들이 무엇을 위해 움직였는지 깨달았다. 아니, 늦게 깨달았다. 이미 좌측과 우측에서 도약한 권사 둘이 괴이한 동작을 취하고 있었던 것이다.

"건곤신장(乾坤神掌)!"

"……!"

그들의 손바닥에서 아지랑이가 이는 순간, 눈으로는 보이지 않는 맹렬한 기운이 뻗어 나왔다.

기(氣)가, 권기(拳氣)가 발힌된 것이다.

콰아앙!

강렬한 기운이 광휘를 향해 쏟아지며 바닥의 모래들이 치솟았다. 땅이 진동하는 듯 울림이 일었고, 자욱한 연기가 주위를 뒤덮었다.

"끝났군요."

긴장감을 늦추지 않던 팽인호가 그제야 맘 편히 웃었다. 광휘를 상대하던 자들은 팽가를 대표하는 팔대 교두다. 오히려 지금까지 버틴 것이 대단한 것이다.

"시체는 장씨세가에 보내줘야……."

"아직이오."

"예?"

팽인호가 고개를 갸웃거리며 팽오운을 쳐다봤다.

팽오운은 여전히 굳은 표정으로 폭발이 일었던 곳을 바라보고 있었다.

스르르르.

그리고 연기가 걷힐 때쯤 팽인호가 떨리는 음성으로 말했다.

"어떻게……."

광휘는 여전히 그 자리에 있었다. 뭔가가 가슴을 할퀴고 간 것처럼 옷이 찢어져 있었지만 전혀 타격을 받은 모습이 아니었다.

팽인호는 경악했다. 권기였다.

인간의 힘을 벗어난, 그 거대한 힘을 맞고도 살아남은 것이다.

"짜증 나는군."

광휘는 반쯤 찢어진 옷을 내려다보더니 고개를 저었다.

잠시 뒤, 등 뒤로 손을 뻗어 무언가를 잡았다. 그러고는 등 뒤에 있던 거대한 도신을 앞으로 내렸다.

처억.

구마도가 그들의 앞에 드디어 모습을 드러낸 것이다.

'대체 저건······.'

팽오운의 표정이 점점 어두워졌다. 생긴 것도, 어떻게 쓸지도 짐작되지 않는 괴이한 것을 가지고 뭘 하겠다는 건가.

처억.

그사이 광휘는 구마도를 왼손으로 잡고 천천히 들었다. 그 뒤 모두에게 들리는 목소리로 말했다.

"이제 제대로 한번 해보지."

＊　　　＊　　　＊

패애애애액.

광휘가 가장 먼저 달려간 쪽은 장창을 들고 있는 교두였다.

'빨라!'

그는 동료 쪽으로 몸을 틀다 너무나 빨리 접근하는 광휘 때문에 할 수 없이 도약할 수밖에 없었다.

광휘는 그대로 따라 뛰었다.

'틈이 보이질 않아!'

온몸을 가린 거대한 구마도에, 창을 든 교두는 어려워했다.

다행히 그의 눈에 희망의 빛이 떠올랐다. 어느 순간 두 명의 교두가 광휘의 지척까지 다가왔던 것이다.

광휘가 빠른 눈빛으로 주위를 훑었다.

공중으로 떠오른 자들은 모두 세 명.

앞쪽의 장창, 위쪽의 도, 옆쪽의 검.

휘릭.

적들을 가늠한 광휘는 괴구검의 검 자루에 손목을 집어넣어 돌렸다.

패액!

돌아가던 검 자루 한 면을 잡고 위로 찌르기 일 초(一招).

패애액!

또다시 한쪽 면을 돌려 뒤로 찌르기 이 초(二招).

피이이익!

마지막 장창을 든 사내에게 휘두른 삼 초(三招)가 그들의 몸을 삽시간에 베어 버렸다. 그러고는 본래의 방향으로 되돌아갔다.

철퍼덕. 퍼억. 픽.

그들은 광휘의 검이 훑고 지나간 그 자세 그대로 바닥에 고꾸라졌다.

쉬이잉!

광휘가 발을 딛는 찰나, 도신이 그림같이 옆을 베어왔다.

캉!

하나, 광휘는 구마도로 도신을 날려 버리고선…….

패애액.

그대로 베었다.

스으으으—

삽시간에 네 명이 쓰러지자 일순간 적막감이 스며들었다. 아직 건재한 네 명의 교두들은 상식을 벗어난 광휘의 무위에 더는 접근하지 않았다. 뭐가 뭔지 이해하기도 힘들 정도로 괴이한 검술에 겁을 집어먹은 것이다.

광휘는 남은 교두들을 향해 검을 세웠다. 달려 나가려던 그는 이전과 다른 불길한 느낌을 받았다.

휘릭.

광휘는 본능적으로 구마도를 세우고는 괴구검을 잡은 손으로 그것을 받쳐 들었다.

그 순간.

괴이이이잉.

뭔가가 도신을 두드리며 괴이한 울음소리를 냈다. 그리고 엄청난 힘에 광휘의 신형이 일 장이나 주룩 밀렸다.

"악!"

그때 갑자기 한쪽에서 비명 소리가 들렸다.

팽가의 무인 두 명이 피를 흘리고 쓰러졌다.

멈칫.

공격한 뒤 달려 나가려던 팽오운이 걸음을 멈췄다. 그리고 경악한 눈으로 광휘를 바라봤다.

"어떻게 막은 거지?"

분명 도기를 발출했다. 그런데 상대가 튕겨내 버린 것이다. 광휘는 구마도를 잡고는 자리에서 일어섰다.

"명가라는 간판을 내건 자들이 암습을 좋아하는군."

"이놈!"

팽오운은 눈을 부릅떴다.

그 모습을 본 광휘가 입꼬리를 올렸다.

"검기는 보이지 않는 것이지만, 그 역시 사람이 통제하는 것이다. 그럼 이처럼 흘려 버릴 수도 있는 것이지."

"이… 이……."

팽오운의 표정이 일그러졌다. 그리고 그와 동시에 머릿속에 한 단어가 스쳐 지나갔다.

사량발천근(四兩撥千斤).

무당의 태극권 구결 중 하나인 이 무공은 작은 힘으로 큰 힘을 제압하는 수법이다. 맞설 수 없는 강함은 회피하고, 상대의 힘을 이용해 역으로 돌려 버리거나 작은 힘으로 제압해 버리는, 태극권의 정수가 스며든 무공이었다.

한데, 그것을 광휘는 구마도를 이용해 검기라는 절정의 수법을 상대로 펼쳐내 보였다.

'저놈을 반드시 이 자리에서 죽여야 한다.'

팽오운은 느꼈다.

검기를 막아내는 괴이한 도와 상식을 벗어난 무위.

지금 죽이지 않으면 먼 훗날, 자신들의 계획을 방해할지도 모르는 자였다.

우-우-우웅-

팽오운이 다시 기를 도신에 담았다. 그러고는 광휘를 향해 점점 거리를 좁혔다.

"이게 무슨 짓들이오!"

그때였다. 북문을 통해 누군가의 호통 섞인 목소리가 정자 안을 수놓았다.

＊　　　＊　　　＊

팽가운의 등장으로 중정의 분위기는 다른 국면으로 접어들었다.

쓰러져 있는 팽가의 무인들. 그리고 그들 속에 있는 광휘가 보였다.

팽가운은 광휘 쪽으로 다가가 말했다.

"당신은 왜……? 어떻게 여길 온 것이오?"

"할 말이 있어서 왔소."

"할 말? 그게 무슨 말이오?"

그때였다.

"이놈! 허락 없이 본 가의 중정에 쳐들어와 놓고는 살기를 바라는가!"

팽가운은 정자 쪽에 있는 팽인호를 바라봤다. 그리고 다시금 광휘에게로 고개를 돌리자 때마침 그가 입을 열었다.

"먼저 공격했으니 대응했을 뿐."

"뭐라?"

그 말에 팽가운은 교두들을 바라보았다. 네 명은 쓰러져 신음을 흘리고 있었고, 네 명은 당황한 표정으로 서 있었다.

"너희가 먼저 공격했느냐?"

네 명의 교두들은 말이 없었다.

팽가운은 다시 물었다.

"너희가 먼저 공격을 했는지 묻질 않느냐!"

그들은 다들 입을 닫았다. 대신 행동으로 보였다. 고개를 숙인 것이다. 이에 팽가운이 그들을 향해 외쳤다.

"대체 무슨 짓인가! 설마 한 사람을 다수로 핍박한 것이냐! 언제부터 팽가가 이토록 도리도 모르는 무뢰배들이 되었나!"

그는 진심으로 분노하고 있었다. 눈까지 시뻘겋게 달아오른 팽가운의 얼굴을 보고 광휘는 눈에 이채를 띠었다.

"대공자! 선후가 바뀌었습니다! 저자는 허락 없이 본 가 무인들이 수련하는 중에 들어왔습니다!"

팽가운이 물으려는 순간 팽인호가 목청을 높이며 광휘를 향해 손가락질했다.

"그도 검을 잡은 무인이라면! 무가 가문의 독문무공을 수련하는 자리를 엿보거나 침입하는 것이 얼마나 무례한 짓인지 알고 있을 터! 먼저 도리를 어긴 자를 벌하는 것이 어찌 도리에 어긋난다는 말씀입니까!"

"…사실인가?"

팽가운의 적의가 이번에는 광휘를 향해 쏘아졌다. 광휘는 물끄러미 그를 보다가 입꼬리를 올렸다.

"…자넨 정말 모르는 건가?"

"몰라? 내가 무엇을!"

광휘는 고개를 저으며 말했다.

"알면서도 모른 체한다면 그것 역시 불행한 것일 테고, 정말이 계획을 모른다면 팽가를 대표하는 소가주로서 무능한 것이 겠지."

"……!"

팽가운은 순간 얼어붙었다. 그저 딴소리하듯 흘려낸 광휘의 말에 섬뜩한 느낌을 받은 것이다.

"지금 무슨 말을……."

"날 보내줄 건가, 아니면……."

광휘는 더 이상 팽가운을 보지 않고 고개를 돌렸다. 그가 묻는 상대는 팽오운과 팽인호였다.

"내가 이 자리에서 알고 있는 것을 모두 털어놓을까?"

"…가라."

"공자!"

대답한 것은 팽오운이었다. 그리고 그 뒤 격하게 반발한 것은 팽인호였다.

"지금 무슨 말을 하는 겁니까. 저자를 여기서 보내주면……."

"아까 말했던 계획, 지금도 유효하다면."

팽오운은 광휘를 쏘아보는 채로 말했다. 물론 그가 말하고 있는 대상은 팽인호였다.

"지금 이게 오히려 팽가에 좋을 수도 있는 것이지."

"음."

"대체 무슨 소리들을 하고 있는 거요!"

팽가운은 이해할 수 없는 대화들로 인해 미칠 것만 같았다.

스윽.

그사이 광휘는 한쪽에 떨어진 죽립을 집어 들며 말했다.

"내가 너희에게 전하고 싶은 말은 단 하나다. 잘 듣거라, 팽가의 무인들."

그러고는 백여 명에 가까운 장정들의 시선을 담담히 마주하며 말을 이었다.

"내가 너희 모두를 막진 못할 것이다!"

"……."

"하나, 너희 중 누구도!"

광휘는 정자 쪽으로 시선을 돌린 뒤 팽오운을 노려보며 말을 이었다.

"날 막진 못할 것이야!"

*   *   *

팽가가 보이는 십 층 누각.

그곳에서 한 노인이 뭔가를 눈에 대고 어딘가를 바라보고 있었다.

"어떻게 진행되고 있습니까."

후개는 눈을 껌뻑거리며 능시걸을 향해 물었다. 그는 개방 최고의 기물이라는 만리경(萬里鏡)으로 팽가의 상황을 확인하고 있었다.

"끝난 것 같다."

"저도, 저도 좀 보여주십쇼."

능시걸이 만리경을 내려놓자 후개가 급히 들었다. 그러고는 잠시 뒤 내렸다.

"정말 끝났군요."

"……."

"그러게 미리 좀 건네주시지 그러셨습니까. 싸우는 장면은 보고 싶었는데……."

"이걸로 봐도 잘 안 보여. 거리가 거리니만큼 광휘의 도만 살짝 보인다."

"하긴 그건 그렇습니다."

후개는 인정하는 듯 머리를 끄덕였다. 하지만 아쉬움은 쉽사리 떨치지 못했다.

방주가 그리 극찬했던 사내이지 않은가.

"한데, 왜 잡지 않았을까요?"

후개가 물었다.

"말로 잘 구슬렸겠지."

"말로 구슬릴 수 있는 겁니까? 다른 곳도 아니고 팽가의 연무장에 허락도 없이 침입했는데 말입니다. 거기다 팽가운이 오지 않았더라면 그냥 넘어가지 않았을 텐데요."

"그 정도는 알고 있었겠지."

실실 웃으며 말하는 방주를 본 백효는 그제야 깨달았다.

팽가운이 연무장에 도착한 시기.

방주가 그 정보를 광휘에게 흘렸다는 것을.

하지만 의문은 또 있었다.

"한데, 방주님, 광휘란 분이 왜 저토록 무모한 행동을 하셨을까요?"

"명색이 후개라는 녀석이… 쯧쯧쯧."

능시걸이 인상을 쓰며 말했다. 후개는 헤헤거리며 머리를 긁적였다.

"주목을 받으려는 게야."

"주목을요?"

"모든 칼날을 자신에게 향하게 하는 게지."

"……?"

후개가 눈을 끔뻑이자 능시걸은 또다시 혀를 차며 말을 이었다.

"장씨세가는 고수가 너무나 없어. 그렇기에 저들이 고수를 보내면 일거에 쓸려 버리지. 하니, 주목을 받아 적들을 혼자 상대하려는 거야."

"그건… 너무 위험한 것 아닙니까?"

"그런 전장을 살아온 분이야."

후개는 그제야 이해가 되었다, 광휘의 행동이.

"그럼 제가 소문을 좀 내봐야겠습니다."

"무슨 소문?"

"광 호위의 공식적인 강호 출두가 아니겠습니까. 그리고 광 호위의 무위를 장씨세가 사람들이 알게 되면 기뻐할 테고요."

"그거 좋구나."

"먼저 일어나겠습니다."

후개는 웃으며 일어났다.

능시걸은 새하얀 하늘을 보며 조용히 읊조렸다.

"선전포고는 확실히 하셨습니다. 하나, 이제부터 시작입니다. 긴 전쟁이 말이지요."

第十三章

심팔나한승

째앵째앵.

이른 아침.

노천은 뒷짐을 진 채 대로를 어슬렁어슬렁 걷고 있었다.

편안한 아침이었다.

어제 내준 안락한 침상하며 그윽한 조명하며, 창가에 비치는 경관마저 아름다웠다.

"거지 녀석들과 하도 부대껴 살다 보니 몰랐는데… 여기가 진정 천국이구먼."

노천은 실실 웃어댔다.

세속을 등지고 거지 굴에서 지내기를 십수 년. 오래도록 독만 파다가 간만에 강호로 들어왔는데 생각보다 기분이 괜찮았다. 아니, 사실은 매우 좋았다.

"아냐. 큰일 날 소리!"

일순간 그는 고개를 세차게 흔들었다. 중정의 일과 거지들에게 넌지시 전해 들은 소문을 기억해 낸 것이다.

"적당한 시간을 봐서 내빼야 하거늘. 여긴 사람 살 곳이 아니지, 암."

순간 그는 급히 입을 틀어막으며 주위를 두리번거렸다. 누가 들었을까 염려가 된 것이다.

다행히 아무도 없는 것을 확인하고는 다시 느긋한 자세를 취하며 걸어갔다.

제법 길을 따라 걸었을까.

"호오, 여긴 어디인고?"

굵은 대나무들이 전각을 둘러싼 곳에서 그는 걸음을 멈췄다.

"요상하게 지어진 건물일세."

방비를 위해 지어진 건물인데 크기가 보통 큰 것이 아니었다.

치이이잉!

"응? 안에서 무슨 소리가 들리는 것 같은데?"

그는 한동안 주변을 돌나 궁금증을 잠지 못하고 조심히 안으로 들어섰다.

*   *   *

털썩.

"난 그만하겠소."

연무장 위에서 헉헉대던 곡전풍이 그대로 자리에 주저앉았다.

"나도 포기요."

황진수도 더는 못 버티겠다는 표정으로 바닥에 주저앉았다. 둘은 바닥에 앉았음에도 숨이 찬 듯 여전히 헉헉거렸다.

아침부터 두 시진째.

그들은 이처럼 수련만 주야장천 하고 있었다.

"능 형은 멈출 생각이 없는가 보오."

곡전풍은 연무장 뒤쪽을 슬쩍 보며 입을 열었다.

황진수는 대수롭지 않게 말했다.

"능 형은 명문 제자 출신이 아니오."

"하긴, 명문이란 자긍심이 무거운 만큼 책임감도 요구되긴 하오."

둘은 한동안 능자진의 훈련을 지켜보았다. 그러다 곡전풍은 뭔가 생각이 났는지 황진수를 향해 물었다.

"그런데 황 대협은 언제 이곳을 뜰 것이오?"

"……?"

"소문 듣지 않았소. 자칫 잘못하면 장씨세가가 팽가와 격돌할 수 있소."

그 말에 황진수는 머리를 긁적이며 말했다.

"아직은 때가 아니라 생각하오."

"그렇소? 나와는 생각이 다르구려."

"설마… 가시려고?"

"우선 살고 봐야 하지 않겠소."

그 말에 황진수가 눈을 찌푸렸다.

"사람 그렇게 안 봤는데 매우 실망이구려. 자칫 장씨세가가 큰 위기에 빠질 수 있는 상황에 그냥 가시려는 게요?"

"상대가 어느 정도여야지 말이오. 형장은 팽가와 싸워서 어떻게 이기리라 보시오? 가는 게 맞소."

"우린 정도를 걷는 자요. 어찌 그런 나약한……. 하긴, 뭐 그럴 수도 있겠소. 돈이 중요하다고 온 자이니."

황진수의 말에 곡전풍의 눈썹이 휘어졌다. 곧바로 쏘아붙이려던 그는 순간 뭔가 생각이 났는지 눈을 가늘게 뜨며 말했다.

"아, 알겠구려. 황 대협이 왜 그렇게 나오는지. 장씨세가를 못 떠나는 건 선금을 너무 많이 받았기 때문이지요?"

"무, 무슨 소리요, 그게!"

"몇 달 치 선금을 받을 때부터 내 알아보았소. 이왕 이렇게 된 거 솔직히 얘기해 보시오. 얼마나 받은 것이오? 얼마나 받았기에 명문 세가라는 팽가 앞에서도 이토록 한 치의 흔들림도 없을 수 있는 게요?"

"이 사람이 진짜!"

"다들 조용히 하지 못하겠느냐!"

그때 뒤쪽에서 능자진의 고함 소리가 들렸다.

순간 서로 멱살을 잡던 곡전풍과 황진수가 얼어붙은 듯 동작을 멈췄다.

조금 뒤, 서로 잡고 있던 옷깃을 슬머시 놓고는 무안한 듯 옷을 툭툭 털어 댔다.

"큼큼. 그나저나 능 형, 적당히 하고 갑시다. 벌써 몇 시진째요?"

곡전풍은 애써 표정 관리를 하며 능자진을 향해 말했다.

"맞습니다. 그러다 탈이라도 나면 어쩌시려고 그러십니까? 요즘 장씨세가 분위기도 좋은 게 아니잖습니까?"

황진수도 거들었다. 좀처럼 훈련을 멈추지 않는 그의 모습이 답답했기 때문이다.

수련을 하던 능자진이 동작을 멈췄다.

"먼저들 가거라. 아직 해야 할 것이 남았다."

그는 그 말을 끝으로 다시금 검을 휘두르기 시작했다.

"이거 참……."

황진수는 못 말리겠다는 듯 고개를 저었다.

"내가 보기엔 글렀소. 그냥 우리끼리 아침 식사나 하러 갑시다."

"그러시구려."

금세 앙금이 사라졌는지 곡전풍과 황진수는 화기애애한 모습으로 입구 쪽을 향했다.

그렇게 몇 걸음 걷지 않던 그들이 멈칫했다. 문 앞에 얼굴을 빼꼼 내밀고 자신들을 보고 있는 노인을 발견한 것이다.

"큼큼."

노천은 그제야 아주 자연스럽게 들어온 듯이 모습을 보이고는 기침을 했다.

"혹시 의원이십니까?"

노천의 모습이 심상치 않음을 가장 먼저 알아차린 곡전풍이 다가와 말했다.

"그렇네."

"아, 곡전풍이라 합니다."

황진수도 뒤따라와 포권했다.

"황진수입니다."

서로 간단한 예를 차린 후 노천이 질문했다.

"수련 중이었는가?"

"예, 그렇습니다."

노천의 고개가 연무장 위로 향했다. 인기척을 보였음에도 능자진은 여전히 수련에 몰두하고 있었다.

"뭔가 열심이군."

곡전풍이 슬쩍 뒤돌아 능자진을 바라본 뒤 말했다.

"어르신은 식사하러 안 가십니까?"

"조금 전에 먹었네."

"아, 그럼 저흰 식사를 하러 먼저 가보겠습니다."

"그러게."

그들은 노천과 인사를 나눈 후 사라졌다.

노천은 다시 고개를 들어 연무장 위를 바라보았다. 그 와중에도 능자진은 여전히 수련에 몰두하고 있었다.

'화산파인가.'

노천은 능자진의 검초를 몇 번의 동작만으로 알아차렸다.

사실 누구나 봐도 알아차릴 정도였다. 보폭 한 번에 저토록 현란하게 변화하는 검법은 화산파밖에 없었다.

'그나저나 내가 있다는 걸 알았는데도 독문무공을 펼치고 있다니⋯⋯.'

노천은 그 부분이 조금 의아했다.

아래에서 인기척이 들렸는데도 그는 계속 수련에 빠져 있었다. 마치 아무나 봐도 상관없다는 듯이.

휙. 휙. 휘리리릭.

"호오⋯⋯."

노천은 능자진의 움직임을 보며 짧게 탄성을 질렀다. 그러고는 팔짱을 낀 채 능자진을 주시했다.

그렇게 이각쯤 흘렀을 때였다.

"헉. 헉. 헉."

검을 멈춘 능자진이 숨을 깊게 몰아쉬었다. 모든 힘을 쏟아 냈는지 이마에 흐른 땀이 바닥에 뚝뚝 떨어질 정도였다.

"후우우. 후우우."

몇 번의 호흡을 몰아쉰 그가 드디어 검을 회수했다. 그러고는 그제야 연무장 밑으로 내려와 포권했다.

"능자진입니다."

"노천이네."

짧게 나눈 한마디.

그걸로 끝이었다.

능자진은 더는 말을 나눌 생각이 없는지 노천을 지나쳐 문

쪽으로 걸어갔다.

"화산파 독문무공을 아무에게나 보여줘도 상관없는가?"

그때 그를 부르는 노천의 질문.

능자진이 걸음을 멈추며 대답했다.

"어차피 제대로 된 경지에 오르지도 못했습니다."

능자진은 그 말을 남기고는 다시금 걸었다.

하나, 이번에도 노천이 그를 붙잡았다.

"쯧쯧쯧. 자기 무공에 그리 자신감이 없어서야. 하긴, 타고난 재능이 없다면 노력만이 살길이지."

멈칫.

능자진이 걸음을 멈추며 뒤돌아섰다. 이전과 달리 불쾌한 표정이 역력했다.

"듣기와는 달리 상당히 무례하신 분이군요."

"사실을 말하는 게 무례라면 그렇겠지."

능자진은 별 답을 하지 않았다.

잠시 침묵을 지킨 그가 입을 열었다.

"어르신 말이 맞습니다. 저는 자신감이 없고 재능도 없으니 이렇게 노력하는 겁니다."

"허. 이제 보니 속이 아주 밴댕이로구나. 아니면 귓구멍이 틀어 막힌 건가?"

빠득.

능자진의 표정이 급격하게 일그러졌다.

"초면에 너무 큰 무례가 아닙니까?"

"그게 사실인 걸 어쩌겠나."

능자진은 그를 노려보았다.

노천이 여전히 당당하게 바라보자 그는 큰 인내심을 발휘하며 말했다.

"장씨세가에서 여러 가지 일을 하셨다고 들었습니다. 해서 오늘은 다른 사람들의 얼굴을 보아 참겠습니다."

능자진은 뒤돌아섰다. 조금 전 뭔가 알 것 같던 심득을 이 노인 때문에 망치고 싶지 않았다.

"내공(內功)이 없기 때문이다, 멍청아."

"······!"

능자진이 멈췄다. 그리고 느릿한 동작으로 고개를 돌려 노천을 바라보았다. 그와 눈이 마주친 노천이 말을 이었다.

"검술은 매우 안정적이야. 아니, 네 나이를 생각하면 상당하다고 할 수 있지. 하지만 그것 때문에 눈앞에 막힌 벽이 다른 자들과는 다른 게지. 그게 바로 내공이야. 네 초식을 끝까지 받쳐줄 몸속의 힘, 즉 내공이 너무나 부족해."

"······."

"깨달음이 내공 증진을 해준다는 말이 있지? 그건 반은 맞고 반은 틀려. 사람마다 특징이 있고 깨달음도 다르거든. 네놈 경우에는 심득을 괴이하게 이해했어. 그로 인해 내공 증진이 없었고, 결국 실력을 다 발휘하지 못하게 된 게야. 쉽게 말해 부조화지."

그 말에 능자진의 눈빛이 흔들렸다.

틀린 말이 아니었다. 아니, 가슴을 파고들 정도로 너무나 정확한 말이었다. 좀 더 민첩하게 움직이고 싶은데 몸이 따라주지 않고 있었다. 그렇기에 이렇게 미치도록 수련을 하는 것이 아닌가.

"하면… 방법이 없겠습니까?"

능자진은 자신도 모르는 사이에 질문해 버리고 말았다.

"물론 있지."

"그것이 무엇입니까?"

어느새 진지한 표정으로 변한 능자진이 물어왔다.

"내가 제조한 독을 먹으면 돼."

"독?"

능자진의 미간이 꿈틀댔다.

그러고는 다시 물었다.

"혹시 영약을 잘못 말씀하신 게 아닙니까?"

"독."

노천은 다시금 정확하게 말해주었다.

"어르신!"

능자진은 순간 기가 막히고 화가 나 소리쳤다.

그런데 거기서 오히려 노천이 성을 냈다.

"이런 망할 놈이! 독이 애초에 뭔지도 모르는 놈이 말 듣기도 전에 겁부터 집어먹어? 노력하는 모습이 가여워 뭔가 하나 해주려고 했거늘!"

"……!"

능자진은 흠칫했다. 분명 자신이 틀린 것이 아닌데, 따지는 것이 당연한데 이 순간 노천의 강렬한 기세에 압도되고 만 것이다.

"독과 영약은 한 끗 차이다! 몸에 좋은 약도 과하면 독이 되고, 몸에 좋지 않은 독도 적당하면 영약이 되는 거다! 어릴 때 과하게 녹용(鹿茸)을 써서 머리에 열이 올라 바보가 되었다거나, 신경통이 벌 독침에 쏘이고 씻은 듯이 나았다거나 하는 이야기! 들어본 적 있느냐, 없느냐!"

"……."

"멍청한 놈. 아는 것도 없는 강호의 잡졸 따위가 내 인생을 걸었던 독을 평가해! 그래! 집어치워라! 더 말할 것도 없다!"

노천이 상대할 가치도 없다는 듯 소리쳤다. 그 뒤 능자진보다 더 빠른 걸음으로 정문 쪽으로 걸어갔다.

풀썩!

그 순간 능자진이 무릎을 찍으며 바닥에 꿇었다.

"부탁드립니다. 가르침을 내려주십시오!"

노천이 멈칫하며 걸음을 천천히 늦추었다. 그리고 걸음이 완전히 멎었을 때 뒤를 돌아보았다.

"처음엔 말입니다……."

능자진은 뭔가를 생각하는지 잠시 뜸을 들였다. 그러다 더욱 고개를 숙이며 입을 열었다.

"처음엔 석가장 일만 끝내고 가려고 했습니다. 힘이 없는 장씨세가가 위기에 빠졌다는 얘길 들었기에 정도를 걷는 자로서 가만히 두고 볼 수 없었기 때문입니다. 한데……."

"……."

"한데, 싸움 중에 제가 한 일은 너무나 적었습니다. 광 호위란 자는 능히 백 인의 무사가 할 일을 해냈고, 방각 대사와 묵객은 적진에 들어가 모두를 제압했는데, 저는 그저 석가장의 일개 무사만 처리하는 데 급급했습니다."

능자진은 고개를 들어 노천의 눈과 마주했다.

"저는 그때 알았습니다, 제 힘 따위는 너무나 보잘것없다는 것을. 그들과 비교하면 전 아무런 도움도 되지 못할 것이란 걸 말입니다."

능자진의 목소리는 점점 메어갔다.

"그래서 강해지고 싶었습니다. 수련 중 내공이 부족한 걸 알았지만 어떻게 쌓을지 몰랐습니다. 도통 노력해도 내공을 쌓을 수 있는 방법을 찾을 수 없었습니다."

그만큼 노력했지만 자신도 알고 있었다, 단시간에 실력이 오르는 건 불가능한 일임을.

"무릎을 꿇는 저를 자존심도 없다고 욕하셔도 상관없습니다. 협(俠)을 시켜야 하는데 도움이 되지 못하는 것만큼 비참한 것이 어디 있겠습니까."

메어가던 목소리는 점점 울먹임으로 변했다.

"먹겠습니다. 독이면 어떻고 그보다 더한 것이면 어떻습니까. 저의 부족함을 단번에 알아차린 것만으로도 어르신을 믿고 따를 이유는 충분합니다."

능자진을 내려다보는 노천.

무표정하게 바라보던 그는 잠시 다른 곳으로 시선을 돌렸다.

'협이라……'

노천의 눈에 이채가 서렸다.

협(俠).

듣기만 해도 가슴이 뛰는 말이다. 정의, 용기, 신의, 명분이라는 멋진 단어가 모여 있는 것이지 않은가.

"칠십오 년이다, 이놈아."

"……?"

노천은 싱글싱글 악동 같은 미소를 지으며 자애로운 목소리로 말했다.

"그 세월 동안 독을 다뤄왔다. 칠백세 가지 독의 극성을 알고, 삼백예순 가지 독을 중화시킬 줄 안다. 그중 다섯 가지 독은 서로 섞으면 사람의 잠력을 극도로 끌어올려 주지. 말하자면……"

노천은 거기서 거만한 웃음을 흘렸다.

"내공을 올리는 건 아주 쉽다는 말이다."

'뭐, 아직은 실험 중인 방향이지만.'

그는 속내를 목구멍으로 삼켰다.

*   *   *

툭툭.

장련은 이불을 힘차게 털고 있었다. 며칠 동안 누워 있느라 미처 방을 치우지 못한 탓이었다. 원래 이런 일은 시녀가 도맡아 하지만 오늘은 그녀가 직접 나섰다. 이런 것들이 몸을 회복하는 데 좋다는 노천의 말 때문이었다.

"날씨는 여전히 춥구나."

잠시 열어놓은 창문을 바라보며 장련이 말했다. 몸을 움츠린 그녀는 재빨리 이불을 정리한 뒤 창가 쪽으로 다가섰다.

슥슥슥.

물을 적신 천을 들고서 이번엔 창틀을 닦기 시작했다.

"아가씨, 명호입니다."

"잠시만요."

때마침 문밖에서 목소리가 들리자 장련은 급히 화장대 앞으로 다가가 차림새를 점검했다. 그러고는 문을 열어줬다.

"아, 일어나 계셨습니까?"

문 앞에 선 명호가 멈칫했다. 장련이 이렇게 직접 문 앞까지 마중 나올 줄 몰랐기 때문이다.

"오늘따라 몸이 좋네요."

장련이 어깨를 들썩이며 말했다.

명호가 보기에도 혈색이 눈에 띄게 안정되어 있었다.

"아, 그렇지!"

명호가 방 안으로 들어왔을 때쯤 장련이 손뼉을 치며 말했다.

"그간 제가 너무 정신이 없어서 그 의원분의 존함도 여쭙지 못했어요."

"······."

"어디에 계시죠? 이왕 말 나온 김에 지금 찾아가 봐야겠어요. 몸도 괜찮아졌으니 정식으로 감사하다는 말씀도 드릴 겸해서요."

명호는 잠시 눈을 끔뻑였다. 그러다 몸이 괜찮다는 그녀의 말을 되새기고는 급히 고개를 저었다.

"아하핫. 굳이 그럴 필요까진 없습니다. 그분은 어떤 대가를 바라고 선의를 베푼 것이 아니니까요."

"그래도······."

"정말입니다. 그리고 감사하단 말을 하다 괜히 의심을 받을 수 있습니다. 예전에 누군가 감사의 의미로 사례를 내민 적이 있었는데 진정성을 의심받았다고 생각했는지 매우 성을 내셨습니다."

"아, 정말요?"

장련은 명호의 말에 왠지 모르게 겁을 집어먹었다.

치료 중에 자신에게 한 말이나 행동이 가볍지 않았다. 그러니 문득 그럴지도 모른다는 생각이 들었던 것이다.

"해서 말입니다."

명호는 장련을 슬쩍 곁눈질하며 말을 이었다.

"당분간 그 어르신 앞에서는 몸이 좋아졌다는 말을 아껴주셨으면 합니다."

"네? 며칠 전보다 몸이 많이 나아진 것 같은데요?"

장련이 고개를 갸웃거리며 물었다.

"모르시겠지만 아가씨의 몸엔 독의 잔가지가 여전히 남아 있습니다. 극독이니만큼 몸이 좋아졌다고 방심해서는 안 되지요. 적어도 반년, 그 정도는 추이를 지켜봐야 합니다."

"반년씩이나······."

잠시 생각하던 장련은 고개를 젓고 눈을 들었다.

"대협, 사실은 뭔가 다른 의중이 있으신 거지요?"

"예?"

"제가 당한 독이 보통 독이 아니라는 것을 들었어요. 그런데 그 의원분이 손을 대신 지 한 식경 만에 차도를 보였다는 것도. 혹시 그분을 저희 세가에 머물게 하고 싶으신 건가요?"

"쩝!"

명호는 입맛을 다셨다. 우회적으로 말을 돌리긴 했는데 너무 눈에 보였다 생각했기 때문이다.

"독에 관한 한 천하제일이라 불리는 분입니다. 그분이 이곳에 있다면 장씨세가에 큰 도움이 될 것입니다. 그러니까 제 말은······."

"훗. 알겠어요. 그럼 제가 아픈 척하면 되는 거죠?"

장련이 의미를 짐작했다는 듯 활짝 웃으며 말했다.

"···그렇습니다."

명호가 솔직히 속내를 털어놓자 장련은 고개를 끄덕였다.

"그런데요, 제 호위무사님께서는 어디 계시나요? 며칠 전부터 보이지 않던데요."

"일이 있어 잠시 내원을 비웠습니다. 곧 돌아오실 겁니다."

"그래요?"

장련은 뭔가 아쉬운 듯이 말했지만 이내 표정이 밝아졌다.

"그런데 대협께서는 무슨 일로 여기 오셨나요?"

"아, 깜빡했군요. 그것 때문에 이곳에 온 것인데."

명호는 아차 하며 말을 이었다. 이곳에 들른 건 그것과는 다른, 보다 더 중요한 일 때문이었다.

"일단 밖으로 나오시겠습니까?"

"예?"

"직접 보셔야 얘기하기 편할 것 같아서요."

*   *   *

"비키시오."

"앞을 막지 말라니까!"

힘깨나 쓸 법한 장정들이 커다란 봇짐을 메고 내원을 빠져나가고 있었다. 모두 허리춤에는 칼을 차고 있었는데 장씨세가 사람들이 아니었다. 바로 어제까지만 해도 장씨세가를 지켜주던 구룡표국 무인들이었던 것이다.

"저분들이 가면 앞으로 우린 어떻게 되는 거지?"

"이러다가 모두 죽는 거 아냐?"

"무슨 방법이 있겠지."

장씨세가 사람들은 외원 밖으로 빠져나가는 사람들을 보며 근심 어린 표정을 짓고 있었다.

몇몇은 일하다가 소문을 듣고 나왔는지 짚이나 약초 같은 것들을 어깨에 이고 있었다.

"여기서 뭐 하는 짓들이냐! 너희들은 할 것 없어!"

어느새 그들 앞으로 다가선 황 노인이 목청껏 소리쳤다.

사내들과 청년들은 그때쯤에야 이곳을 슬금슬금 빠져나가기 시작했다.

"에잉. 쓸데없는 데 관심이나 보이고. 쯧쯧……."

황 노인은 인상을 굳혔다. 다른 이들처럼 그 역시 인상이 밝지 못했다. 이들이 짐을 나르는 이유를 알고 있었기 때문이다.

"황 노대."

그러던 그때, 여인의 목소리가 들렸다.

"아가씨."

황 노인이 뒤돌아 장련을 발견하고는 머리를 조아렸다.

"이게 어떻게 된 거죠?"

"그것이… 아침에 송 국주가 이곳에 찾아왔습니다."

"송 국주가요?"

"예."

황 노인은 아침에 있었던 일을 설명했다. 가주와 이 공자를 보고 난 뒤 무사들을 철수시키기로 합의를 봤다는 사실도.

"석가장과의 전쟁이 아직 끝나지 않았잖아요. 잔존 세력도 있고……."

계약한 내용은 석가장과의 전쟁이 끝날 때까지였다. 그러면 적어도 그 전까지는 장씨세가를 도와줘야 하지 않는가.

황 노인은 그녀의 의중을 읽고 빠르게 답했다.

"소문이 퍼져 나간 것 같습니다."

"무슨 소문요?"

"팽가와 곧 전쟁이 있을 거라는… 송 국주가 그걸 알고서 곧바로 손을 쓴 것 같습니다."

황 노인의 말에 장련은 미간을 찡그렸다.

잠시 그렇게 있던 그녀는 등에 봇짐을 멘 채 밖으로 걸어 나가는 무사들을 보며 물었다.

"그럼 저 짐들은 뭔가요?"

"자세히 듣지 못했지만… 가주께서 감사의 의미로 준 것 같습니다."

"감사의 의미라고요?"

"예."

장련은 한마디 쏘아붙일 듯 바라보다 이내 감정을 억눌렀다.

잠시 뒤 깊게 한숨을 내쉬며 힘없는 목소리로 말했다.

"하아. 오라버니는 어디에 있죠?"

*　　　*　　　*

"련이냐."

장련이 방 안으로 들어오자 붓을 들고 뭔가를 기록 중이던 장웅이 먼저 아는 체했다.

"네, 오라버니."

"몸은 좀 어떻더냐?"

"이젠 활동하는 데 큰 무리는 없어요."

장련은 부드럽게 대답했지만 황 노인의 말 때문인지 목소리에는 힘이 없었다.

"그래. 우선 저곳에 앉거라."

장웅은 한쪽에 마련된 탁자를 가리켰다.

드르르륵.

장련이 앉자 장웅도 맞은편에 앉았다.

"네가 무슨 이유로 날 찾아왔는지 알 것 같구나."

그리고 짐작했다는 듯 말했다.

"오라버니, 제가 들은 게 사실인가요?"

"…아마 그럴 게다."

장웅이 순순히 인정하자 장련의 얼굴이 굳어졌다.

"왜 그러셨어요? 지금 구룡표국의 병력이 저희에게 얼마나 중요한지 아시잖아요. 그들이 빠져나가면 우리 장씨세가는 큰 위험에 처하게 될 거라고요."

"그렇겠지."

"그럼 말리셨어야죠. 무슨 핑계를 대디라도 몇 달 정도는 그들을 붙잡으셨어야죠."

"그랬으면 좋았을 텐데……."

뭔가 의미심장한 장웅의 말에 장련이 머뭇거렸다.

잠시 뒤, 장웅이 나직이 말을 이었다.

"석가장 잔존 세력 말이다. 모두 죽었다더구나."

"네?"

장련이 눈을 껌뻑였다.

"송 국주가 직접 말을 했으니 확실할 게다. 시체들도 확보했다고 얘길 하는 걸 보면."

"그럼……."

"그래, 계약대로 된 게지."

장련이 안타까운 표정으로 변했다. 장웅의 말대로 계약은 그랬다. 석가장과의 싸움이 끝나면 더는 병력을 보내지 않기로 합의한 것이다.

"급히 손을 썼겠지. 팽가와 사이가 안 좋다는 소문이 있으니 석가장 잔존 세력 확인부터 하려 했을 게다. 그러지 않았다면 이토록 빨리 움직일 필요가 없으니까."

때에 따라 정도(正道)를 내세우고 중원을 무대로 움직인다는 자신감도 내비쳤지만, 결국 그들은 상인이었다.

이익이 안 된다고 판단될 시에는 이처럼 곧장 실리에 따라 움직이는 것이다.

"련아, 네 아쉬움은 알지만 어차피 더는 우리를 도와주지 않을 자들이다. 애초부터 그들에게 큰 기대를 하지 않는 게 옳다."

그 말에 장련은 입을 열지 못했다. 아버지와 오라버니가 어찌 나왔을지 눈앞에 그려졌기 때문이다.

헤어지는 그들에게 좋은 선물을 보낸 것도 그렇다. 나중을 위해, 조금이나마 여지를 남기기 위해서 그리했단 걸 깨달은 것이다.

'아…….'

장련은 점점 지금 처한 상황이 현실적으로 느껴졌다.

구룡표국이 없는 장씨세가와 오대세가라는 팽가의 싸움.

누가 봐도 이건 상식 밖의 싸움이었다.

"그래도 한 가지 희망은 있다."

"네?"

무기력한 표정으로 앉아 있던 장련이 고개를 들었다.

그런 그녀를 보며 장웅은 밝은 얼굴로 말했다.

"개방 방주께서 우릴 도와주겠다는구나."

"방주? 개방에서요?"

장련은 갑자기 눈이 휘둥그레졌다.

개방이라니.

처음 듣는 얘기였다.

"어째서 그분들이 우리를 도와주는 건가요?"

"광 호위 때문이지."

"광 호위… 제 호위무사님이요?"

"그래."

장웅은 고개를 끄덕이며 말을 흘렸다.

"지금쯤 오실 시간이 됐는데……."

똑똑똑.

때마침 누군가 문을 두들겼다.

"안에 있소?"

"이 공자, 있는감?"

문틈에서 소리가 들리자 장웅은 밝게 웃었다.

"일어서거라. 개방에서 오신 분들인 듯하다."

장웅을 따라 장련이 자리에서 일어섰다. 그리고 그를 따라 문 앞으로 걸어 나갔다.

드르르륵.

"처음 보이."

"흘흘흘."

"반가워, 공자."

문을 열자 세 명의 노인이 그들의 눈에 들어왔다.

자신의 흰머리를 긁고 있는 거지.

머리가 반쯤 벗겨진 채 허벅다리를 긁고 있는 거지.

이가 빠진 채 누구보다 히죽 웃는 거지 노인들이었다.

"개방을 대표하는 장로분들이다, 이 정도면."

이윽고 장웅이 장련을 향해 밝게 웃어 보였다.

"구룡표국을 대신하기에 충분하지 않느냐?"

＊　　　＊　　　＊

사박사박.

날이 저문 시각.

광휘는 어둠 속을 거닐고 있었다. 그의 앞으로 보이는 곳은 사람이 버리고 간, 폐허가 된 마을. 무슨 이유에서인지 그는 마을 속을 계속 거닐고 있었다.

"방주, 지금 당장 방각 대사의 사제들을 조사해 주시오."

"방각 대사?"

"그렇소. 내 기억엔 그의 사제지간 몇 명이 파불이 되었다고 알고 있소."

"파불이라."

"찾을 수만 있다면 분명 장씨세가에 도움이 될 거요."

광휘는 이곳에 도착하기 전에 했던 방주 능시걸과의 대화를 떠올렸다.

팽가를 몰아세울 증거가 충분치 않은 상황에서도 발 벗고 나설 자들.

장씨세가에 도움을 줄 확실한 전력이 바로 방각과 같은 파불이었다.

"놀랍네. 찾아보니 정말 그와 친했던 사제들 대부분이 파불이 되었네. 그리고 운이 좋게도 몇 명은 하북에 머물고 있고."

광휘는 주위를 다시 훑었다.

건물은 처참했다. 대문이 뜯겨 나간 것은 물론이고, 부서진 벽이며 떨어져 나간 창틀, 어느 것 하나 제대로 된 건물이 보이지 않았다.

"묘암산 군로촌(郡老村)에서 가장 높은 건물을 찾게. 그 안으로 들어서면 산으로 가는 언덕이 보일 게야."

광휘는 마을 주변을 이리저리 돌더니 방주의 말대로 가장 높은 건물 안으로 들어갔다.

중앙을 통과한 뒤 뒷문을 확인하자 문짝은 벽과 함께 반쯤 부서져 있었다.

그곳을 통과한 후 계속 걸으니 이름 모를 소로처럼 길목이 점점 좁아졌다.

"자네도 알다시피 그들은 방각과 같은, 계율을 어긴 중들. 세상의 정의를 구현하기 위해 스스로 발 벗고 나선 자들일세. 다만 방각과 좀 차이점이 있는데, 실리와 명분을 중시 여기는 그와는 달리 그들은 오직 명분에 의해 움직인다는 게야."

꽤 오랜 시간 소로를 통과하자 눈앞에 언덕길이 나왔다.

산속으로 이어지는 길이었지만, 뒤쪽 산등성이를 바라본 광휘는 지대가 그리 높지 않다는 걸 깨달았다.

"분명 파불들은 친절하게 맞이하지는 않을 게야. 낯선 사내가 은밀히 활동하는 은신처를 찾아왔으니 더욱 그렇겠지."

능시걸의 마지막 말은 조금 뒤늦게야 흘러나왔다.

사사사삭—

한동안 걷던 언덕길이 점점 평평해질 때쯤 광휘가 멈칫했다. 재차 주위를 훑어본 그는 몸을 바로하고 정면을 향해 정중히 포권을 했다.

"도움을 구하러 왔소."

달빛에 흐릿하게 비치는 수풀이 바람에 흔들리는 모습뿐, 아무것도 보이지도, 느껴지지도 않았지만 광휘는 더는 움직이지 않았다.

"명분이 합당하면 도와준다는 얘기를 들어서 말이오. 소인은 방각 대사가 보낸 사람으로서……."

휘이이이잉—

그때였다.

어둠 속에서 바람이 불어오는가 싶더니, 땅을 가른 뭔가가 손을 뻗어 내고 있었다. 거대한 바람이 공간을 뚫으며 들어오고 있었던 것이다.

'기풍(氣風)?'

광휘는 직감적으로 그 기운이 무엇인지를 알아챘다.

"불광혈승(佛光血僧) 방곤. 성정이 매우 불같은 자네. 악을 증오할 만큼 싫어해 스스로 패도적인 길을 걸었던 자이기도 하지."

능시걸의 목소리가 머릿속을 스치는 순간.

파팟.

광휘는 급히 공중으로 도약했다. 몸의 중심을 잡는 찰나, 이번엔 우측에서 또다시 바람이 불었다.

"불마노승(佛魔怒僧) 방윤. 계도(戒刀)라는 작은 칼을 쓰는 소림의 중이네. 스스로 손에 피를 묻히기 위해 파불의 길을 걸은 자."

"하앗!"

광휘는 허공을 한 번 더 박찼다. 동시에 허리춤에 있던 괴구검을 빠르게 집어 들어 주위를 훑었다. 예상대로 이번에도 바람이 불어왔다. 곧은 바람이 아니라 채찍으로 찍어대는 듯한 바람이었다.

"불유승(佛劉僧) 방천. 봉술의 달인으로 불리니, 파불 중에선 방각의 실력에 가장 근접한 자일 게야."

'늦었어!'

이번 것은 피할 수 없음을 직감한 광휘는 내력을 끌어모아 기풍을 향해 도를 그대로 내리그었다.

쩌정.

강렬한 기운이 터져 나오며 기파(氣波)가 사방으로 퍼져 나갔다.

광휘는 표정을 일그러뜨리며 그 힘을 온몸으로 버텨냈다.

"……!"

끝났다고 생각했던 복면인 세 명의 눈동자가 흔들렸다. 기를 분쇄해 버린 광휘를 본 것이다.

타탓.

광휘는 자리에 섰다. 그러고는 천천히 주위를 바라보았다.

좌, 우, 정면에 선 채 자신을 둘러싼 세 명의 복면인.

한 명은 권사로 보였고, 한 명은 독특한 모양의 도를, 마지막 한 명은 봉(棒)을 꼬나든 채 자신을 주시하고 있었다.

"전대 소림 십팔나한(十八羅漢)이라… 할 수 없군."

광휘는 담담한 얼굴로 그들을 바라보며 말을 이었다.

"전부 제압해 버리는 수밖에."

第十四章

살고 싶은 곳

나한전(羅漢殿).

소림사 나한전에 들어올 때는 누구라도 몸가짐을 조심할 정
도로 엄숙한 공간이다. 바로 열여덟 명으로 구성된 나한승이 수
련을 하는 곳이기 때문이다.

십팔나한은 소림을 대표하는 고수들로, 정예 중에서도 정예
라 불리는 자들.

그들 중 세 명이 파불이 되어 이곳에 머물고 있었다.

"……."

복면인 세 명은 서로 눈빛을 교환했다. 공격의 합(合)을 맞추
기 위함보다는 낯선 사내의 차림새에 왠지 모를 께름칙한 느낌
을 받았기 때문이다.

전신을 가리는, 그러면서도 비틀어진 구마도의 형상은 그들의 눈에도 특별하게 다가왔다.

스윽.

그들이 서로 눈빛을 주고받을 때, 광휘 역시 그들을 바라보고 있었다.

세 사람 모두 기를 발현할 줄 아는 절정고수. 거기다 제각기 펼치는 무공도 다르니 한순간의 방심은 곧 패배로 이어질 것이다.

휘이이잉―

광휘는 재차 좌우를 한 번 둘러보더니 무릎을 조금 굽혔다. 그리고 겨울의 차디찬 바람이 옷깃을 스칠 때쯤 허연 입김을 내뿜으며 말했다.

"오시오."

스르릉.

광휘가 괴구검을 집어 뽑아 들 때쯤.

파파팟.

그들은 세 방향에서 광휘를 향해 달려들었다.

광휘의 눈동자가 좌우, 앞으로 계속 움직이더니 그가 어느 순간 검을 치켜들었다.

타탓.

카아앙!

도와 기다란 봉이 광휘의 몸을 꿰뚫었다. 아니, 실은 그렇게 보였을 뿐이다. 광휘가 비튼 몸 사이로 그들의 무기가 삐져나와 있었기에.

"하압!"

그사이 권사로 보이는 복면인이 광휘의 지척에 당도했다. 그리고 지체 없이 강렬한 기풍을 담은 주먹을 뻗었다.

그 순간.

광휘가 도와 봉을 밀쳐내며 복면인이 달려온 방향으로 등을 돌렸다.

쩌엉.

기이한 울음소리를 내며 광휘의 신형이 뒤로 밀렸지만, 타격은 입지 않았다.

타타탓.

잠시 멀어졌던 복면인 세 명이 다시금 달려들었다.

광휘는 주위를 한 번 훑고는 곧장 자리에서 도약했다.

패애액—

뒤이어 강맹한 도 한 자루가 광휘를 찔러왔고…….

슈우육—

앞쪽에선 주먹이…….

횡그르르르—

그리고 정면에서 봉이 원을 그리며 완벽한 연계로 광휘를 향해 날아들었다.

스윽.

휘이이익.

공중에 뜬 광휘가 공중제비를 했다.

수슉.

그리고 눈앞의 복면인이 뻗은 주먹을 보자 다시 몸을 뒤틀어 옆 돌기를 시도했다.

휘이이익—

광휘의 몸이 옆으로 기울자마자 봉이 아슬아슬하게 그 위를 스치고 지나갔고……

슈우우욱—

그의 허리에 파고들던 도는 표적을 잃어버린 채 허공을 그어 댔다.

처억.

타탓. 타탓. 타타탓.

모든 공격을 회피한 광휘가 땅을 밟자마자 복면인 세 명이 쉬지 않고 달려들었다.

권을 쓰는 자는 주먹이 보이지 않을 만큼 빠르게 뻗어댔고, 도를 사용하는 자는 초식을 모조리 쏟아부었다.

봉을 움직이는 자는 그들의 손길이 닿지 않는 곳만을 노려 쉴 새 없이 휘둘러 댔다.

쉭쉭쉭쉭쉭.

눈으로도 좇지 못할 공격을 광휘는 피해냈다. 하지만 너무나 빠른 공격 때문인지 그는 계속 뒷걸음을 치고 있었다.

'봉술(棒術)이 가장 까다롭다.'

광휘가 가장 신경 쓰는 자는 봉을 든 복면인. 자신이 알고 있는 봉술보다 몇 배는 더 빠르고 정교했다.

콱!

어느 순간 수직으로 내리친 봉과 광휘의 검이 부딪쳤다.

"……!"

광휘는 상대의 힘에 곧장 일어나지 못해 자세가 흐트러졌다. 응당 잘려 나갈 것이라 생각한 봉이 날카로운 칼날과 부딪치고서도 멀쩡했던 것이다.

광휘의 눈썹이 가느다랗게 떨렸다.

하나, 그런 감상은 뒤로 다가와 휘두르는 복면인의 도에 의해 삽시간에 사라졌다.

"하압!"

광휘는 괴구검으로 봉을 쳐내며 구마도를 급히 꺼내 횡으로 그었다.

카앙!

쇳소리와 함께 광휘의 거대한 도를 본 복면인이 뒤로 물러났고, 연이어 들어오려던 다른 복면인 역시 더는 접근하지 못했다.

스으윽.

멈칫.

광휘가 구마도를 들자 일순간 분위기가 경직되었다. 이해할 수 없을 정도로 괴이하게 큰 도신이 그들을 주춤거리게 만들었다.

"원하는 만큼 맞았으니."

광휘는 자세를 다시 고쳐 잡았다. 그러고는 진지한 얼굴로 말을 이었다.

"이젠 끝내 드리겠소."

＊　　　＊　　　＊

약초 냄새가 그윽한 밀실.

장씨세가의 유일한 지하 밀실로 약재를 보관해 놓는 장소다. 그곳에서 능자진은 긴장된 표정으로 앉아 있었다.

쿡쿡쿡쿡.

그리고 그의 맞은편.

절구를 열심히 절굿공이로 빻아대고 있는 노천은 탁자 위에 있는 약재를 보며 중얼거렸다.

"이건 닷 푼. 이건 세 푼. 이건 여섯 푼인가……."

탁자 위에 가득한 이름 모를 약재들.

노천은 약재들을 더듬어가며 탕을 만드는 데 열중하고 있었다.

"응? 이건 괜히 넣었나? 아니지. 이건 많을수록 좋은 거지. 흠흠."

능자진은 조심히 시선을 아래로 돌렸다. 그가 열심히 돌리고 있는 절굿공이 밑 약재들. 숯처럼 거멓게 변해 있었다. 그리고 그가 준비해 온 탕약. 그 역시 말로 표현할 수 없는 색을 띠고 있었다.

"어르신……."

오싹한 느낌에 능자진은 노천을 불렀다.

"왜, 이 녀석아."

"그 약재는 사람이 먹어도 되는 것인지……."

"당연한 소리. 먹을 법하니까 노부가 먹이지 않겠느냐."

"하지만 색이 너무……."

쾅!

"뭐라!"

절구를 탁자에 내려치다시피 한 노천이 눈을 부릅떴다. 뒤이어 그는 눈을 치켜뜨며 말했다.

"약이란 것이 음식이냐? 보기에 좋아 보여야 한다더냐! 이렇게 너를 위해 애써 주는데 감사히 처먹을 생각을 해야지, 무슨 말 같지도 않은 소리야!"

"죄, 죄송합니다, 어르신."

능자진은 급히 주저앉아 무릎을 꿇었다. 그리고 연신 고개를 끄덕이자 구겨졌던 노천의 표정이 점점 펴졌다.

"감사한 줄 알아라. 노부가 이걸 준 건 네놈이 처음이다!"

"감사합니다."

척. 척. 척. 척. 척.

노천은 진정을 한 듯 다시 절굿공이로 빻기 시작했다.

"요거는 세 푼이 들어가야지. 요건 두 푼. 요거는……."

능자진은 천천히 자리에 앉았다. 내색하지 않으려 했지만 그의 눈에는 이미 초점이 사라져 있었다.

'난 죽을 거야, 분명히…….'

그럼에도 속내는 결국 내보이지 못했다.

*　　　　*　　　　*

"다 됐다."

노천이 탕약을 능자진에게 들이밀었다.

"아… 아……."

"빨리 처먹어."

"예, 예……."

능자진은 탕약 그릇을 천천히 받아 들었다. 걸쭉한 액체. 그 위에는 붉은빛을 띤, 혈관처럼 쭉쭉 갈라진 것이 떠다니고 있었고, 한쪽에는 검버섯처럼 뭔가 피어나 있었다. 능자진은 공포로 입을 잘 떼지 못했다.

"안 처먹어?"

"아, 잠시 할 말이 있어서 말입니다."

그는 받아 든 탕약을 탁자에 올려놓고는 잠시 머뭇거리다 말을 이었다.

"사람의 체질에 따라 약도 달리 써야 한다고 어디선가 들은 적이 있습니다. 한데, 이 약은 아무나 먹어도 괜찮은 겁니까?"

"아, 그렇지."

그 말에 노천이 능자진을 바라봤다. 마치 '깜빡했군' 하는 듯한 눈빛이었다.

"아, 아니다. 내 약은 그런 게 없다. 그러니 걱정하지 말고 먹거라."

갑자기 너무나 인자해진 말투.

또다시 능자진은 혼란 속으로 빠져들었다.

'오늘로써 생을 마감하는구나. 고마웠소, 나와 스쳐 간 인연들이여.'

능자진은 눈을 질끈 감았다. 이왕 각오한 것, 이제 와서 무를 수는 없었다.

"그럼 먹겠소."

그는 눈을 감은 채 거침없이 들이켰다. 노천은 팔짱을 낀 채 그를 바라봤다.

땡그랑.

다 삼킨 능자진은 고개를 들었다. 그리고 노천과 눈빛을 마주치던 그때였다.

"으으윽!"

그가 몸을 비틀기 시작했다. 머리를 감싸 쥔 능자진이 불안한 시선으로 바라보았다.

그사이 노천은 천천히 자리에 앉았다. 그리고 한쪽에 준비해 놓은 종이를 펼치고는 붓을 들었다.

"그럼 증상을 기록해… 응?"

그는 탁자 한쪽에 놓인 약봉지를 들었다. 그러고는 고개를 갸웃거리다 혼자 중얼거렸다.

"가만, 내가 이걸 왜 넣었지?"

"……!"

잠시 능자진 쪽으로 시선을 돌리던 노천은 순간 흠칫 놀란 표정을 짓더니 급히 손을 내저었다.

"하하핫. 자넨 상관하지 말게. 다 내력 증진에 필요한 걸세."

'거짓말……'

능자진은 눈을 부릅떴다. 그리고 뭐라 한마디 내뱉고 싶었지만 이내 자리에 주저앉아 버렸다. 지금은 뭔가를 생각할 그런 단계가 아니었다. 배 속에서 수백만 마리의 개미가 물어뜯는 것 같은 고통이 느껴진 것이다.

"어르신, 대체 왜 이렇게… 고통스러운 것이오……"

"그럼 독이 고통스럽지, 달콤하냐?"

아무렇지 않게 말하는 노천.

하지만 그때쯤 능자진의 귓가에 그의 말은 들리지 않았다. 물어뜯던 개미는 어느새 벌이 되었고, 물어뜯던 입은 침이 되어 몇 배나 고통이 커진 것이다. 그리고 온몸이 불에 덴 듯 화끈거리기 시작할 즈음에는 그 벌이 수천만 마리의 들쥐로 변했다.

그러다 종국엔……

"으아아아악!"

득실득실한 뱀으로 변해 아가리로 능자진의 배 속을 찢어놓았다.

*   *   *

광휘가 구마도를 들어 몸을 가리자 장내는 일순간 경직되었다. 이제껏 그 모습을 본 자들이 그러했듯, 그들 역시 별반 다르지 않았다.

휘릭. 휘릭.

그때 봉을 든 복면인이 풀숲으로 사라졌다. 그러고는 동료들을 향해 뭔가를 집어 던졌다.

탁. 탁.

두 개의 봉이었다. 광휘의 모습이 심상치 않음을 직감한 그들이 연환격을 쓰기 위해 준비한 것이다.

"뭐든 상관없소."

광휘는 그 모습을 묵묵히 바라봤다. 그들이 사방을 에워싸며 공격 자세를 잡을 때까지 말없이 지켜보다 뒤늦게 입을 열었다.

"싸움은 생각보다 길지 않을 테니까."

파파팟.

말이 끝남과 동시에 그들은 광휘를 향해 달려들었다.

거리가 점점 좁혀지던 어느 지점.

철컥.

광휘가 재빨리 괴구검을 검집에 넣었다. 그 뒤, 허리춤에 있던 검집을 통째로 집어 들고선 몸을 뒤틀었다.

슈슈슈슉.

봉(棒)이 삼면에서 광휘를 향해 찔러 들어오는 순간.

패애애액.

원형으로 회전한 광휘의 검집이 그들의 다리를 후려치고 지나갔다.

"큭!"

"컵!"

"윽!"

동시에 세 복면인은 바닥에 몸을 처박으며 나동그라졌다. 봉이 찌르는 찰나의 순간, 광휘가 몸을 틀어 세 개의 봉을 구마도로 막음과 동시에 반격을 해버린 것이다.

"이제 그만하지."

광휘는 쓰러진 그들을 향해 경고를 보냈다.

스륵.

하지만 뼈가 욱신거리는 아픔을 느끼면서도 복면인들은 포기하지 않는 듯했다. 다시금 봉을 잡고는 자리에서 일어나고 있었다. 분명 진검을 들었다면 패배할 상황이었지만 그들은 인정하지 않고 있었다.

"그만하자고 하지 않나."

아마 방심이라고 생각했을 것이다.

다시 일어선 그들은 봉 끝에 강한 진기를 모으고 있었다. 진기를 모으는 것은 기공(氣功)을 발현하려는 움직임이다.

그들은 다시 광휘에게 봉을 겨누었다. 그리고 이번엔 제대로 합(合)을 맞출 요량인 듯 서로 간격을 조정하며 광휘를 정확하게 노리고 있었다.

"방각이 죽었소."

탓.

광휘가 내뱉은 말에, 순간 달려 나가던 그들의 신형이 거짓말처럼 멎었다. 그러고는 다들 믿을 수 없다는 듯 눈을 부릅떴다.

들고 있는 봉에서 떨림이 보일 정도로.

"방각이… 죽었소, 나한승들."

어느새 애달프게 변한 광휘의 목소리가 장내에 쓸쓸히 퍼져나갔다.

*　　　*　　　*

따딱따딱.

불이 주위의 어둠을 몰아내는 산속의 야밤.

화톳불을 중심으로 빙 둘러앉은 자들은 말없이 한 사내의 목소리에 귀 기울이고 있었다.

"…하여 대사께서 죽음을 당하셨소."

광휘는 그가 죽은 이유에 대해 대략 설명한 뒤 고개를 들었다. 그곳엔 복면을 벗은 중들이 말없이 화톳불을 바라보고 있었다. 모두 벗겨진 머리에, 이마에는 여섯 계인(計印: 승려가 불도에 귀의할 때 새기는 점)이 박혀 있었다.

중들의 이마에 있는 계인은 보통 세 개, 여섯 개, 아홉 개로 나뉜다. 세 개의 점은 정식 스님이 되었다는 증표이며, 여섯은 그중에서 전력으로 대표할 만큼 빼어난 자들을 말했다. 그리고 아홉은 소림사 그 자체라 불리는 자들, 바로 장로들이었다.

따딱. 탁.

오랜 시간 침묵하던 중 눈썹이 흰 노승이 입을 열었다. 계도라는 칼로 광휘를 공격했던 방윤이란 자였다.

"지금 그 말을 믿으라는 게요?"

지금껏 담담하려고 노력하던 그의 눈빛이 점차 불쾌하게 변해갔다. 그러다 어느 순간 광휘를 향해 살기를 노골적으로 쏟아냈다.

"경거망동하지 마라."

순간 옆에 있던 나한승이 그를 향해 눈을 부라렸다.

그의 이름은 방천.

광휘가 짐작하기로 이들의 사형으로 보였다.

"여긴 어떻게 알고 왔소?"

방윤의 살기가 사그라질 때쯤 방천이 운을 뗐다.

"개방 방주가 직접 알려줬소."

"방주? 혹시… 광응노개(狂鷹老丐) 능시걸?"

순간 맞은쪽에서 나한승이 당황하며 말했다. 주걱턱 얼굴의 권시, 방곤의 목소리였다.

'이자…….'

방천은 매서운 눈으로 광휘를 응시했다. 그의 말대로 개방이 나서지 않았다면 이곳 은거지를, 그것도 자신들의 존재를 알고 찾을 수는 없었다.

하지만 그는 그것보다도 이상하게 다른 곳에 더 신경이 쓰였다.

　방주가 알려줬다는 말. 마치 아랫사람이나 친한 동료에게 할 법한 말투가 아닌가.

　"그의 이름이 맞소."

　광휘가 고민 없이 대답하자 방천을 제외한 두 나한승이 곧장 목소리를 높였다.

　"사형, 이자의 말을 믿으시는 겁니까?"

　"거짓일 수 있습니다. 당장 이자의 사지를 묶은 다음 사실을 실토하게 해야 합니다."

　그들은 더는 참지 못하고 자리에서 일어섰다.

　사실 두 나한승은 방천이 말리지 않았더라면 눈앞에 있는 사내를 진작 제압할 수 있었을 거라고 생각했다.

　하지만 싸움 도중 방천이 내공 사용을 금했고, 결국 제대로 된 실력을 발휘하지 못한 것이다.

　"앉거라."

　그 순간 방천이 미간을 좁히며 말했다.

　나한승들이 앉지 않고 여전히 서 있자 그는 괴성을 지르듯 외쳤다.

　"앉으라 하지 않았느냐!"

　나한승들은 움찔했다. 그러고는 결국 제자리에 앉았다.

　물론 광휘를 매섭게 노려보는 것을 잊지는 않았다.

　"도대체 운수산에 무엇이 있기에 그들이 그토록 집요해진 것이오?"

분위기가 가라앉을 때쯤 방천이 물었다.

"벽력탄이오."

광휘의 말에 방천의 눈에 이채가 어렸다.

"벽력탄이라고? 정말 더 이상은 못 들어주겠군."

"사형, 이자의 말만 계속 듣고 있을 거요?"

두 중들은 또다시 불만을 토해냈다. 그러다 다시 한번 방천의 눈길을 받고는 더는 입을 열지 않았다.

"형장의 말은 잘 들었소. 하나, 놓친 것이 있소."

방천은 한 번 뜸을 들이고는 말을 이었다.

"방각 대사께서는 벽력탄 따위에 그리 쉽게 돌아가실 분이 아니오."

"보통은 그렇지요."

"무슨 소릴 하는 거요?"

"방각 대사를 죽인 건 개량된 벽력탄이었소. 우리는 그걸… 폭굉이라 부르지요."

"……!"

순간 방천의 눈이 키졌다.

그뿐만이 아니었다. 적대적으로 광휘를 주시하던 방윤과 방곤도 눈을 부릅뜬 채 파르르 떨고 있었다.

그들도 아는 것이다, 과거 소수의 입으로만 전해진 강호의 비사(秘史)를.

"증명할 수 있소?"

그렇게 잠시 정적이 일 때쯤 방천이 침묵을 깼다.

"그것을 증명할 곳이 있다면 어디든 따라가리다. 그리고 그것이 사실이라면 목숨을 바쳐 형장을 돕겠소."

방천의 말에 이번에는 두 나한승이 끼어들지 않았다. 사실 관계를 떠나 광휘가 내뱉은 말이 매우 민감하고 중요한 사안이었기 때문이다.

"굳이 멀리 갈 필요가 있겠소?"

스윽.

광휘가 자리에서 일어섰다.

세 나한승의 고개가 약속이나 한 듯 올라가며 광휘의 얼굴에 집중했다.

스르륵.

광휘가 외투를 벗고 상의까지 벗기 시작하자 세 나한승은 여전히 의문스러운 눈길로 바라보았다.

대체 옷은 왜 벗는단 말인가.

드륵.

상의를 모두 벗었을 때야 그 의미가 드러났다.

화상 자국.

어깻죽지부터 시작해 허리까지 뒤덮은 화상 자국은 차마 볼 수 없을 정도로 참혹했다.

"그걸로 증명하겠다고? 우릴 아주 미친놈으로……."

"방윤, 저걸 보게……."

방윤이 여전히 적대적으로 말할 때였다. 방곤이 그의 어깨를

살고 싶은 곳 395

치며 한쪽을 가리켰다.

그 모습을 보던 방윤이 반사적으로 소리를 내질렀다.

"처, 천중단!"

그제야 그의 눈에 들어온 것이다. 양쪽 팔목에 굽이쳐 흐르는 반달 모양의 인두 자국이.

극한의 수련을 견뎌낸 천중단의 징표가.

'그럼 설마, 이분은……'

방천은 기억을 더듬었다. 그리고 한 사내를 떠올리자마자 곧장 물었다.

"천중단은 모두 죽었소. 오직 무림맹주만이……."

"그리 알려져야 했지."

순간 그들 앞으로 한 거지가 걸어왔다.

두 자 길이의 청록색 죽봉을 든 거지, 능시걸이었다.

"인사드리게. 마지막 17대 천중단 단장이시네."

그 순간 방천은 광휘가 했던 모든 말을 납득했다.

방각뿐만 아니라 개방 방주 능시걸에게도 능히 하대를 할 수 있는 자.

전대 장문인의 배분.

그가 자신들 앞에 있는 것이다.

"결례를 범했습니다!"

"결례를 범했습니다!"

"결례를 범했습니다!"

세 나한승은 누가 먼저라고 할 것 없이 곧장 바닥에 무릎을 꿇었다.

*   *   *

이른 아침.

장씨세가의 대전에는 중요 인사들이 한데 모여 있었다. 팽가에서 일어난 소문 때문이었는데, 그것으로 인해 사람들이 이리 운집해 있었던 것이다.

"정말입니까?"

"믿어도 되는 얘깁니까?"

사람들은 단상 위에 있는 장원태를 바라보고 있었다.

어느 정도 기력을 회복한 그는 고개를 끄덕였다.

"개방에서도 그렇다고 인정했네. 분명 광 호위께서 팽가의 무사들을 쓰러뜨렸다고."

"어허허!"

"이럴 수가!"

곳곳에서 감탄이 터져 나왔다. 사실이라고 말함에도 쉽게 믿을 수 없을 만큼 이번 일은 충격적이었다.

"그분이 그리 강했다니……."

"묵객보다 강할지도 몰라."

사람들은 흥분된 기분을 감추지 못했다. 다들 팽가와 곧 전쟁이 일어날 거란 얘기에 주눅이 든 상태였다. 그런 와중에 개방이 직접 도와주겠다고 장씨세가를 찾아왔다. 그리고 이번엔 광휘란 자가 팽가의 중정을 찾아가 그들의 무릎을 꿇린 것이다.

'기분 좋은 바람이 부는구나.'

장원태의 얼굴도 나쁘지 않았다. 좋은 징조다. 개방이 도와주고, 광 호위가 직접 실력 행사에 나선 상황. 사람들의 사기를 북돋는 데 이보다 좋은 것은 없었다.

"묵객과 광휘란 분이 있으니 이제 우리에게도 희망이 있어."

"맥없이 물러서지 않을 것이야."

그의 생각대로 당주급은 두 손을 불끈 쥐며 전의를 불태우는 모습을 보였다.

장원태는 말했다.

"만약의 사태에 대비를 해야 하네. 이곳 당주들은 사람들을 모아 외원부터 방비를 시작하게. 또한 소집문을 돌려 중원에 있는 낭인 무사들도 모으게."

"그러겠습니다."

"장로들은 표국이라든지, 하오문에 접촉해야 할 걸세. 이전과 달리 본 가에 개방과 더불어 뛰어난 무사들이 있다는 걸 알면 접촉을 해오는 곳이 있을 거네. 돈을 가장 중요시 여기는 곳이니까."

"예."

장원태의 지시에 누구 하나 제외 없이 부복했다. 암울했던 상황을 벗어나자 다들 얼굴에 희망의 빛이 떠오르고 있었다.

"……"

하지만 그들과 달리 여전히 웃지 않는 자가 있었다. 입구 쪽에 서 있던 황 노인이었다.

*　　　*　　　*

대청의 회의가 끝난 뒤 황 노인은 외원 밖에 나와 있었다. 무슨 고민이 있는지 하늘을 올려보기를 여러 번. 한 번씩 고개를 푹 숙이기도 했다.

"후우."

땅이 꺼질 듯이 한숨을 내쉰 그는 다시금 고개를 들었다. 그러다 인기척에 뒤를 돌아보았다.

"어르신, 왜 밖에 나와계십니까?"

하인으로 보이는 청년 한 명이 다가와 물었다.

그는 웃으며 고개를 저으면서 말했다.

"별일 아니네."

"아, 예."

청년은 대수롭지 않게 여기고는 빗자루를 들었다. 마당을 쓸기 위해 나온 것이다.

황 노인은 그 모습을 말없이 바라보았다.

슥슥슥.

한참 바닥을 쓸던 청년이 고개를 들었다. 그러다 뭔가 생각이 났는지 황 노인에게 다가가 말을 붙였다.

"광 호위라는 그분, 정말 대단하지 않습니까? 혈혈단신으로 팽가에 들어가 쑥대밭을 만들지 않았습니까."

"……."

"어떻게 하면 그렇게 강해질까요? 대체 얼마나 수련하면 그리 강해질 수 있는지 궁금합니다."

"……."

"이런 상황이면 묵객이란 분보다 강할지도 모르겠습니다. 황 어르신께서는……."

"그 얘긴 그만하게."

청년이 잠시 의아한 듯 황 노인을 바라보았다. 순간 황 노인이 기분이 좋아서 그런가 보다 여긴 그는 다시 한번 말을 붙였다.

"어르신, 광 호위께서……."

"그 얘긴 그만하라지 않았느냐!"

순간 황 노인이 역정을 내듯 목소리를 높이자 청년이 어깨를 움츠리며 눈을 껌뻑했다.

"저기, 광 호위께서……."

"이 녀석이 정말!"

"아니, 그 말이 아닙니다. 저기 오신다고……."

청년이 한 곳을 손으로 가리키자 황 노인의 시선 역시 그쪽으로 돌아갔다.

그곳엔 등 뒤에 거대한 도를 멘 자가 이곳을 향해 걸어오고 있었다.

광 호위였다.

그런데 그 혼자만이 아니었다. 중으로 보이는 중년인 세 명이 나란히 걸어 들어온 것이다.

"왔는가."

광휘가 외원 문에 당도했을 때 황 노인은 그에게 다가가 물었다.

"그렇소."

"이분들께서는……."

"장씨세가에 도움을 줄 분들이시오."

그 말에 황 노인은 잠시 중들의 행색을 훑다 청년을 향해 말했다.

"이분들을 안으로 모시게."

"예, 어르신."

청년이 중들을 보며 말했다.

"이리로 오시지요."

곧 청년과 중들은 외원 안으로 들어갔다.

잠시 서성였던 광휘도 뒤늦게 발걸음을 옮기려 할 때였다.

황 노인은 광휘를 향해 말을 붙였다.

"자넨 나 좀 보세."

*　　*　　*

아침 시간의 장씨세가 외원 밖은 사람들로 북적북적하다. 물품을 팔기 위해 장씨세가 하인들이 주로 무리 지어 다녔고, 그들 외에도 어깨에 뭔가를 이고 가는 청년들이 많았다.

큰길이 나 있는 곳으로 걸어가면 사람들이 더욱 많아졌는데, 이곳이 바로 심주현의 시가(市街)로 이어지는 방향이었기 때문이다.

외원이 보이는, 지대가 높은 곳에 도착한 황 노인이 걸음을 멈췄다. 그러고는 무슨 얘기를 꺼내려는지 한동안 말을 하지 않았다.

"들었네."

침묵이 이어질 때쯤 황 노인이 입을 열었다.

"개방을 설득해 장씨세가 쪽으로 끌어들인 것을. 거기다 팽가의 중정에 홀로 들어가 무사들을 제압했다지?"

황 노인의 목소리가 점점 커졌다.

"분명 두 귀로 듣고 있으면서도 믿기 힘들었네. 개방을 설득한 것도 그렇고, 팽가의 무인들과 싸워서 제압했다는 것도. 역시 자네는… 내가 생각한 것보다 훨씬 더 뛰어나고 대단한 잘세."

광휘는 황 노인의 말을 곰곰이 듣다 고개를 끄덕였다. 그가 무슨 말을 하려는지 깨달았다.

"무슨 염려를 하시는 건지 알겠소. 사실……."

"왜 그랬는가?"

순간 황 노인이 뒤돌아섰다. 밝은 얼굴일 거라는 예상과 달리 그의 표정은 매우 굳어 있었다.

"대체 어쩌자고 팽가를 찾아간 겐가. 왜 그런 짓을 저지른 게야……."

광휘는 이해할 수 없는 시선으로 그를 바라봤다.

그사이 황 노인의 표정은 더욱 어둡게 변해 있었다.

"이 미련한 사람아. 이 싸움은 말일세, 우리가 결코 이길 수 없다네. 상대는 팽가네. 드넓은 중원에서도 그 힘을 인정해 오대세가라는 칭호를 준 곳이란 말이네."

"어르신……."

"대체 어쩌자고 이렇게 미련한 게야! 대체 어쩌자고……. 이제 자네는 장씨세가를 떠나고 싶어도 그러지 못하는 상황이 됐네."

"……."

"그러기에 떠나라 하지 않았는가! 떠나라고 분명 말하지 않았는가. 왜 이런 일에 목숨을 거는 건가. 왜 이렇게 미련한……."

"힘이 없으면!"

순간 광휘가 목소리를 높였다.

"다 죽어야 하는 것은 아니지 않소."

"광휘……."

"힘 있는 자에게 죽어야만 하는 것이 강호는 아니지 않소."

황 노인이 고개를 서서히 들었다.

예전, 그를 설득하기 위해 자신이 했던 말이다. 그 말을 이번 엔 광휘가 하고 있었던 것이다.

"떠나려 했었소."

광휘는 잠시 다른 곳에 시선을 두며 말을 이었다.

"정말 떠나려 했었소. 사람들이 어떻게 되든 더는 신경 쓰지 않고 가려고 했었소. 그랬는데 말이오."

"……."

"문득 외로워졌소."

그 말에 황 노인이 눈을 크게 뜨며 광휘를 바라보았다.

"그곳의 아침은 말이오, 적막하고 쓸쓸함만이 가득하오. 온종일 달라질 것도 없는 일상. 얘기를 나눌 사람도, 함께 어울릴 사람도 없소. 막연하게 살다 보니 나중엔 왜 사는지도, 왜 살아가는 건지도 모른 채 그냥 살게 되더이다."

"……."

"이제는 그렇게 살고 싶지 않소."

광휘는 다짐을 하듯 말했다.

"방법은 있을 것이오. 없다면 내가 찾아내겠소. 찾아내 모두를 살릴 것이오."

"광휘……."

황 노인은 광휘를 보자 가슴이 아려왔다.

왜 감정적으로 변했는지 모르지만, 그는 지금 냉정하지 못한 판단을 하고 있었다. 팽기가 보유한 고수들은 중징에서 싸웠던 자들보다 훨씬 많다. 그리고 팽가 외의 적도 있을지 모르는 상황이 아닌가. 황 노인이 문득 광휘와의 기억을 되짚다 입을 열었다.

"오래 사는 게 꿈이라 하지 않았는가."

"……."

"자네가 분명 내게 오래 사는 것이 꿈이라고 했네. 내게 거짓말을 한 건가?"

"변하지 않았소, 어르신."

광휘는 어느 때보다 진지해진 얼굴로 말을 이었다.

"여전히 오래 살고 싶소."

"……."

"단지 그곳이 이곳이길 바랄 뿐이오."

『장씨세가 호위무사』 제2막 5권에서 계속…

外傳五

숨겨진 이야기

명호편 一

　남해전장(南海錢莊)이란 간판을 내건 건물 앞에 한 노승이 걸음을 멈췄다.

　가삼 자락에, 목에 염주 구슬을 멘 차림새의 그는 별다른 표정 없이 전낭을 내밀었다.

　"달아두게."

　투둑.

　묵직한 전낭 주머니가 원목 상판 위에 올라왔다.

　남해전장을 관리하는 사내, 원이(員梨)는 그 전낭 주머니의 내용물을 확인하더니 놀란 어조로 물었다.

　"벌써 이 정도로 모으셨습니까?"

　"여러모로 부족한 양이네. 그들에게 큰 도움은 되지 못할 거네."

"아닙니다. 벌써 이레 간격으로 몇 번씩이나 주시지 않으셨습니까."

노승은 별다른 대꾸 없이 주위를 한 번 둘러보았다. 해가 중천에 떠 있는 여름이라 그런지 주변은 한적했다. 근처에 기둥 몇 개를 세워 터를 잡은 간이 객잔에도 음식을 먹는 사람들이 보이지 않았다.

"한데……."

노승은 다시 원이란 사내에게로 고개를 돌리며 물었다.

"명호는 어디에 있나?"

"홍루(訌樓)에 있습니다."

"또 거길 갔는가?"

"그렇습니다."

원이는 쓸쓸한 듯 말했다.

그 모습에 노승은 시선을 슬며시 바닥에 내렸다.

"알겠네."

그는 그 말을 남기고 어디론가 걸어갔다.

＊　　　　＊　　　　＊

쨍— 쨍— 쨍—

"월향아, 손님 받아라."

"네, 언니."

야릇한 복장의 여인이 면경을 보며 옷매무새를 가다듬었다. 그 뒤, 재빨리 문 앞으로 가 인사했다.

"어서 오……."

월향이란 여인이 눈을 끔뻑거렸다. 보통 남정네가 아닌 가삼 자락의 중이 버젓이 문 앞에 서 있던 것이다.

"어멋! 대담도 하셔라. 스님이 대낮부터 이런 곳을 오시다니."

"중이라 해서 여기에 못 올 건 또 어디 있겠소. 소승은 소림 에서도 내쫓긴 사람이오."

"아아, 그런가요."

노승의 옷을 아래위로 훑던 여인은 배시시 웃었다. 그러다 몸 을 낮추며 그에게 들릴 정도로 작게 말했다.

"어떻게, 사람이 없는 쪽으로 안내해 드릴까요? 차림새를 보 아하니……."

돈이 없다는 얘기를 하려다 머뭇거리자 노승은 곧장 말을 꺼 냈다.

"여기서 가장 좋은 자리를 주시오. 나이도 나이인지라 남들 다 하는 호사를 누릴까 하오만."

"에……."

월향은 그다지 믿지 못하는 얼굴이었다. 어디서 시주라도 많 이 얻은 모양인데 스님이 돈이 많아 봤자 얼마나 많겠는가.

"스님이 여길 몰러서 하는 말씀이에요. 여기 음식이 얼마 나 비싼지 아시나요? 아마 직접 보시면 그 둥근 얼굴이 금방 창 백해져……."

"손님께 그 무슨 무례냐. 어서 나오거라!"

그때 월향이 깜짝 놀라며 뒤를 돌아봤다. 그곳엔 중년 부인이 그녀를 향해 눈을 부라리고 있었다.

"실례했습니다."

월향은 영문도 모르고 고개를 숙였고, 이내 중년 부인의 눈짓을 알아채고는 곧장 자리를 떴다.

여인이 자리를 떠나자 중년 부인이 노승 앞에서 예를 표했다.

"죄송합니다. 이번에 들어와서 아직 어르신이 누구인지 모르는 앱니다."

"난 괜찮소."

노승은 짤막히 대답했다.

"명 대협을 찾으러 오셨지요? 저를 따라오시지요."

여인은 노승이 이미 알고 왔다고 생각해 한 곳으로 이동했다. 대낮인데도 불구하고 홍루는 전체적으로 어두웠다. 창가의 모든 빛을 차단했기 때문이다. 천장의 붉은 유등만이 주위를 밝히고 있었다.

"꺄르르르."

"호호호호."

노승이 지나갈 때마다 여인들의 웃음소리가 흘러나왔다. 대낮인데도 불구하고 사람들이 붐비는 것을 보면 이 홍루의 수준이 어느 정도인지 알게 해주는 대목이었다.

안으로 들어가던 중년 부인의 걸음이 멈추자 가늘게 뜨고 있던 노승의 눈이 커졌다.

"형님, 이번엔 물리기 없습니다."

"이거 네놈들! 짠 거 아니냐? 힘이 장사일 것 같은 사람을 고르라면 당연히 저놈이 걸려야 함이 맞잖아."

거대한 덩치에다 험상궂은 사내를 명호가 지목했지만 그는 고개를 저었다.

"어헛, 제가 감히 형님께 힘자랑을 하겠습니까?"

"이놈들이……. 할 수 없군. 영아, 나를 대신해서 한 잔 먹어다오."

"아뇨, 공자님. 이번에는 안 해줄 거예요."

음식이 즐비한 상차림 앞에 남녀 세 쌍이 웃고 떠들고 있었다. 척 보기에도 무슨 내기를 했고, 그 결과 명호가 지목당한 것으로 보였다.

"흠흠. 손님이 오셨습니다."

웃음이 끊이지 않는 그때, 여인 한 명이 입가를 손으로 가리며 조신하게 말했다.

"……!"

인상을 쓰던 덩치 큰 사내와 호리호리한 사내가 노승을 보자마자 급히 자리에서 일어섰다. 그러고는 여인 세 명과 조용히 자리를 떠났다.

"흥겨운 자리를 깬 것은 아닌지 모르겠습니다."

터억.

사람들이 모두 사라지질 때쯤 노승은 명호의 맞은편에 앉으며 말했다. 이에 명호는 따른 술잔을 이리저리 기웃거리다 대답했다.

"괘념치 마십시오. 이런 자리야 언제든 만들 수 있습니다, 방
각 대사."

꿀꺽.

대답과 함께 술잔을 바라보던 명호가 들고 있던 술잔을 말없
이 한잔 들이켤 때였다.

"즐거운 게지요?"

방각이 다시 말을 꺼냈다.

"뭐, 보시는 것처럼 즐겁습니다."

"다행입니다. 즐겁지 않다면 그 또한 슬픈 일일 터."

노승의 말에 명호의 표정이 얼핏 딱딱해졌다. 하지만 이내 내
색하지 않고 밝게 웃었다.

쪼르르르.

명호가 술잔에 술을 따를 때쯤 다시 침묵을 지키던 방각이
말했다.

"전달할 말이 있어서 들른 게 아닙니다. 그저 잘 지내시는가,
순순히 그 마음만을 가지고 왔습니다."

"잘 알지요, 대사의 마음이 어떤지."

명호는 이해한다는 듯 웃으며 말을 이었다.

"이제껏 잘 지내왔습니다. 지금도 잘 지내고 있고 앞으로도
잘 지낼 겁니다. 평화로운 강호 아닙니까?"

스윽.

명호가 따른 술을 슬쩍 건넸다.

"그러니 대사께서도 사양치 마시고 인생을 즐기시는 게 어떻겠습니까?

"……"

방각은 그가 내민 술잔을 말없이 바라보았다. 술잔 안에는 술이 빛을 내며 찰랑거리고 있었다.

그렇게 술잔을 바라보던 방각은 명호를 향해 천천히 고개를 저었다.

"마음은 그러고 싶지만 소승은 그럴 만한 자격이 되지 않는군요."

"자격이라니요. 대사께선 이미 충분하고도 남습니다. 이리 열심히 하시는데 누가 뭐라 하겠습니까."

"그래 보였다면 감사할 뿐입니다."

터억.

방각은 대답이 끝난 듯 자리에서 일어났다. 그러고는 명호를 향해 고개를 숙였다.

"한 시진 뒤에 떠날 예정입니다. 그동안 몸을 보중하시길 바랍니다."

"벌써 가십니까?"

방각은 온화한 표정으로 반장을 하며 침묵으로 답을 했다. 그러고는 뒤돌아 걸어 나가다 한편에 서 있던 중년 부인을 향해 말했다.

"한쪽에 자리할 테니 제일 좋은 음식을 내주시길 바라오."

"고기도 올리오리까?"

"허. 색이 공이고 공이 색인 것을. 고기인들 어떻고 술이면 어떠하오리까. 하나같이 중생을 이롭게 하는 것을."

방각은 허허 웃으며 한쪽에 있는 의자에 앉았다.

그사이 명호는 사내들이 나갔던 곳을 바라보며 소리치고 있었다.

"뭐 해! 이놈들 빨리 안 오고!"

"옙! 형님, 갑니다."

"한잔합시다!"

물러났던 사내들과 여인들이 다시 그를 찾아왔다.

*　　　*　　　*

철푸덕. 철푸덕.

쏴아아―

맑은 하늘, 해안가가 내려다보이는 반석 위.

명호는 책상다리를 한 자세로 앉아 있었다.

넘실거리는 푸른 바닷가와 달리 그의 표정은 어두워 보였다.

눈이 반쯤 감겼다가 커지기를 반복했고, 이떨 때는 몸을 더듬더듬 만지는 행동도 보였다.

"풍경이 좋으냐?"

그가 말을 건넨 것은 내용도 씌어 있지 않은 오래된 비석이었다.

터억. 꼴꼴꼴꼴!

명호는 투박한 죽엽청 한 병을 그 비석 위에 꽂아 놓다시피 거꾸로 세웠고, 비석은 마치 목이라도 마른 듯 탐욕스럽게 술을 들이마셨다.

"소원 성취하셨어, 아주. 풍광 좋은 바닷가에서 술 마시고 싶다고 했었지?"

뿅! 쪼르르륵!

뒤이어 자신도 술잔에 느릿하게 술을 채우던 명호가 문득 눈을 부릅뜨며 고개를 돌렸다.

"하아……."

옆에는 이미 출발하기로 되어 있는 방각이 서 있었다.

명호는 뭔가 죄지은 것처럼 술잔을 든 자세로 그대로 굳어 버렸다.

"아직 안 가셨습니까……."

"가기 전에 잠시 들렀습니다."

"그래요… 잘 오셨습니다."

터억.

명호는 술잔을 슬쩍 내렸다. 그러고는 조용히 한쪽으로 치웠다.

솨아아아—

철푸덕. 철푸덕.

털썩.

방각이 명호 옆에 앉았다.

그는 어설프게 그를 쉬운 말로 위로하지 않았고, 비석의 주인이 누구인지도 묻지 않았다.

넘실거리는 바다와 시원하게 불어오는 바람을 맞으며 그저 말없이 조용히 침묵했다.

그렇게 시간이 꽤 흘렀을까.

"매번 감사하게 생각하고 있소."

명호가 먼저 입을 열었다.

"감사는 무슨. 당연히 해야 할 것뿐이오."

"아니오. 해야 하는 일을 대신 해주고 있지 않소이까. 정작 당사자는 이렇게 배 두드리며 놀고 있는데 말이오."

"놀고 있다라……."

방각은 따라 말하다 잠시 머뭇거렸다. 그러더니 나직이 말을 이었다.

"견디고 있는 거겠지요."

명호가 고개를 돌렸다. 눈썹 끝이 약간 떨리는 모습이었다.

방각은 여전히 바다를 보며 길게 한숨을 쉬었다.

"살아남은 것을 죄스럽게 생각 마십시오. 중원을 위해 싸웠다는 것만으로도 그대는 쉴 자격이 충분하다고 생각합니다. 뒷수습은 나 같은 뒷방살이들이 하는 것이고."

"……."

명호는 말없이 고개를 돌리며 먼 수평선을 바라보았다.

그리고 방각도 굽이쳐 흐르는 물결을 바라보았다.

새하얀 파도.

청량한 바람을 만드는 물길 밑에는 작은 불빛들이 수실이라도 된 것처럼 퍼지고 있었다.

선선한 날씨가 두 사람의 마음을 맑게 해주었다.

"현상범들을 관가에 처넣는 일은 이번이 마지막이라고 들었습니다. 하면… 이번에는 어디로 가실 겁니까?"

"글쎄요."

명호의 물음에 방각은 잠시 뜸을 들였다. 그러다 크게 호흡하고는 말을 이었다.

"꽤 많은 보수를 준다고 하는 데가 있습니다. 산동이라 여기서 좀 멀긴 하지만, 장기적인 일을 보장해 주는 데다 운송에 참관하면 추가적인 수당도 준다고 하더구려. 소승으로선 마다할 이유가 없지요."

"장기적인 일거리, 운송의 추가 수당이라면……."

명호가 잠시 생각하다 읊조렸다.

"표국이겠군요."

방각이 고개를 끄덕였다.

"그렇습니다."

방각은 고개를 끄덕이며 명호를 바라보고 말을 이었다.

"또한 그만한 돈을 감당하기 위해선 적어도 칠대 표국 중 하나겠군요."

"구룡표국이라 했습니다."

방각은 고개를 끄덕였다.

"구룡표국이라……."

명호는 읊조리듯 말했다.

그렇게 또다시 시간이 흐른 뒤, 방각이 자리에서 일어나 한 손을 세우며 반장을 했다.

"그럼……."

"대사."

곧장 떠나보낼 것 같던 명호가 갑자기 그를 불렀다.

"전부터 대사께 물어보고 싶은 게 있었습니다."

방각이 뒤돌아보자 명호가 시선을 바다에 둔 채 물었다.

"굳이 돈 때문이라면 괜찮은 지부대인의 호위무사가 벌이가 괜찮지 않습니까. 안정적이기도 하고 덜 피곤하기도 하니 말입니다."

명호가 그를 향해 고개를 돌리며 말했다.

"그런데 왜 계속 중원을 돌아다니는 건지 모르겠습니다. 그것도 마치 전국을 돌아다니는 것 같습니다."

전부터 그가 궁금했던 것이었다. 보수가 넉넉하다곤 하나 전국을 무대로 돌아다니는 방각의 행동이 저번에는 상회 보호를 위해 사천까지 다녀오지 않았는가.

"혹시나 하는 기대 때문입니다."

"기대?"

뒤돌아 있던 방각이 명호와 눈을 맞췄다. 그러고는 온화한 표정으로 말을 이었다.

"상처 입고, 마음이 흐트러진 강호의 영웅들, 그들이 다시 일어나는 날을 볼 수 있을까 해서요."

"…영웅도 아니거니와 그럴 날은 오지 않을 게요."

명호는 낯 뜨겁다는 듯 고개를 돌려 외면했다.

"우리는 기둥을 잃고, 지붕마저 잃어버렸소. 대사, 남은 건 그냥 폐물로서 조용히 마감하는 것뿐이지. 뭘 더 바라겠소?"

"그 기둥이. 혹은 지붕이."

명호는 한스럽다는 듯 먼 바다만 보고 있었다. 그런 그를 향해 방각은 조용히 읊조렸다.

"생각 외로 영웅들을 그리워할지 모르지 않습니까? 혹은 난처한 상황에 빠졌을 수도 있을 테고요."

"대체 그게 무슨 말씀이시오, 대사!"

명호의 말에도 방각은 별달리 표정이 변하지 않았다. 오히려 그를 향해 노골적인 눈길을 주고 있었다.

"이쪽은 그리워하고 있지 않습니까?"

그리고 조용히, 한탄하듯 말하며 방각은 한 손을 들어 예를 차렸다.

"천중단 최후의 단장이었던 그분을 말입니다."

外傳 完.

장씨세가 호위무사 도움말

─중원 하북(河北)의 지리
동쪽은 대부분 평야 지역이고 서쪽은 험준한 산지가 많다.

─철관음
무협소설에 자주 등장하는 차. 청차(靑茶)라고도 불리는데 녹차와 비슷함. 청차는 향이 강해 향기를 맡으며 마시는 것이 일반적.

*   *   *

★폭굉에 대해

1) 본 편에 나오는 석염(石鹽)은 실빈(Sylvine)이란 광물로, 자연에서 산출되는 염화칼륨(KCL)을 말합니다. 전 세계 내륙 호수나 지하수가 지표로 유출되는 곳에서 볼 수 있습니다.

염화칼륨을 이용하면 고폭성 폭약인 염소산칼륨을 제조할 수 있습니다.

2) 작중에 석염이라 하여 당대 사람들이 '그거 소금 아닌가?'라고 묻는 것은 석염 또한 소금기가 느껴졌기 때문입니다.

중세의 중국에서는 석염이나 암염이나 그게 그거라고 여겼습니다. 하지만 사실 화학 구조상 석염과 소금(巖鹽:Nacl)은 전혀 다릅니다.

지금이야 바다에서 소금을 얻어서 쓰고 있지만, 중세에 바닷물을 말리고 끓여서 소금을 얻어낸다는 건 엄청난 노동력과 연료(특히 나무)를 요구했습니다.

게다가 바닷물 속의 중금속이나 간수 등이 있기에 '바닷물로 만든 소금에는 독이 있으니 섭취해서는 안 된다'라는 말도 있습니다.

무엇보다 제조원가가 판매원가의 적정점을 아득히 넘기에, 중세의 소금이라 하면 당연히 암염입니다.

3) 염소산칼륨을 만드는 데 필요한 재료 중 하나는 석회유입

니다. 이 석회유를 얻기 위해선 소석회가 필요합니다.

소석회를 물에 넣고 포화 이상으로 섞어 죽처럼 만들어야 석회유가 되기 때문입니다.

소석회를 만드는 방법은 불순물이 적고 순도가 높은 석회석을 900도 이상 가열해야 합니다.

—상재: 상인의 재능
—선친: 돌아가신 자신의 아버지를 남에게 이르는 말.

—사량발천근에 대해

특정 문파의 무공 외에서도 볼 수 있는 수법이지만, 태극권이 워낙 유명하고 많이 쓰이기에 그쪽으로 설정했습니다.